他们在这里营救
了一只小猫，
并且遇到了一队渔船

他们在这里
让领航员上了船

弗利辛恩

梅川

泽布吕赫

奥斯坦德

比利时

妖精号往返航行路线

注意：外围航线只是大概标注，因为
他们不知道如何适应潮汐，且航向十
分不确定。

外围航线：IN：

返航路线：

灯塔船与灯塔：

燕子号 与 亚马孙号
探 险 系 列

WE DIDN'T MEAN TO GO TO SEA
ARTHUR RANSOME

雾海迷航

〔英〕亚瑟·兰塞姆————著 龚萍 何艺 李娟————译

人民文学出版社
PEOPLE'S LITERATURE PUBLISHING HOUSE

图书在版编目(CIP)数据

雾海迷航/(英)亚瑟·兰塞姆著;龚萍,何艺,
李娟译.—北京:人民文学出版社,2024
(燕子号与亚马孙号探险系列)
ISBN 978-7-02-018437-8

Ⅰ.①雾… Ⅱ.①亚… ②龚… ③何… ④李… Ⅲ.
①儿童小说-长篇小说-英国-现代 Ⅳ.①I561.84

中国国家版本馆 CIP 数据核字(2024)第 003541 号

责任编辑　朱卫净　周　洁
装帧设计　汪佳诗

出版发行　人民文学出版社
社　　址　北京市朝内大街 166 号
邮政编码　100705

印　　制　山东临沂新华印刷物流集团有限责任公司
经　　销　全国新华书店等

开　　本　720 毫米×1000 毫米　1/16
印　　张　24.5
字　　数　268 千字
版　　次　2024 年 3 月北京第 1 版
印　　次　2024 年 3 月第 1 次印刷

书　　号　978-7-02-018437-8
定　　价　88.00 元

如有印装质量问题,请与本社图书销售中心调换。电话:010 - 65233595

目 录

第一章

单结索套

　　约翰划着桨，罗杰坐在船头，苏珊和提提并排坐在借来的小艇的船尾。河上的一切在他们眼中都是新鲜的。直到傍晚前他们才沿着林荫小道走到河畔，河上帆船成群，大型驳船扬起棕色的风帆，汽船沿河北上至伊普斯维奇①或南下出海。昨天晚上他们头一次在艾尔玛农庄过夜，今天早晨他们醒来之后头一次透过鲍威尔小姐的攀缘蔷薇的缝隙望向窗外，映入眼帘的是一派欢快气象：这里几乎人人都穿着高筒雨靴，与河流相比，陆地在他们看来几乎完全无关紧要。

　　他们早上在观看潮水绕过停泊在那里的驳船涌向登陆点，有的人迟迟不肯登上停泊着的帆船，有的人则下船上岸，这些人令他们好生羡慕。然后到了下午，他们终于找到一艘老旧的小艇，现在，他们终于可以亲自登上船，划起桨四处看看，好好欣赏锚地的帆船了。

　　水位越来越低。他们先前注意到消退的潮水把一艘艘船托得很高，不过，正如罗杰所说，在闪闪发光的泥泞上，河水并没有完全干涸。在登陆点，男人们围着一艘正午还漂浮在水面上的驳船，忙着用刮刀和柏油刷给它上漆。六点的钟声响了起来，从远处的河对岸穿过树木传了过来。尽管河面很开阔，夹在空无一物的泥滩之间却显得颇为狭窄。一艘拖船急急忙忙地从伊普斯维奇驶来，所经之处停泊着的帆船在水面上摇

---

① 伊普斯维奇（Ipswich），英格兰东部萨福克郡的河港。

晃个不停。

"和出海差不多啊。"提提说。

"天啊！真希望我们在海上。"罗杰说，"你们想要哪艘船？"

"那艘大白船。"苏珊说。

"可是，你们看它那长长的操作台。"约翰说，"我宁愿要船尾是正方形的船，像撑篙的方头平底船那种。爸爸说在海上航行，这样的船尾要好上一倍。"

"那艘蓝色的怎么样？"提提问。

"不错。"约翰说。

"前甲板上有一只绞盘。"罗杰说，"不知道有没有引擎。"

"重要的是船帆。"提提说。

"是啊，我知道，"罗杰说，"可引擎也一样非常有用啊。"

约翰划得更用力了一些，好跟上潮水的变化。

"比如现在。"罗杰说，"如果我们有引擎，你会非常高兴的。"

对此大家无话可说。

"那只浮标上写着什么？"提提问。

约翰回过头，更用力地划桨，好看得更清楚些。离他们很近的是一只黑色系泊浮标，上面的绿色字母随潮水摆动。

"妖精号。"罗杰说，"这个船名很搞笑嘛，不知道它在哪儿。"

"现在有艘船朝河这边开过来了，"约翰说，"不过它可能正要开往伊普斯维奇……"

"船帆的颜色很漂亮。"提提说。

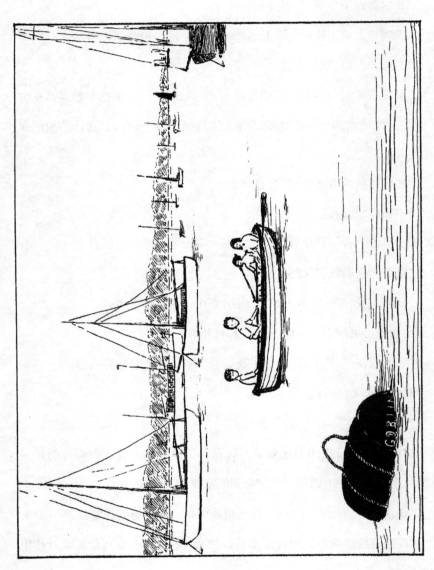

穿行于锚地的帆船之间

一艘扬着红色风帆的白色小船正朝停泊的船只驶来。前甲板上有个人在忙活。他们仔细观察，只见高高的红色主帆皱了起来，折折叠叠成一大堆落在舱顶上。

"没人掌舵。"约翰说。

"我说，"罗杰接过话匣子，"他是不是一个人啊？"

"他返回去掌舵了。"提提说，"他径直朝我们开来了。"

"我打赌这是他的浮标。"罗杰说。

"约翰，小心！"苏珊大喊一声，"我们正好挡道了。"

约翰把船从浮标处划开，然后一边观察，一边轻轻地划着桨，以防顺流漂下去。慢慢地，慢慢地，这艘小纵帆船向他们驶来。支索帆和主帆都降下来了，只有三角帆还在船首斜桅顶端迎风飘扬。船上除了那个大块头年轻小伙子，看似没有别人，他肩膀宽阔，只要看看他的脸就能猜到他刚刚高中毕业，要去上大学了。他站立着，一只脚搁在舵柄上，眼睛盯着前方的浮标。忽然，就在他离浮标仅有几米之遥时，他们看见他弯下腰，然后沿着舷侧的甲板向前跑去。三角帆在风中噼啪作响。小伙子已经抓住了钩杆，等待着时机随时往下伸手去够浮标，然后抓住它。

"他马上就要抓住了。"提提轻声说道，几乎是在耳语。

"干得漂亮！"约翰说。

"噢，"提提惊呼一声，"他够不到。"

或许退潮的力量比船长想象得要猛烈一些。风势减弱，只扬着三角帆的小船一直开得很慢。现在由于三角帆松松垮垮地拍打着，船偏离了航向。小伙子手里握着钩杆正要朝下伸手去够，船却停了下来。他拼命

5

地朝浮标猛冲过去，可是还差两厘米。他又试了一次，结果却差了三十厘米。潮水已经在把船往后冲了。

"这下可糟了！"

他飞快地环顾四周。四面八方都停泊着快艇。他抓住三角帆，但不出一会儿肯定意识到他的船速不够快，没办法阻止它朝下游漂去，撞向停靠在船尾的一艘大黑船。

"嘿！你们！"他大声叫道，"你们能拿根绳子牢牢地系在那只浮标上吗？"

"遵命，长官。"约翰大声叫道。

"罗杰，坐下！"苏珊喊道。

"低头。"约翰说。

一根卷曲的绳子飞了出去，乘势散开。约翰接住绳子，把末梢递给罗杰。接着他快速地划了三下，小船就来到浮标旁边，浮标上面有只绳索环。

"把绳子穿过去。"约翰急切地说，"穿长点，把绳子末梢给我。"

"遵命，长官。"罗杰说。他把绳子末端穿过绳索环，然后递还给约翰，约翰收起船桨，打了个绳圈等待着。他从罗杰手中接过绳子末梢，将它穿过绳圈，接着把绳子绕了一圈，又从绳圈中穿过，最后一下子将它拉紧。

"拴紧了。"他喊道，然后急忙把小艇划开，同时小伙子开始双手交替，一把一把地收起浮标绳。不一会儿，浮标就爬升到前甲板上，小伙子继续拖拽浮标绳，浮标绳湿漉漉的，上面沾满浓密的绿色海草。在离

黑船几米远的地方妖精号没再继续往后退。它又开始朝前滑动了。

"他肯定非常强壮。"罗杰说。

"瞧!"约翰说,"它的船尾是正方形的。"

"妖精号。"提提念出了船名。

他们屏息静气地看着。一根生锈的铁链末端正从水里攀升上来,从船首上端的一个导索孔爬到了船上。一米……两米……妖精号的船长正在系紧打结。他站在那里大口喘气。然后,他弯下腰,拉扯脚边的某个东西,他们看见三角帆像百叶窗一样卷了上去。他又站了起来,从一艘船看向另一艘船,然后低头看着小艇上的四个人。

"好险啊,"他说着缓缓地露齿笑了起来,"你们干得不错!谁教你们打的单套结?"

"爸爸。"约翰说。

"他是海军。"罗杰说。

"我真幸运,"妖精号的船长说,"要是你们刚才笨手笨脚,我可就乱作一团了。"

单套结

他舒展胳膊，拎来一只拖把，用它擦了擦双手，他的手上沾满了系泊链上的污泥，然后开始收拾甲板。约翰稳稳当当地划了一下桨，使小艇停留在附近。他们四个人全都目不转睛地盯着妖精号，仿佛他们自己乘着这艘船航海归来似的。他们看着妖精号船长固定好舵柄；看着他再次艰难地往前爬，将支索帆收成整齐的香肠状，把它扔进前舱口，接着他自己也下到舱底不见了踪影。过了一会儿，他们看见他又爬了上来，不是从前舱口出来，而是进入驾驶舱，用力拖拽着一根巨型支柱，样子好像一把木质大剪刀。他打开支柱，把它立在后甲板上。正当他走向前降下尾桁时，支柱滑倒了。他赶紧跑回去，再次使它保持平衡。

"我能上船扶住它吗？"约翰问，他努力克制自己，以免显得太急切。

"再好不过了。你们的小艇周围有护舷垫吗？得当心油漆。"

约翰小心翼翼地把小艇停靠在一边，以免两船相撞。他爬上船时，罗杰和苏珊紧抓着妖精号的船舷。

"好极了，"妖精号的船长说，"你们可以让它在船尾飘荡，只要别撞到淘气鬼号就行了。"

"那是他的救生艇的名字。"提提说，她看着拖在妖精号后面的那艘小小的黑色平底小艇。

"它叫淘气鬼号，因为它是黑色的吗？"罗杰轻声说道，"还是因为它是淘气鬼，他才把它刷成黑色的？"

约翰站在船尾的驾驶舱里，正扶着支柱以免它滑倒。船长站在主桅杆脚下，缓慢地降下尾桁。约翰引导尾桁降到支柱的夹片之间。

"好了说一声。"船长说。

"好了。"约翰说。

尾桁末端又下降了十五厘米，然后落进支柱的夹片。船长来到船尾时，约翰收紧主帆索，把它系牢。

"喂！"他说，"你以前开过船。"

"我们只开过非常小的船。"约翰说，"我的意思是，只靠我们自己。"

"我们收起那些绳索吧。在右舷的储物柜里……就在你手边。"

约翰找到了一堆绳子，它们像一条条的宽胶带。他爬上驾驶舱顶，跟船长一道拖拽着这一大堆深红色的帆布。"紧紧抓住这个……我把那个隆起的地方拉平时抓紧这个……用力拉这个……"缓缓地，主帆变成了整整齐齐的一个卷，堆在尾桁上方。他们整理主帆，从上到下每一处都系得紧紧的。

"喂！那是最后一根绳索吗？应该还有一根。"

"是这根吗？"驾驶舱里传来一个急切的声音。罗杰站在驾驶舱的一把椅子上，手里握着不见的那根绳索。提提也爬进了驾驶舱，就连原本对此有所疑虑的苏珊也没落下。你永远想不到罗杰会干出什么事来，她想最好还是跟着他。

"你们什么时候上船的？"约翰问。"我说，你不介意吧？"他转向妖精号船长补充道。

"他说过我们可以让小艇留在船尾，"罗杰说，"我们照办了。"

"人手越多越好，"小伙子说，"每个人都有好多活儿要干。驾驶舱地板上所有的绳索都要卷起来。"

他整理好最后一根绳索，接着往前走，准备去收拾前甲板，约翰跟了上去。

"哎呀，看看下面。"提提说。

他们低头看向小船的船舱，只见两侧的铺位上铺有蓝色的垫子，一张小桌子上用绳子固定着一张航海图，有个铺位上毯子卷成筒状，另一个铺位上有支雾角，小小的厨房对面有只白色小水槽，里面堆满了脏兮兮的盘子、杯子和勺子，厨房里的厨灶上有两个炉膛，其中一个上面放着一口长柄深锅，里面正煮着一锅水。

"听着，"苏珊说，"我们最好还是继续整理好绳子吧？我们真的不应该到这里来。要赶不上吃晚饭了……"

他们把驾驶舱地板上的一大堆绳子一根根地解开，每一根都分开卷起来，放在一个座位上。同时，约翰和船长在前甲板上忙碌：关闭舱口盖；卷起浮标绳；把绿油油的海草一把把地扔下船；把拖把从船侧浸入水里，打湿甲板，然后清理掉锚链上的污泥，再从排水口排出去。约莫十分钟之后，没人猜得出妖精号其实刚刚出海归来。

"这锅水差不多烧开了。"苏珊大声喊道，她一直都在欣赏这只小炉子。

"关掉燃烧阀门，"船长回喊道，"向右转动旋钮。没必要让水烧开。只是洗漱用的。"他正站在舱顶上，伸手去够侧支索上的隔板；不一会儿，他和约翰一个人拿着一盏红色大提灯，另一个人则拎着一盏绿色大提灯，走进船尾的驾驶舱。

"干得漂亮，"他看着一卷卷整整齐齐的绳子大笑道，"把它们推进储物柜，以免挡道。"

"是侧舷灯？"罗杰问。

"是的。还是空的。今早煤油燃尽了，不过那个时候天已经足够亮了，所以没关系。我理应把它们收进来的，可是忘记了。"

"天啊！"罗杰说，"你在黑暗中航行？"

"今天凌晨两点离开多佛①的。"妖精号的船长说。

"他整夜都在航行，"罗杰说，"你们听到了吗？"

"就他一个人。"提提说。

船长看了看主帆，又看了看升降索，再看了看甲板。"都整理好了，"船长说，"现在我要去洗碗了。船上的规矩是不把碗洗了决不上岸。然而……"他打了个哈欠，揉了揉眼睛，"我去看看海鲜酒馆能不能给我准备早餐……"

"早餐！"

苏珊、罗杰和提提三个人异口同声地惊呼道。

"不过已经快七点了。难道你一整天都没吃过东西？"

"饼干，"他说，"还有我在动身前煮的一保温瓶热汤。不过，我没想到会那么久。"

"我们来洗碗吧，"苏珊说，"花不了多长时间。"

"那就去吧，"他又打了个哈欠，"好意我照单全收。"

他们踏上陡峭的舱梯下到船舱，舱梯的一侧是一水槽要洗的东西，另一侧是小厨房里的小炉灶。

"有台引擎。"罗杰欢呼道，他顺着台阶看下去，"当心点，提提，那

---

① 多佛（Dover），英国东南部海港。

是我的脸。"

"对不起。"提提说，她之前伸出一只脚，本想踏上台阶的，结果正好碰到了罗杰的额头。

"你快点，"船长说，"走进那个角落，这样其他人就能下来了。你可以稍后再看引擎。"

"我打算就坐在它旁边。"罗杰说。

现在他们全都到了船舱，坐在铺位上，眯着眼睛看向前舱的另外两个铺位，他们看到了书架、气压计、闹钟，看到桌子上的航海图，看到一只大信封上写着"船舶文书"。妖精号的主人弯下腰，把手伸进厨房下面的柜子里。他拿出一块洗碗布，把长柄深锅里的水倒进水槽，从一只罐子里倒出一些洗涤碱，然后给苏珊腾地方。同时，他把船舶文书推开，收起桌子上的航海图，在上面铺上一块宽大光亮的白色美式桌布。苏珊以最快的速度洗碗，洗好的东西堆放在桌子的一边，擦碗的人赶紧拿起来擦干，而后摆放在桌子的另一边。

"你们不是风磨坊本地人。"小伙子说，他站起身低头打量忙活着的帮手们，头似乎都要碰到舱顶了。

"我们昨天才来。"罗杰说。

"打算停留很久吗？"

"还不知道。"提提说，"不过很可能会。我们来和爸爸会合。他要驻扎在肖特利，离这里很近。"

"他在从中国返航的路上。"约翰说。

"他随时可能抵达这里。"苏珊说，"罗杰，那只杯子没擦干。"

"他给我们发了电报。"罗杰说着把那只杯子又擦了一遍,"他走陆路是为了节约时间。"

"我们要到哈里奇跟他会合。"

"你们自己去?"

"噢,不是。妈妈和布里奇特也在这里。我们都住在艾尔玛农庄。"

"鲍威尔小姐家?你们找不到比那里更好的住处了。哎,你们叫什么名字?我叫吉姆·布莱丁。"

"我们姓沃克。"约翰说,"这位是苏珊。这位是提提。我叫约翰……"

"我是罗杰。"罗杰说,"你的引擎真的能用吗?"

"很好用。"吉姆·布莱丁说,"不过,能用帆的时候,我从来不用引擎。"

"哦。"罗杰说。约翰说得对,船帆是最重要的,可是上个学期罗杰又开始对引擎念念不忘,因为他交了个新朋友,那人心里只有引擎。

海鲜酒馆与艾尔玛农庄

提提打定主意要问一个问题。

"你一直都住在妖精号上吗？"她终于开口问道。

"我倒希望是这样，"吉姆说，"再过一个月我要去牛津大学读书。不过在那之前我都住在船上。"

"你住在风磨坊吗？"罗杰问。

"只住在妖精号上。"吉姆说，"风磨坊是它的港湾。我们不航行的时候，船都停泊在这里。我叔叔星期一会来，我们打算尝试航行到苏格兰。他总是喜欢从风磨坊出发。过去十天我驾船航行到南部，可是跟我一起的人得回去工作。"

"你驾着它去过最远的地方是哪里？"约翰问。

"有一年，我和鲍勃叔叔驾着它去过法尔茅斯，然后返回。"

"爸爸休假的时候我们常常开船去那里。"约翰说，"不过都是敞篷船。我们从没开过可以在里面睡觉的船。"

"想在妖精号上过夜吗？"吉姆笑着问。

"想。"所有人立刻异口同声道。

"我看没理由不行。"吉姆说，"不，不是那里。借过。我知道东西摆在哪里。每只盘子都有各自的位置，每只杯子都有各自的挂钩。"他从桌子边挤过去，孩子们则缩回腿给他让路。

"如果可以，我们很想来。"苏珊说，"噢，我说，约翰，看一看钟。鲍威尔小姐肯定早就把晚饭准备好了，我们答应她不会迟到的。"

吉姆背对着他们把东西收进厨房和水槽下面的橱柜里。他关上柜门，插上插销，然后转过身来。"好吧，"他说，"就这样吧。万分感谢。现在上岸吃早餐。不过如果我跟你们的妈妈说我想要一队船员，一起出海几

14

天，你们觉得怎么样？你们可以挤一挤，我自己睡地铺。"

"噢，天哪！"罗杰说。

就在那时他们听见外面传来说话声和船桨划水的声音。

"他们在船上，夫人。"是船夫弗兰克，是他把小艇借给他们的。

"噢，糟了，"苏珊说，"妈妈过来找我们了。"

所有人都跳了起来。

"约翰！苏珊！"妈妈在外面喊他们。

"喂，罗杰！"是布里奇特在尖叫。

不一会儿，妈妈、布里奇特和船夫弗兰克全都来到这艘看似空无一人、只剩船尾两艘小艇的帆船边上。罗杰、吉姆·布莱丁、苏珊、提提和约翰一个接一个地爬出船舱。

"真心希望我们没有打扰您。"妈妈对妖精号的船长说。"你们知道，"她接着对其他人说，"我不希望你们登上陌生人的船只，给别人添麻烦。"

"我们没有。"罗杰说，"他已经说过好几次'谢谢'了。他甚至邀请我们过来当他的船员呢。"

"他们帮了大忙。"吉姆说，"他们帮我停好船，帮忙洗碗，我很高兴让他们上船。"

"他名叫吉姆·布莱丁。"罗杰说，"他昨天驾着这艘船从多佛过来。"

"他一个人。"提提说。

"单枪匹马。"约翰说。

"那么他肯定累坏了，"妈妈说，"不希望你们四个人碍事。"

"先生，您一路顺利吗？"弗兰克问。

"风不够。"吉姆说，"在沉没号灯塔船那边有大雾。"

15

“从昨天到现在除了饼干和汤，他什么都没吃过。”苏珊说。

“他现在打算去吃早餐，去酒馆。”提提说，“我们正好要回去吃晚餐。”

妈妈打量着吉姆。她对他颇有好感，也知道他们在想什么。

“晚餐正等着我们呢。”她笑着说，“如果他想来的话，你们最好带上他。鲍威尔小姐肯定给我们准备了丰盛的晚餐。”

“来吧。”提提说。

“求你了。”苏珊说。

“我们都希望你来。”约翰说。

“我猜有汤。”罗杰说。

“盛情难却啊。”吉姆说。

弗兰克把船朝岸边划去，这样沃克太太和布里奇特就可以先行一步，通知鲍威尔小姐他们有客人。其他人爬上他们的小艇，跟在后面，不过他们并不指望弗兰克在岸上等他们。吉姆紧跟着他们，把淘气鬼号划向岸边。因为潮水又涨了起来，他们看着他把淘气鬼号往上游划了很长一段距离才靠岸。接着，他们把新朋友簇拥在中间，朝登陆点走去，仿佛四艘拖船拖着邮轮入港一般。

第二章

倦然入梦

　　鲍威尔小姐正站在小屋的门口看着他们走下林荫小道拾级而上。"嗨，吉姆先生。"她说道，"你看起来需要补眠啊。"

　　"我昨晚一夜没合眼。"吉姆·布莱丁说，"您好吗，鲍威尔小姐？鲍勃叔叔下周过来。"

　　"您认识他吗？"提提问。

　　鲍威尔小姐笑了起来。"你说的是吉姆·布莱丁吗？我想我应该认识。他还只有这么高的时候我就已经认识他了，他叔叔以前经常用胳膊夹着他从小船上下来蹚水上岸，他则两只脚踢个不停。你现在都快比你叔叔高了吧，吉姆？赶紧进屋吧。晚饭刚刚准备好，我想你们准是饿坏了。"

　　"嘘！"

　　"别叫醒他！"

　　妈妈走进一个异常安静的房间。

　　苏珊站在椅子旁，正准备坐下。她把一根手指放在嘴唇上示意他们别说话。提提和罗杰早已坐在圆桌旁，桌上铺着一块白色桌布，上面摆放着晚饭所需的盘子、刀叉，还有勺子。约翰拉着布里奇特的手，背对着窗户站在那里。他们五个人全都看着吉姆·布莱丁，尽可能地保持安静。吉姆·布莱丁坐在提提和罗杰中间，睡得正香。他们之前为吉姆选好了座位并在他旁边坐了下来。吉姆靠在桌子上，不知怎么，他的头越

来越低，现在妈妈从门边看过来，只看到一头乱蓬蓬的鬈发、蓝色针织套头衫下宽阔的肩膀，还有在盘子中间撑开的胳膊肘。对于吉姆·布莱丁而言，这个世界已然不复存在。

"我们正在和他说话，"提提轻声说，"他突然一下子趴倒在桌子上。"

"他已经筋疲力尽了。"苏珊低声说。

罗杰轻轻地从他的一只胳膊肘下拿走一只盘子，要是胳膊再移动一点点，可能早就把盘子推下桌子了。

"现在一定过了他的睡觉时间。"布里奇特说。

"嘘!"苏珊说。

约翰看着这一切，备感疑惑，原来那就是独自一人彻夜掌舵后的感觉啊! 他什么时候才会拥有一艘属于自己的船呢? 这样他就可以没日没夜地航海，将船开进港口、靠岸停泊、收拾整洁，在扫除一切后顾之忧以后不必再坚持，任凭他扛了数小时的倦意开开心心地占据他的大脑。

妈妈从门口走开，去让鲍威尔小姐把餐点端进来。

鲍威尔小姐轻轻地笑了笑，将盘子放了下来，生怕吵醒吉姆。"他吃点东西就没事了。"她说，"很多次我看到吉姆和他叔叔航海回来时两个人脸上写满睡意。我可能已经预感到他要来，所以才准备了豌豆汤和蘑菇煎蛋饼……这是他们最爱点的菜，如果他们有时间的话，会提前告诉我。他们会给我发电报，'请备豌豆汤和煎蛋饼'，这样我就知道他们在回来的路上了。"

趁着妈妈坐下来开始往柳叶形的蓝色汤盘里盛汤，约翰、布里奇特和苏珊悄无声息地在各自的座位上坐下来。

"嘘！"

　　"我要叫醒他吗?"罗杰说,"我猜他一定饿了。"

　　"汤太烫了。"苏珊说,"等一会儿再叫醒他吧。"

　　但是吉姆·布莱丁突然动了动,他猛地伸出一只手,打翻了一只玻璃杯,杯子正要滚下桌子的刹那被提提接住了。

　　"朝着长滩海角西偏北四十五度方向航行。"吉姆嘟囔道,好像他在自言自语地重复已经牢记于心的事情。他那只伸出去的手正在摸索着寻找舵柄。他猛地抬起头,然后瞪着眼环顾四周,"噢,哎呀……我感到非常抱歉……听我说……我很失礼……我睡了多久了?"

　　"噢,只有一两分钟。"提提说。约翰和苏珊看着妈妈,似乎想说:"他实在忍不住才睡着的。"毕竟,他是他们的客人呢。

　　不过,你总能指望妈妈理解他们,她会意地笑出声来。

　　"不要紧,"她说,"我了解你现在的感受。为什么呢?我少女时代住在澳大利亚时,经常跳完舞后骑着马回家,然后直接在马背上睡着了,直到马嗅到马厩门的味道停下之后,我才醒来。喝些热汤,你会感觉好一点。"

　　尽管他们那时还没有意识到,但吉姆睡着其实是件特别美妙的事。你无法想象一个陌生人四仰八叉地在你的晚餐桌上睡着了的场面。妈妈看着这个新朋友,脸上露出一丝笑容。虽然他个子高大,还上了好多年学,但是妈妈看待他就和她看约翰一样。在那短短的几分钟里,吉姆的脑袋被盘子包围着,可他满脑子都是自己仍然彻夜驾驶着妖精号。也正是在那几分钟里,不知怎的,他竟成了这个大家庭中的一员。

　　不一会儿,他们就热络地聊起天来,仿佛是认识了一辈子的老朋友。

他让他们管他叫吉姆，不要客气地称呼他为"布莱丁先生"。不仅约翰、苏珊、提提和罗杰问了他许多问题，妈妈也问了问题。至于吉姆呢，香喷喷的浓汤和鲍威尔小姐做的精美煎蛋饼让他清醒过来，此刻正在向大家讲述他和叔叔的第一次长途航海之旅，他叔叔如何一步步地让他处理更多船上的事务，他还讲到最后他叔叔如何放心地把妖精号交给他，条件是叔叔在风湿病偶尔不发作的时候和他一起驾船航行，而且还要为他这个新船长当船员。

"你叔叔真好。"罗杰说。

"确实如此。"吉姆说，"上学期我从拉格比公学毕业，幸运地获得了牛津大学的奖学金，叔叔答应过如果我能考上就把妖精号送给我。他的风湿病也没有很严重，那只不过是开开玩笑。他下周就要来了。"

关于在妖精号上过夜的话题他只字未提。他们心想，吉姆·布莱丁之前说他们可以在他的船上过夜也许只不过是出于礼貌罢了，所以真的没什么可失望的。突然间，他再次发出了邀请，而且妈妈当时在场，她也听到了。不知怎的，在吉姆趴在桌上睡着之后，同样的邀请现在听起来有所不同，感觉更加真实，显得更加真心实意，总而言之，更有可能变成现实。

"在他来之前你打算做什么呢？"罗杰问。

"在附近转一转。"吉姆说，"听我说，我是认真的。为什么你们不和我一起去航行几天呢？我可以把你们四个都带上……"

"在船上过夜！"提提说，"噢，妈妈……"

"他们当然会喜欢，"妈妈说，"但是我不能让他们现在就去。他们的

父亲还在回家的路上，我们来到这里就是为了在哈里奇和他见面，我不能在见到他的时候还得向他解释他的家人基本上全都去航海了。"

"我不会带他们出海。"吉姆说，"这儿有奥威尔河、斯托尔河，还有哈里奇港。如果您让他们和我在一起待三天，不驶出海滩尾浮标，我们也可以做很多事。"

"我说，妈妈，我们可以吗？"约翰问。

"他的船上有台引擎。"罗杰说。

"往下直走就能进入一座真正的船舱。"提提说。

"我有四张合适的床铺。"吉姆说，"唯一的问题是被褥不够。我这里的毯子只够两张铺……不过我确定可以借到一些……"

"罗杰！"

然而，罗杰早已冲出房间，大家热火朝天的谈话声高得在过道的另一头都能听到。他几乎马上就折回了。

"鲍威尔小姐说没问题。"他说，"我们可以把我们床上的毯子拿走。"

"噢，罗杰！"妈妈笑着说，"我可没让你去问她。我真的不敢冒这个风险。我们随时可能收到爸爸发来的电报，你不想在哈里奇错过与爸爸相见吧。"

"可是您不是说过吗？您觉得爸爸周六之前到不了这里。"提提说。

"可是万一到了周六你们还在河上漂流，到时候该怎么办呢？"

吉姆环顾餐桌四周，视线落在了这几个准船员渴望的脸上。他当初几乎是抱着好玩的心态提出这个建议的，不过如果他们不能去的话，那就太可惜了。这一次有一队比他年龄小的船员，他觉得这个主意特别棒。

"如果您提出何时想要他们回来，我保证有足够的时间把他们带到风磨坊。"他说。接着，他继续说道："我们会每天打电话报备，从伊普斯维奇，或者菲利克斯托码头，又或者肖特利，无论我们在哪儿……"

"我可不可以和他们一起去？"布里奇特问。

"你还太小，"妈妈说，"而且也没有你住的地方了。"

约翰差点就从椅子上跳起来。

"妈妈要答应了。"他差点就大喊起来。

"噢，我认为这不公平。"布里奇特说，"我已经很使劲地努力长大了。"

"我也没有得到邀请啊。"妈妈说，"而且布里奇特，总有人得留在这里照顾我呀。"

"我可以睡在驾驶舱。"吉姆迟疑地说，"不过就算我睡在那里，船舱里也睡不下六个人。"

"不不不，"沃克太太连忙说，"我不是那个意思。布里奇特和我还有很多事要做。但是我得提醒你，我还没答应他们几个可以去呢……"

"但是您打算答应了。"罗杰说。

"爸爸总是说'抓住机会就不会为本来可为之事而抱憾'。"提提说。

"我们会学到很多。"约翰说。

"我会认真考虑的。"妈妈说，"布莱丁先生也必须好好考虑一下。没准明天一早醒来他就变得更加明智，不打算让船上载满一群吵闹的小孩。"

"妈妈！"苏珊说道，到目前为止，她还没说过一个字。

　　但是妈妈不为所动。"以后再说。"她说，"明天早上我们再想想……要是他还没有为了摆脱你们急匆匆地驾船而逃。现在呢，布里奇特该上床休息了，布莱丁先生也要休息了……要知道他昨晚可是一夜没睡呢。"

　　"我们送送他。"罗杰说。吉姆·布莱丁一想到要睡觉，眼皮就不自觉地要合上了，他起身向沃克太太道谢，感谢她请他共进晚餐。

　　外面越来越黑了，他们打着手电筒找到了淘气鬼号，还帮助吉姆从登陆点把船放下水。

　　"非常感谢你让我们上船。"约翰说。

　　"谢谢你们才是。"吉姆说。

　　他们当中没有一个人，甚至连罗杰都没有再说要加入妖精号的话。不知怎的，他们感觉这不公平。妈妈既然说了要他好好考虑一下，那么他就必须好好想一想。

　　"晚安！"他划桨离开的时候他们大声喊道。

　　"晚安！"他回应道。

　　他们四个人站在登陆点，在夜色里目送吉姆划着船渐渐远去。夜，寂静无声，哪怕他们已经看不见吉姆的身影，但哗哗的划桨声仍然声声入耳。接着他们听到一阵轻轻的撞击声，划桨声戛然而止。

　　"他一定睡得很香，不然不会撞到船舷的。"约翰说。

　　不一会儿，一丝光亮从妖精号的舷窗洒了出来，他点亮了船舱里的灯。他们依依不舍，一直注视着船，直到灯熄灭了。

　　"我说，"罗杰说，"你们觉得他有时间脱衣服吗？"

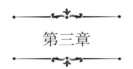

第三章

"照单全收"

"妈妈去哪儿了？"

妈妈卧室的门开着，但是里面没有人。约翰砰砰砰地敲着苏珊、提提和布里奇特的房门，她们正忙着穿衣服。

"我们马上就下楼，"布里奇特大叫，"苏珊快要给我编好最后一条辫子了。"

"妈妈出门了。"罗杰喊道，此时约翰走进了客厅，"她的吐司都要冷了。"

他们向通往花园的门走去，看到妈妈正从船库那边走过来。他们跑下台阶向她奔去。

"喂！"她说，这时她看到他们正望向登陆点，想确认一下妖精号是否依旧停靠在那里，晨曦下它和其他的帆船簇拥在一起。妈妈接下来告诉他们的事让他们内心充满了希望。"我打听了人们对那个年轻人的评价。"

"是褒奖吗？"罗杰问。

"这儿的每个人似乎都对他评价不错。鲍威尔小姐说吉姆是她所认识的人当中最热心的一个。船夫弗兰克说：'他要是照管不好自己的船，那就没人帮得了他了。'一个造船工说自己不管走到哪里都会信任他。那位打磨船柱的老人说'他们跟吉姆一起出海从来不担心遇到麻烦'。"

"您打算让我们去吗？"约翰说。

"他可能已经改变主意了。"妈妈说。

"可是如果他仍然想让我们……"

"这样看来，我好像不得不让你们去了。"妈妈说，"但是我还得问问你们的父亲……"

"爸爸会说：'去吧……'"

"我想他会这么说。"妈妈说。

"妈妈打算让我们去啦。"跟其他孩子在门口会合时罗杰大声叫了起来。

"等吉姆问你们再说。"妈妈说。

他们眺望着远处整洁的白色妖精号，它停泊在自己的系锚处，那艘黑色淘气鬼号小船依偎在它的船尾。没错，吉姆在船上，否则这艘小船不会出现在那儿。但是没有任何人活动的迹象。

"他还在睡觉吧。"妈妈说，"我们进屋吃早餐吧。"

他们正吃着面包和果酱，这时一个庞然大物遮住了窗户，他们看到吉姆正在往屋子里看。

布里奇特溜下椅子第一个冲出门去。

"请进。"她说。

"昨晚睡得好吗？"罗杰尽量一本正经地问。

"非常好，谢谢。今早绕着船痛快地游了一次泳。我现在很好。沃克太太，我为昨晚在餐桌上睡着的事情深感抱歉。"

"瞎说什么呢。"妈妈说，"那场面可爱极了，我们都非常开心呢。进来坐下吧。罗杰，再去橱柜里拿一只杯子。壶里有很多咖啡。现在，在早晨的光线下，既然已经看清楚这几个小神兽了，那么你就不会再想把

他们四个带到你的小船上去了吧。我已经告诉他们你不会了，所以你也不用担心他们会为此感到失望。"

罗杰正准备反驳，但是忍住了。他手里握着杯子等待着。

"那他们多久以后可以上船呢？"吉姆问。

五个小时后，约翰、苏珊还有吉姆·布莱丁坐在妖精号的驾驶舱里休息，他们忙活了一上午，午餐吃的是面包和奶酪，还喝了姜汁啤酒。"一开始就洗一大堆东西徒劳无益。"吉姆说，"幸好你们刚刚刷过水槽，样样东西都整理得井井有条、干干净净。"接着，他们把面包屑扔向海鸥，靠着船舷洗干净盘子、冲刷马克杯，然后把擦拭干净的盘子放进橱柜归位，接着再把马克杯挂回洗碗槽上方的挂钩。沃克太太和其他人去伊普斯维奇采购了……"船员当然要自备干粮。"沃克太太说。吉姆、苏珊和约翰坐在驾驶舱里，注视着海岸，这里的潮水不久前涨得很高，正拍打着海鲜酒馆的墙壁。

吉姆小心翼翼地抽着烟斗，每隔一分多钟才松开捏住烟管的手指。其他人都敬佩地看着他。

"我这个假期才开始抽烟。"吉姆坦言，"叔叔要我保证毕业之前不能抽烟。"

"你喜欢抽烟吗？"苏珊问。

"干完活之后抽口烟感觉很棒。"吉姆说。

"一定要用很多火柴吧。"苏珊说，因为此时另一根火柴已经被扔下船，加入那一长串熄灭的火柴随波逐流。

"烟草有点潮湿。"吉姆说,"真讨厌,它又灭了。"

"我在清理油灯的时候,发现了一桶擦铜油。"苏珊说,"我去擦一擦舷窗,可以吗?"她正看着舷窗,通过它掌舵人可以看到船舱里洗碗槽上方的罗盘。

吉姆吐出一口烟圈,看了看舷窗,仿佛他第一次看到似的。

"有点生锈,"他说,"没法一直使它保持光亮。我想我这一年都没碰过它。不过,你们知道吗?你们离开以后,鲍勃叔叔和我永远都无法保持这么整洁。"

约翰什么都没说。他了解苏珊。他们忙活了一上午,把从鲍威尔小姐那里借来的毯子和枕头运过来,还有四只小背包,每只背包里都装满了洗漱用品和浴衣,还有一些换洗的衣物。这些东西从舱梯口被扔进船舱后,里面似乎都没有腾挪转身的空间了。后来苏珊留下整理,而他们几个又划了两个来回,在造船工的后院打开水龙头把水罐灌满。他们第二次把水罐里的水全都倒进驾驶舱地板下的水箱时低头看进船舱,意外地发现里面一片空旷。所有的毯子都已经卷好,一捆捆整整齐齐地摆放在每个床头。苏珊则跪在地板上,旁边放着一桶水,正用抹布认认真真地擦拭船舱地板,看起来不想被任何人打扰。于是他们便去甲板上干活,留她一个人待在那里忙碌。"最好记住这些绳索。"吉姆说。他们把主帆来来回回升降了三次,在最后一次升降的时候,约翰获准独自一人完成这项工作,吉姆在一旁看着一言不发,只是在结束的时候提醒约翰要放松千斤索,这样船帆就可以借助帆桁的力量乘风飞扬。接着吉姆向他们介绍了收帆装置,并从驾驶舱的一只柜子里取出一只小小的黄铜把手,

拿到前甲板上安装到位，然后向约翰演示如何收帆，即转动把手，一点一点地松开主升降索，这样帆桁就可以慢慢地转动卷紧船帆。接着约翰学会了摇动艏三角帆的窍门、如何在底部绑紧支索帆，以及如何夹牢前桅支索的帆环。待到温暖的八月阳光晒干了挂在升降索上的旗帜，升降索便松弛了下来，桅顶上的三角旗来回摇摆。吉姆要约翰把它拉紧，教他如何双手交替地降旗，而不会剧烈摇晃；又教他用同样的方式升旗，以及如何凭借一个轮结就系紧升降索。现在，在一系列的操作之后，约翰坐在驾驶舱里抬头看着桅杆，在灿烂的阳光下很难看清上面的滑轮组，他提醒自己每个滑轮有何用途、每条绳索通向哪里。妖精号拥有的绳索比他驾驶过的任何一艘小船上的绳索都要多，但是在经过一上午的收拉绳索、操作升降索、解开缆绳、全面检修以及系紧绳索等一系列操作之后，约翰感到十分开心，他希望自己已经不是一名毫无用处的船员了。至于苏珊呢，她已经擦拭好地板，整理好了床铺，每个床头上整整齐齐地摆放着枕头、毯子和背包。除此之外，她还整理了书架、打扫了厨灶，从偏僻的角落里清理出大量的灰尘。换句话说，她已经渐入佳境，不想停下来，而在等候驾驶舱里的其他伙伴的时候，她也没觉得在浪费时间。用抹布和擦铜油把舷窗擦拭干净后，从舷窗看罗盘就一目了然了。

"他们来了！"吉姆第一个看到借来的小艇，妈妈、布里奇特、罗杰和提提坐在船上，划桨离开登陆点，"喂，你们的母亲也会划船呢。"

"她很会划船。"约翰说。

沃克太太正划着船，使这叶扁舟轻盈地从停泊在登陆点的一簇簇小船之中穿梭而过。罗杰坐在船头，提提和布里奇特坐在船尾。

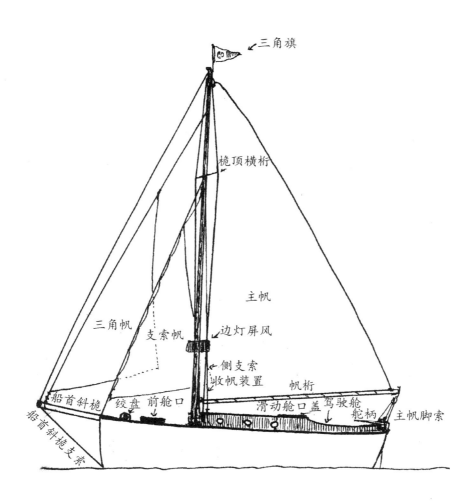

三角旗

桅顶横桁

主帆

三角帆

支索帆

边灯屏风

侧支索

收帆装置

帆桁

船首斜桅

绞盘 前舱口

滑动舱口盖 驾驶舱

舵柄

主帆脚索

船首斜桅支索

　　"他们带来许多包裹，"苏珊说，"我又得再打扫一次舷窗了。"她下到船舱，把擦铜油放回原位，接着又爬上甲板。她刚刚整理干净的船舱马上又要变得混乱不堪，这似乎令人惋惜，不过，她觉得所有物品都会有地方安置的。

　　吉姆抽了一半的烟斗又一次熄灭了，于是他小心翼翼地把烟斗放到驾驶舱的一只柜子里。

　　当装着货物的小艇滑到船边时，妈妈把桨收进船里。

　　"把系船索扔给我们吧，罗杰。"吉姆说，"你们好啊！你们手里拿的是什么啊？"

　　"六孔小笛。"罗杰说，"花了一个多便士呢。"

　　"他硬要买的。"布里奇特说。

　　"好吧，弗林特船长的船屋里可是有一架手风琴呢。"罗杰说。

　　"你会吹吗？"吉姆问。

　　"只会一点点。"罗杰说，"我的落在学校了。"

　　"真幸运。"约翰说。

　　"真倒霉。"罗杰说，"我真的会吹。我们学校的一个男孩教过我。"他有些犹疑地四处张望。没有人说他不会啊。不过妈妈笑着说："他要是太聒噪的话，布莱丁先生随时可以把他扔下船。但愿布里奇特和我能上船和船员们道别。我们想看看他们将要扬帆起航的船。"

　　"务请上船。"吉姆说，"来吧，布里奇特。"

　　"我等会儿再上，"妈妈说，"这样提提就可以把这些包裹拿上船了。别压那只装着香肠卷的包裹，那只装甜甜圈的也是，还有一定要当心猪

雾海迷航

肉馅饼。"

"我们肯定吃不完这么多。"吉姆说，"我知道，您非常好心，可……"

"你没见过这些孩子拼命吃饭的样子，不知道他们有多能吃。"妈妈说，"这是今天晚上吃的，这是明天一整天的，还有后天的。"

"快下来看看这间小船舱。"苏珊说，她希望妈妈看看船舱干净整洁时的样子，"看看这只厨灶，有两个燃烧阀呢，旁边还有一只真正的洗碗槽。"

"这艘小船非常舒适。"妈妈说着从舱梯上下来，四处打量了一番。

"提提和我打算睡在这儿。"苏珊向妈妈展示了前舱，"罗杰打算睡在那儿，约翰就睡在这儿。"

"那可怜的布莱丁先生呢?"妈妈说，"地板看起来很硬啊。"

"我在哪儿都能睡得香。"吉姆从驾驶舱往下看，咧嘴笑着说，"甚至把头搁在别人的餐桌上都能睡着呢。"

"看看这几个铺位后边是什么。"苏珊说，"是大橱柜。"

"什么?"妈妈有点吃惊，"炖梨、桃子、意大利面、番茄和豌豆汤……"

"我和鲍勃叔叔基本上以吃这些罐头为生。"吉姆说。

"如今能买到这些好吃的罐头可真好。"妈妈说，"这是什么……满满一架子的牛排腰子布丁吗?"

"这些东西热起来非常方便。"吉姆说。

"我给你们带来的这些东西更省事。"妈妈说。

"有甜甜圈，"罗杰说，"有香肠卷、岩层饼，还有许多火腿，全都是

开袋即食。"

"这个是猪肉派。"布里奇特说,她单手顺着阶梯爬进船舱,另一只手握紧猪肉派。

"好多苹果,"罗杰说,"还有各种巧克力,一大块一大块的。还有两打鸡蛋和整整一磅黄油。"

"还有两条面包……"提提说。

"我应当想到这一点的,"吉姆说,"但是我经常吃饼干,所以忘了。鲍勃叔叔总是会带面包。"

"还有樱桃蛋糕。"罗杰说。

苏珊已经清理干净一层橱柜,他们下来的时候她正在放置包裹。

"最好把火腿放在船舱外面。"妈妈说。

"我来把它放进驾驶舱的柜子里。"吉姆说。

"那面包和蛋糕呢?"

"水槽下面有只橱柜,里面有只专门放面包的白铁盒。"苏珊说。

"那么现在呢,"妈妈说,她看到所有物资都已摆放好,橱柜门也关好了,船舱又恢复了苏珊之前整理好的模样,"你们有航海图吗?务必让我看看你们要去哪儿。"

吉姆从一张床垫下面抽出哈里奇港航海图。"保持航海图平整无折痕。"他一边把床垫推回原处一边解释。他把航海图在桌上摊开,然后开始解释。

"我们现在在哪儿?"妈妈问。

"这里。"吉姆用手指了指,"风磨坊在这儿,这条河朝北流向伊普斯

维奇。我们明天可能要去那里看一些码头，然后再反方向南下到肖特利看斯托尔河。"

"他们会很高兴参观肖特利的。"妈妈说。

"这两条河交汇在一起形成了哈里奇港。"吉姆说，"这两只浮标……海滩尾和悬崖足……告诉我们港口在哪里结束，大海从哪里开始。"

"你们不会去更远的地方吧？"妈妈问。

"不会的。"吉姆说。

他们看着航海图，讨论着要去做什么、在妖精号上约翰和苏珊要怎样才能成为大副和二副、提提和罗杰又如何成为一等水手。说话间，时间过得飞快。

"我希望他们能遵照嘱咐行事。"妈妈说。

"我们必须这么做啊，"提提欢欣雀跃地说，"否则他就会把我们当成铁锈，用系索栓刮下来，然后像诗里描写的男人那样把我们扔进海里喂鱼。"

"我完全同意他那么做。"妈妈说。

"噢，我说呢。"罗杰说，"但是他恐怕没有铁制系索栓呢。"

"我倒是希望他有。"妈妈说，接着，她看到吉姆抬头瞥了一眼时钟，又继续说，"在船上时间过得可真快啊。来吧，布里奇特。咦，她跑哪儿去了？"

这时从前舱传来轻微的呼噜声，布里奇特蜷缩在提提的床铺上假装睡着了。

"不，不，不，"妈妈说，"可不能偷渡……尽管我承认我也想去。"

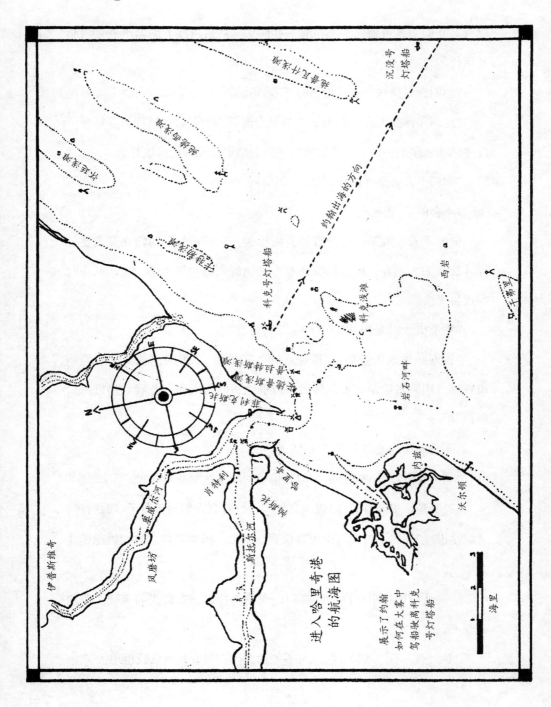

进入哈里奇港
的航海图

展示了约翰
如何在大雾中
驾船驶离科克
号灯塔船

"那我们一起去吧。"布里奇特说。

妈妈看着吉姆的脸，而后大笑起来。他什么也没说，但是她知道他在想什么。妖精号上住五个人就已经很挤了，至于再加上两个人，根本就不可能。

"他们不想要我们去。"妈妈说。

"我们真心想要你们去，"吉姆说，"只是……"

"我明白。"妈妈说，"多余的沙丁鱼会撑爆罐头。你们应该出发了。布里奇特和我还是给你们在甲板上留一片空地吧。"

吉姆又瞥了一眼时钟，然后通过舷窗看了一眼登陆点，潮水退却后一半的登陆点已经干了。

"没关系，"他说，"潮水退到肖特利岬角后我们就能出发了。"

"有人要上岸吗？"罗杰从驾驶舱大喊道。

"来了，来了。"妈妈说。

妈妈下到借来的小艇上，船长把那个小偷渡客抱了下来，妈妈已经和这几个大副、一等水手一一吻别了。

"听着，苏珊，"她说，"还有你，约翰，不要在夜里航行……不要去港口以外的地方……还有后天要回来……你们可不想错过在这里跟爸爸见面吧……答应我。"

"我们保证……"

"我也保证。"吉姆说，"星期五四点的时候会涨潮。我会带他们及时赶到风磨坊喝下午茶。"

"我们全都答应。"苏珊说。

"好的，孩子们，"妈妈说，"玩得开心。如果你们要在哈里奇、肖特利、伊普斯维奇或者其他偏僻港口登陆的话，可以打电话给鲍威尔小姐……"

"并且寄一些风景明信片。"布里奇特说。

"我说，"提提说，"我们给南希、佩吉，还有迪克和桃乐茜也寄张明信片吧。"

"我今晚就寄……"

"我有一些明信片，"吉姆说，"不过款式都很普通。"

妈妈和布里奇特在一旁等着吉姆掏出一张明信片。提提在上面画了一幅妖精号在激浪中满帆航行的图景。她还写下了地址："风磨坊，妖精号帆船，船长……""你在这儿写上你的名字。"吉姆签上了自己的名字。"大副和船员……""我们都签上自己的名字吧。"铅笔从一只手里传到另一只手里。提提又写道："我们已经上船，正准备起航。"她在明信片上写下的收件人是贝克福特的南希·布莱克特船长，接着交给妈妈。"这会让他们欢欣鼓舞的。"她说，"他们根本想不到我们这么快就要驾船出行，更想不到我们会在船上过夜。"

罗杰把卷好的系船索扔到借来的小艇船头，妈妈把船推开，在一旁看着船长和船员们忙活起来。他们升起主桅帆，展开三角帆，确保一旦要动身出发，随时都能升起支索帆。妈妈看到一切进展顺利，吉姆又是一位能干的船长，既放心又高兴。干活不疾不徐，一次干好，不用返工。

中间只停顿过一次。吉姆船长来到船尾的舵柄处。他抬头望向高空，接着环顾四周。是的，一切准备就绪。主桅帆装好了，帆桁缓缓地来回

摇摆，三角帆随风飘动。他们都准备好了。

"约翰！"

"长官！"

"准备解开锚缆。解开系在浮标上的船首斜桅侧支索，当我喊出口号的时候把它扔到船侧。我们要右舷抢风起航，从这艘蓝色帆船的船尾绕过去。"

"遵命，长官！"

"您不觉得听约翰说'遵命，长官'很搞笑吗？"布里奇特说。

"他没说错啊。"妈妈说，"他是大副，不是船长。"

主帆迎风鼓了起来，妖精号开始慢慢移动。船头正被牵引着转向，船帆随风飘动。帆桁缓慢地来回摇摆，主帆再次鼓满了风。

"现在，"吉姆喊道，"解缆！"

系船浮标掉下水的那一刻激起了一阵水花。

"解开了，长官！"约翰大声说。

"拉起支索帆。"吉姆喊道，"苏珊，拉紧左舷三角帆。就是这样。我们扬帆起航了。"

约翰双手交替拉起支索帆，妖精号调转方向，逐渐加速，绕过蓝色小冠花号的船尾，穿过捕鱼船队出发了。妖精号那高高的红色风帆飘扬而过，两只脑袋突然从小冠花号的船舱里冒了出来。

"要去航海吗？今天航海正当时啊！"

"只在港口内。"吉姆喊道。

"再见，"妈妈和布里奇特在小船上向他们挥手，"再见。"

"再见，再见！"提提喊道。

"再见，再见！"其他人也大声叫道。

他们渐行渐远。约翰急忙沿着侧舷甲板跑到船尾，安全地进入驾驶舱之后第一时间向她们挥手告别。不一会儿，海鲜酒馆就消失在一艘停泊不动的驳船背后。他们正在驶离最后几艘游艇。提提、苏珊和罗杰回头看着妈妈和布里奇特坐在小艇上向登陆点划去。

"喂！"罗杰大声喊，"鲍威尔小姐也来送我们啦。"

鲍威尔小姐站在登陆点，挥着手。妖精号的船长和船员们在午后的阳光里顺流而下，挥手向她告别。

妈妈和布里奇特来到登陆点和鲍威尔小姐会合，然后把她们的小艇系牢。

"你难道不想和他们一起去吗？"鲍威尔小姐问布里奇特。

"总得有人照顾妈妈吧。"布里奇特回答道。

"我真希望我的决定是对的。"妈妈说，"让他们放弃这样的航行机会真是太可惜了。我知道他们的父亲会同意的。"

"他们不会给吉姆惹麻烦的。"鲍威尔小姐说。

"无论如何，他们都不能离开港口。"沃克太太说。

远处张着红色船帆的妖精号拖着船尾的黑色淘气鬼号正顺流而下，淘气鬼号渐渐消失在一艘停泊的汽船后面。

第四章

顺流而下

他们出发了。此前他们手忙脚乱了好一番：吉姆松开主桅帆，苏珊竭尽全力控制三角帆，驾驶舱里的绳索和人好像多得不堪重负；而现在一切归于平静。妖精号正顺流而下，它开得那么轻，那么静，他们只得跑到船尾观看淘气鬼号船头激起的水花，抑或是靠近水边或看着两岸的树木，方能真真切切地感受到船正在移动。

"两天前。"提提小声地说。

"我们还在火车上。"罗杰说。

"我还在唐斯 ① 盼望着起风呢。"吉姆大笑。

"而现在，我们全都在船上。"提提说。

"约翰，我去船头收拾，你来驾船。"吉姆说。

"你觉得我能行吗？"约翰不确定地问，他担心地看着前方停泊在河中央的大汽船，上面的粮食正被卸载到停靠在一旁的驳船上。

"你当然可以。只要保持船一直开动就行了。贴着汽船这边，否则我们就没有风了。"

约翰握着舵柄，吉姆往前跑到船舱顶，忙着整理前甲板的升降索。早前，约翰费了九牛二虎之力才把支索帆升上去，而他那时还不知道怎样才能把缆绳收拾好不碍事。现在，他正驾驶着妖精号。提提和苏珊紧

---

① 唐斯（The Downs），英国多佛海峡中位于英格兰东南部和古德温暗沙之间的近岸锚地。

张兮兮地看着他。他行吗？驾船好像没有他之前担心的那么难。就像驾驶老燕子号一样。他望向远处的河流，选择将船开向远处的一个岬角。风很小，所以他们行船的速度并不快，不过退潮正带着他们前进，仿佛转瞬间他们就开到了高高耸立的汽船的阴影之下。约翰并没有看汽船，但他从眼角的余光看到那堵黑漆漆的高墙，身旁的驳船被它映衬得那么小。在他上方不远处传来吊杆式起重机发出的咔嗒声，码头工人吆喝着把粮食一袋一袋地搬进驳船的货舱。他们从汽船旁边经过。

"拉普拉塔。"罗杰抬头看着汽船的船尾读道。

"指的是拉普拉塔河。"提提说，接着她像约翰一样再次望向前方，仿佛这艘小小的妖精号将驶向大西洋和南美海岸。

吉姆·布莱丁回来了，约翰把舵柄让给他。

"你继续掌舵。"吉姆说，"你开得很好。"

他们继续航行。河两岸的树到了尽头。在一侧堤岸的斜坡上爬满绿油油的植被，一直绵延到水边；在堤岸的另一侧，更远处有一堵海堤，上面长满长长的青草，铺满碧绿的盐碱，还有退潮后露出来的闪闪发光的污泥。一群鸬鹚站在泥滩边缘，宛如站岗的黑色哨兵。一只灰色的苍鹭正蹚过河。一群海鸥飞向空中，打了打转后又在原地纷纷落下。现在他们没有树遮挡，风力因此更大了，妖精号倾向一侧。尽管只倾斜了一点点，提提却一把抓住围绕在驾驶舱边缘的栏板，罗杰也想抓住栏板，当他一伸手却发现自己可以把两只脚分开，这样不扶任何东西就能站稳。

"我可以去前甲板吗？"罗杰问，他等到妖精号不再倾斜之后才开口。

"最好不要去。"苏珊说。

"我们像这样侧风航行时，他是不会有事的。"吉姆说。

"沿着迎风面走。"约翰说，"到那里时抓紧那个扶手，然后再抓紧升降索。"

"千万要小心啊，罗杰。"苏珊叮嘱道。

没必要担心。罗杰从驾驶舱里爬了出来，当即暗自决定有机会他要再往前爬。他慢慢地往前挪，接着在驾驶舱顶的前端坐下来，然后小心翼翼地站起来。

"我可以听到船头下方汩汩作响的水声啦。"他扭头说道。

吉姆坐在驾驶舱的舱口护栏上，重新点燃了烟斗里剩下的烟草，同时给他们上领航技术第一课。

"红色浮标和圆锥形浮标是右舷浮标，"他开始讲解，"黑色罐状浮标是左舷浮标……涨潮的时候，船去上游要靠它们指示航道。"他解释道，"我们现在不用管指向港口的圆锥形浮标，因为现在是要出港，不是进港。"

"那只是圆锥形的吗？"提提问。

"是的。它就在莱文顿湾右侧泥滩边缘，另外一只浮标就在前面，上面还有一只鸬鹚，也是圆锥形的。那只是罐状浮标，就在那边，是黑色的，离科利默岬角不远。"

"那么，现在我们要沿右舷航行吗？"约翰说。

"靠右舷穿过，你可以把船头转向右舷了。"

前甲板传来一声大叫。"看见汽船了！"罗杰喊道，"我们快要跟它相遇了。就在河流向右转的那个岬角上游。"

"右舷。"提提低声说。

"我们要给它留够空间。"吉姆说，他看着浓烟滚滚的烟囱和刷过白色油漆的舰桥，它们耸立在科利默岬角低矮狭长的绿色暗礁上，"不过，尾流会使我们摇摇晃晃。最好走到船尾来，一等水手罗杰。风也正往南吹。我们在下一个河段要抢风调向。一段长途，一段短途……"

罗杰一脸严肃地慢慢走回来，不过等安然无恙地跟其他人一起挤在驾驶舱以后，他就开心地咧嘴笑了起来。

"靠近那只浮标，"吉姆说，"这样我们就能借势顶风航行了。"

离岬角不远的那只黑色扁平浮标越来越近了。

"上面有盏红灯。"罗杰说。

"那是左舷灯。"吉姆说。

"可我们要沿右舷行驶啊。"罗杰说。

"因为我们要沿河而下，不是沿河而上。"约翰说，吉姆听到他们很快就掌握了自己刚才教过的东西，笑得合不拢嘴。

其实还没经过浮标，他们就看到下游处有一片开阔的新河段，河水流经最后这一段而后汇入哈里奇港。他们远远地看到前方有一座灰色小镇，映入眼帘的还有教堂的尖塔和灯塔，汽船抛锚停泊在宽阔似海的水面上。现在河岸两侧没有树木，给人一种完全不同的感觉，河流仿佛早就告别了土地。远处的哈里奇宛如一座孤岛。沿着最后一段河流继续航行已然不像是在河上行船了。现在他们就要与从大海驶入港口的汽船相遇了。

吉姆说这是一艘船舷都生锈了的小型汽船，正开往伊普斯维奇的码

头。他警惕地注视着它，已经拉紧主帆索，还要约翰注意三角旗并尽力做到最好。汽船越来越近。不，汽船的船速没有快到让他们从它的船尾通过，妖精号的速度也没有快到不碰到它的船头。

"我们可能得调头。"吉姆说。

"但是汽船应该给帆船让道。"罗杰说。

"可是现在是帆船有足够的空间，而汽船没有活动的余地。我们可以在整个河面自由航行，而它只能在深水航道航行。"

提提、苏珊、罗杰和约翰立刻全都屏住呼吸。一声短促响亮的轰隆声惊动了整条河流。

"天哪！怎么回事？"

哈里奇宛如一座孤岛

"一声鸣笛。"吉姆说着把烟斗放到一个安全的角落，"它要向右转舵了。快点，我们给它让出左舷。"他从舱口护栏上滑下来，随时准备拉扯帆索，"给你，苏珊。我喊口号的时候，放下这根后支索。提提放下艏三角帆。剩下的交给我。约翰，你一准备好就调转船头……"

"我说，"约翰说，"最好由你来……"

"别害怕，"吉姆说，"你就当作划着小艇调头，不过要记住不要转得

太快。就现在……"

"准备调头。"约翰说着果断地放下舵柄。

"放下艏三角帆。"吉姆说，"后支索……很好，罗杰，解开支索帆帆脚索。"

妖精号在汽船生锈的船舷下方调过头来，然后朝河岸的西侧开回去。在他们上方，汽船的驾驶舱里有一名男子举起手，而后向前平放下来，这是东海岸水手严肃的致敬。妖精号的船员们愉快地挥手回礼。

现在，他们又要调头了。

"非常顺利。"船长说道，忙碌完一阵之后，妖精号再一次沿河而下，"苏珊二副，现在让大副休息一下，让我们看看你的驾船技术吧。"

约翰把舵柄让给苏珊，他很高兴到目前为止没犯任何严重的错误。不管怎样，就算他犯了错，也没严重到令船长批评他。

"确保船帆鼓满风。"苏珊接过舵柄时吉姆说，"不要过于顶风航行。不管怎样，驶离法格伯里岬角时我们还得再调头。"

"苏珊，尾流不要摇摇摆摆。"罗杰说，"每当尾流摇摆，我和提提就会提醒你。"

但是苏珊一直注视着三角旗，几乎听不见罗杰的声音，根本没听到他说了什么。掌舵的要领是什么？不要让船帆下垂，不要让三角旗被风吹离主帆。她可没像约翰那样跟爸爸一起航行过，他们父子俩曾经驾着渔船离开法尔茅斯。不过，苏珊驾驶燕子号小船的技术跟约翰一样好，她知道约翰正看着自己，也知道他俩都希望她驾驶妖精号时不要出任何岔子。

49

吉姆再次坐在舱口护栏上，提提和罗杰敬畏地看着一缕蓝烟从他的烟斗冒出来，随风飘散。

"喂！"他突然开口道，"法格伯里岬角附近的泥滩上有人。望远镜在哪里？"

"我知道望远镜在哪儿。"提提说着钻进船舱去取。她不一会儿就上来了，"给你。我说，约翰，船开动的时候感觉可真好，哪怕只是待在船舱里。"

吉姆通过望远镜看过去。"没错，"他说，"船陷进淤泥里了。只有等到涨潮时船浮起来才能脱困呢。"

"有一艘沉船！"提提惊呼道。

"它在那儿不会有事。"吉姆说，"在海港外面可就不一样了……"

可就在此时，一等水手罗杰突然从驾驶舱的一把椅子上跳了下来，接着又被约翰一把拉住。

"快看！快看！"他大声叫道。

"在哪儿？"

"不见了……又出来了……"

"可是在哪儿呢？"

一时间什么也看不到，提提和约翰以为这只不过是罗杰无中生有呢。接着，在大约不到三十米远的地方，一大块亮闪闪的黑色物体忽而破水而出，忽而蹿入水中，翻滚了一次后又消失不见。

"是一头黑猪，"罗杰说，"正在游泳哩。"

"鼠海豚。"吉姆·布莱丁说着又点燃他的烟斗，"离右舷不远的地方

还有一条。"

"离我们很近！"罗杰大叫。

"它正在我们的船底下潜水。"约翰说，"它在那儿……在另一边。"

"像一条鲸鱼。"提提说，"几乎一模一样……"

"总而言之，"吉姆说，"它们的确是一种鲸鱼……你们知道，是哺乳动物，不是鱼类。"

"这种感觉跟航海一样美妙！"提提大声说道，"它们又出现了，在跟我们比赛呢。两边各有一条……噢，真希望南希在。"

这些鼠海豚太可爱了，连苏珊都招架不住了。

"这儿有条鼠海豚宝宝！"她激动地大喊，"在那儿，孤零零的……"

"注意掌舵。"约翰说着伸出一只手，其实并没有碰到舵柄。

苏珊大吸一口气，听到艏三角帆不耐烦地拍打了一下。"抱歉。"她说道，接着船帆再次鼓胀起来，"又出现了。还是幼崽吗？好吧，约翰，我再也不看了。"

"噢！"提提叹了一口气，"它们超过我们了。"

这些鼠海豚已经游到前方很远的地方。黑色的鳍时不时地露出水面，黑色的背脊翻滚着浮现在眼前，飞快地向前移动，越来越远，越来越远。

"朝大海游去了。"吉姆说。

"黑猪真幸运啊！"罗杰说，"天啊！它们在深夜会突然浮上来观看那些汽船……真希望我们也可以。"

"什么？从水底浮上来？"吉姆问。

"出海。"罗杰说。

"噢，不行。"苏珊略微不耐烦地说，"我们保证过的。难道现在这样对大家还不够好吗？"

吉姆哈哈大笑。"我想亲自带你们出海。也许，等你们的父亲回来之后，我和鲍勃叔叔返航以后……瞧，苏珊大副，我们现在要调头了，等我们下次再次调头时就能抵达法格伯里浮标，到时候可以去看一看提提的沉船。"

苏珊看着约翰，但是约翰、提提和罗杰都在忙着松开或者拉紧他们各自的绳索。她紧紧地咬住嘴唇。"准备转向！"她喊道，然后稳稳当当地使妖精号调过头来。驾驶舱内顿时一阵忙乱，同时妖精号开始顶风航行，前桅帆随风飘扬，帆桁在空中摇摆。紧接着，所有的船帆拉着妖精号穿越河流勇往直前，缆绳也卷成一团，接着一切归于平静。

但没持续多久。"准备转向！""放开艏三角帆……后支索……拉紧艏三角帆……支索帆。"喊声再次响起。妖精号在调头的过程中没有一刻迷失航向，一直朝着离法格伯里岬角不远的红色浮标前进，停泊在那儿的那艘绿船，船身向一边倾斜，帆桁都垂落在船舱顶部，所有的船帆乱作一团。

"真希望我们可以一直这样航行下去，直到永远！"提提说。

"你们的手会磨得很痛的。"吉姆说，"第一次拉绳索会这样。"

罗杰和提提看着他们的手。

"热辣辣的，不过还没觉得灼痛。"罗杰说着轻轻地揉了揉双手。

渐渐地，渐渐地，他们越来越靠近那艘搁浅在泥泞中的绿船。两个男人正在倾斜的舱顶上努力保持平衡，他们难过地看着河水随着潮汐慢慢退去，眼巴巴地看着船搁浅。妖精号慢慢靠近时，其中一个男人首先滑下来，接着另外一个也滑了下来，然后侧着身子从舱门挤进船舱。

"船舱完全倾向一侧，他们在里面会很不好受的。"罗杰说。

吉姆咧嘴笑了起来。"他们可不愿意提及此事。"他说，"换我也不愿意。搁浅在那样的地方可没什么借口。幸好他们是在河里驾船。"

"为什么呢？"罗杰问。

"在大海搁浅一不留心就会船毁人亡。更别说很有可能遇到许多海盗趁火打劫，就像可怜的老艾尔莱特遇到的那些……"

"海盗？"提提问。

"'巡岸鲨'，"吉姆说，"诸如此类的东西。那样很好，苏珊，继续向前，一直驶向肖特利岬的浮标。对，大一点的那只就在正前方。有一片浅滩从岬角直接通向那里。看见那片水波了吗？还有一群海鸥停在泥滩上。"

"一定要和我们说说这些海盗。"提提说。

"等我们停好船，我可以拿着航海图给你们讲讲事情的经过。"吉姆说。

"我们要把船停在哪里呢？"约翰问。

"好地方。"吉姆说，"就在斯托尔河的肖特利码头不远处，这样我们

很快就能上岸，告诉你们的妈妈我还没把你们扔下水淹死。"

"打电话吗？"苏珊问。

"是的。在码头的尽头有个地方可以打电话。码头就在那儿。你们现在就能看到。不过，我们得绕过法格伯里岬角浮标之后再调头。"

妖精号现在已经离开了主河道，正往哈里奇港那宽阔的水域航行，斯托尔河和奥威尔河在那里交汇后流入大海。在远处碧波荡漾的水面上，他们可以看到菲利克斯托码头旁高大的磨坊。吉姆告诉他们那些绿色的棚子是水上飞机专用的，还有一座把飞机吊出水面的巨大龙门架。沙岬上耸立着一座石头和土方围成的低矮堡垒，另一边则是一处低矮的岬角，哈里奇的房子也坐落于此，白色的灯塔伫立在岸边，黑色的木栈桥沿岸而建，锚泊的驳船漂浮在水面上。三艘大船停泊在离他们很近的地方，近到他们能看见船首旗杆上面的旗帜。吉姆指出它们分别是一艘荷兰摩托艇、一艘挪威运木船——它那巨大的甲板上装着满满一船金色锯木板，以及一艘锈迹斑斑的希腊船，船上悬挂着一面蓝白条纹的破旧国旗。

"可是，去荷兰的船在哪里？"提提问。

吉姆指了指北面的斯托尔河，在哈里奇那一侧，映入眼帘的是鳞次栉比的桅杆和烟囱，许多邮船停泊在帕克斯顿码头沿岸。

一艘破旧的小汽船从哈里奇码头急匆匆地驶来，甲板上挤满了人。

"那是渡船，"吉姆说，"它在肖特利、哈里奇和菲利克斯托之间航行。"

"我们会从那里经过。"罗杰说，"一旦知道爸爸乘坐的轮船哪天到港，我们就到哈里奇去接他。"

他们一直航行到第一艘停泊着的大汽船那里，然后调头朝斯托尔河驶去。

"我们几乎没有动。"罗杰说。

"我们正逆水行船呢。"吉姆说，"不过，没关系。妖精号正迎着潮水缓慢前行。"

尽管河水在妖精号的船舷打转，但是他们还是慢慢地向前驶去，经过法格伯里岬角浮标，驶过哈里奇镇，从海岬领港公会的轮船①旁边开过，还经过一排停泊的驳船。

"看到那些船了吗？"吉姆问，"提灯挂在桅杆半中央的红色船只，是被送进来维修的灯塔船。那儿还有一艘盖洛普号灯塔船……远处那一艘是奥华特平底灯塔船。你们知道，每一艘灯塔船都有属于自己的灯光信号，根据不同的闪光我们就能分辨出它们是哪一艘灯塔船，而且它们全都有属于自己的雾角。"

"我们见过这样的灯塔船，"提提说，"在法尔茅斯。爸爸以前常说咳嗽要吃喉片，船坏了就要修。"

"我忘了这些你们全都了解。"吉姆说，"你们听说过科克号灯塔船吗？那是我们当地的夜莺。"

"一分钟鸣笛四次。"罗杰说，"我们来的那天晚上，约翰给它们计了时。鲍威尔小姐跟我们说起过。"

---

① 领港公会（Trinity House），主管英国沿海领航、领航员考试、灯塔建设等工作，确保航海安全的慈善机构，作为通用灯塔管理局依法为全体海员提供相关教育、支持和福利等。

　　"如果有雾的话，今晚你们会听得更清楚。"吉姆说，"下行到这片水域，距离那座灯塔就更近了。靠近那些桥墩，苏珊。我们停泊在过最后一只桥墩的位置。哎，你们觉得肖特利怎么样？你们的父亲要是驻扎在这里，我想你们会有机会驾驶其中的一些船。这些船都是海军的。"

　　他们抬头看了看肖特利岬角上的建筑物，有一幢幢的房屋、一座水塔，还有跟帆船桅杆一样高的海军学校的旗杆。在其中一座黑色的木栈桥边，停泊着许多灰色的海军快艇、捕鲸船和赛艇。倘若爸爸来肖特利意味着可以驾驶这些船，还可以住在上面的某个地方、俯瞰哈里奇港和进出的船只，那可真是美事一桩呢。他们观看着这个地方，就像人们打量一个他们知道将与之建立各种关系的陌生人那样。

肖特利码头

　　妖精号缓缓地驶过第一只桥墩。

　　"风力刚刚好，"吉姆说，"要到最后一分钟才能放下帆。让船继续慢

慢滑行，从远处的码头旁边滑过。我一叫你就使船顶风航行。我到船头把锚准备好。"

"我也能去吗？看看你是怎么操作的。"约翰问。

"来吧。"

驾驶舱里只剩下苏珊、提提和罗杰。苏珊竭尽所能掌好舵。

"他们希望在最后一分钟解开前帆帆脚索。"她说话时眼睛一直盯着前方的码头，"你负责一根，提提，另一根罗杰负责。随时准备好，等他下令。"

在前甲板上，吉姆在给大锚安装手柄，在甲板上把长长的铁链排成一条直线，约翰则坐在舱顶观察他的一举一动。

吉姆来到船头放锚。"你得小心，手柄不能勾住斜桅支索。"他解释道，约翰紧紧地抓住前桅索，望向吉姆身后，看清楚锚是怎样悬挂在妖精号的龙骨前部随时准备下锚的。

"现在解开支索帆。"吉姆说。

其他人在驾驶舱里密切注视着船头的情况，苏珊只想着掌好舵，尽量做到心无旁骛。支索帆嘎嘎作响地滑落下来。约翰把它捆起来以免挡道，吉姆船长则站起身来判断他们离开码头有多远了。

"顶风航行！"他叫道，"解开前帆帆脚索。"

"是你那根。"提提说道，罗杰随即把它解开了。艏三角帆自动向上卷起。帆桁在驾驶舱上方慢慢摆动。吉姆再次弯下腰。锚链冲出去时，突然响起一阵嘎嘎声和轰鸣声，随后锚沉了下去。

"我们到了。"提提说。

"苏珊还在掌舵。"罗杰说。

苏珊松了一口气，放开舵柄。

"谁想上岸？"吉姆·布莱丁在前甲板上喊道。

第五章

夜宿泊船

"谁想上岸？"

"我想。"罗杰大叫。

"我们一起去吧。"提提说。

但苏珊通过船舱的窗户看了看那只钟，它固定在舱壁上，上方是一枚气压计。

"先吃晚饭是不是更好一些？"她问，"已经过了饭点，妈妈肯定会问的。"

"好的，二副。"吉姆说，"如果做晚饭用不了太久，我和约翰就去把帆收起来，给灯加满油。你打算给我们做什么好吃的？"

"有好多香肠卷呢。"苏珊说。

"把番茄汤热一热怎么样？"吉姆问，"在右舷的橱柜里有一排罐头。"

"好极了。"罗杰说。

"我马上把灯加满油。"吉姆说，"还得把炉子加满油，这样能维持几天。先赶紧把主帆放下来吧。"

大红帆降落下来，帆桁滑进支架里。船帆收得不是很紧，系得也很松。"没必要盖住它，"吉姆说，"我们早上还要把它升起来。"接着，吉姆从驾驶舱座椅下方的某处抽出一只煤油罐，往炉子的储油槽里倒了许多油。苏珊点燃炉子，在其中一只炉子上放了一壶水，准备烧开泡茶。她坐在舱梯台阶上，拿着一把长勺不停地搅动另一只炉子上用平底锅盛

60

着的番茄汤。与此同时，吉姆把舱灯和系泊灯都加满了油。他摇了摇大油罐。"剩下的足够明天再给系泊灯加一次油了。"他说。

"红色和绿色的侧舷灯呢？"罗杰问道，他一直看着这些灯，它们已经被绳子系在前甲板上各自的位置上了，"你不是说它们的油烧完了吗？"

"用不着它们。"吉姆说，"我们又不是要出海。我们晚上不开船。"

虽然外面还很亮，但船舱里已经很黑了。吉姆点亮了舱灯，柔和的灯光照在每位船员的脸上。晚餐结束了。大家都觉得番茄汤很美味，也同意罗杰的看法，试过的人无不认为在船舱里吃香肠卷的感觉胜过在其他任何地方品尝。苏珊洗好碗碟，把湿漉漉的餐具递给提提和罗杰擦干。

"幸亏它们是伍尔沃斯盘，打不碎的。"一只鲜红色的盘子从罗杰的手指间滑落，在地板上弹跳了几下，然后滚到引擎下面的某个地方不见了，吉姆见状大笑了起来。他跪在地上，打着一支大手电筒寻找。过了一会儿，吉姆拿着手电筒和盘子费力地站了起来，罗杰看到红色的光透过盘子照了过来，不禁感叹起来："多好的手电筒啊！""跟左舷灯一样好看。"吉姆说着把盘子放到手电筒前面，温暖的红色光芒依次照亮每个人的脸，"大火炬。"他说着开关了几次手电筒，"这可是世界上最好的尾灯。前天晚上，我还用它对着一艘汽船照了两三次呢。"

"说给我们听听。"

"说什么啊？"

"多佛之旅啊。"约翰说。

"没什么好说的。"吉姆说着把盘子放好，把最后一把勺子扔进汤匙

盒里，接着让苏珊看看，必须把汤匙盒放在柜子里的什么地方才能防止它咔嗒作响。在大家殷切的注视下，他将烟草塞满烟斗，点燃了烟。

"不管怎样，说给我们听听啊。"罗杰说。

"你可是独自一人航行呢。"提提说。

"我很了解老妖精号。"吉姆说，"一个人倒没什么，只是我睡不了觉。若非我得在外面逗留那么久，情况就不会那么糟糕。"

"在什么外面？"

"浅滩。"吉姆说，"当时有一点雾，我可不想两眼一抹黑摸索着航行。看不见浮标时我可不喜欢浅滩。听我说，你们最好瞄一眼航海图。起来，约翰。你坐在上面了。"

约翰站了起来，吉姆·布莱丁卷起左舷铺位尾部的床垫，抽出两张航海图。

"你有各地的航海图吗？"提提问。

"没有，"吉姆说，"只有南安普顿到哈里奇的。鲍勃叔叔来的时候会把我们可能需要的其他航海图带来。他有好几百个地方的航海图。瞧，这是南部丘陵。你们是在问艾尔莱特和海盗的事吧，这就是他被困住的地方。就在拉姆斯盖特附近。看看这些虚线。这一片就是浅滩。他在雾中航海。只要远离海岸本来是不会有事的。在海上要安全得多。"

他把地图摊在桌上，大家簇拥在一起就着舱灯的光查看航海图。吉姆·布莱丁打开了他的大手电筒，在航海图上照出一个明亮的白色圆圈，浅滩的虚线和浮标的图示更加清晰地显现在眼前。

"那海盗呢？"提提说。

"是'巡岸鲨'。"吉姆严肃地说，"唉，可怜的老艾尔莱特在这儿搁浅了，就在我手指指的地方。这里风平浪静，十分安全。其实，他只需放下锚等着涨潮就行了。可是起雾的时候，一群'巡岸鲨'乘船赶上他，主动提议把他的船拉出浅滩后再拖下水。他第二天要赶回去工作，所以非常高兴。他们不到两分钟就把他的船拉了出来，接着把它拖进港口，他向他们表示感谢，还打算给他们十先令……"

"天哪！"罗杰说。

"可他们不接受。"吉姆说，"他们说这艘船是他们救援的，要不是他们把它拖出来，这艘船可就散架了，当然这是瞎说，他的船是因为没有风才搁浅的。"

"你是说他们什么都不要吗？"提提说。

"他们还真不错。"罗杰说。

"可不是吗？"吉姆说，"的确，他们不要十先令，也不要一英镑。但是他们对海上救助提出的要价是这艘船价值的三分之一，而这个可怜的家伙身无分文，只得卖了船付钱给他们。你看，他让他们当中的一个上了船，系紧绳索之类的，那个人控制了舵柄，事情就是这样……所以，如果你们遇到麻烦，千万不要让人来拖你的船。若非万不得已，永远不要让任何人上船。用船钩敲他们的手，你想怎么样都可以，但千万别让他们靠近。要是逮到机会因为救了你的船就可以漫天要价，他们是绝对不会错过的。"

"他不得不卖掉他的船吗？"罗杰说。

"是的。"吉姆说，"等他把钱付给'鲨鱼'，还有他们的律师以及他本人的律师之后，他的钱就所剩无几了。他再也买不起船了。"

"简直禽兽不如！"罗杰愤愤不平。

"这是一种谋生手段。"吉姆说，"不。只能允许领航员上船。如果自己能解决问题的话，连领航员也不要带上船。我从来没那么做过。我可负担不起。"

"哈里奇附近的浅滩在哪里？"约翰问。相比吉姆的朋友失去船的悲惨故事，他对这个问题更感兴趣。毕竟，他真真切切地坐在妖精号的船舱里，而妖精号两天前还在远海航行，等着入港。

"在另一张航海图上。"吉姆说着把第二张航海图在第一张上面摊开，"那儿是哈里奇，这儿是我们所在的肖特利……那儿是……还有那个……那就是港口外的浅滩……到处都是浅滩……西岩、干弗里和科克浅滩……这一小块低潮时会露出来……到处都是浅滩。大船像这样进来。他们先开往科克号灯塔船……首先穿过这两个浅滩之间的大片空旷水域，然后从科克浅滩、普拉特斯浅滩和安德鲁斯浅滩之间的水域慢慢滑行。好吧，其实妖精号也想这么做，尤其是在大雾天或夜间……对一艘小船来说，撞到没有灯光的浮标可不是什么好玩的事。即使没有搁浅，分分钟就能令它沉没。不。妖精号只有一句座右铭：凡心有疑虑，必远离浅滩……驶出港口出海，就地不动。"

约翰听着，暗自忖度，等他最终拥有一艘属于自己的船时他也会铭记这句座右铭。他也会这么做……他握着想象中的舵柄，右边有浅滩，左边有浅滩……出海……

"你做了些什么呢？"罗杰问。

"开船出海，"吉姆说，"在周围转了转，先往一个航向，然后再往另一个航向，直到情况都明朗起来。接着我抵达沉没号灯塔船，然后是科克号灯塔船，随后又去了海滩尾浮标（明天你们就会看到），接着进入哈里奇港，最后沿河而上到了风磨坊，在那里，我尝试把船停在我的泊位时搞砸了，幸亏有几个很棒的水手帮了我一把……"

"你怎么知道我们不是海盗呢？"提提说。

"或者说是'鲨鱼'呢？"罗杰说。

"我猜的。"吉姆笑着说。

"我们真走运，"罗杰说，"否则我们就不会在这里了。"

"彼此彼此。"吉姆说，"听我说，已经黄昏了，我们要点亮系泊灯。驳船半夜开过来把我们撞翻扔进河底可就完了。"

"然后我们就去打电话吧。"苏珊说，"快九点了，我们应该想办法买一些早餐要喝的牛奶。"

几分钟后，那盏系泊灯悬挂在前桅支索上，在黄昏中发出微微的光亮。淘气鬼号被拖到了船侧，这艘小艇刚好够坐五个人。约翰和罗杰坐在船头，苏珊和提提坐在船尾，吉姆划着桨，把他们送到肖特利码头的木台阶上。乘妖精号航行经过肖特利码头时，它显得又低又矮，当他们乘坐淘气鬼号抵达时，它却高高地耸立在他们上方。

"我可以系缆绳吗？"罗杰问，"我一直负责给燕子号系缆绳。"

"好。"吉姆一边说，一边看着罗杰把淘气鬼号的缆绳系好。

他们沿着旧码头凹凸不平的木栈道步行。从风磨坊来到这里不过几千米的距离，却有一种踏上异国土地的感觉。

"那只包有什么用?"罗杰问,看着吉姆一只手拿着一只卷起来的绿色旅行包。

"用来装喝的。"吉姆说,"我忘了妖精号藏酒已经很少了。"

"格罗格酒。"提提说。

"肖特利有个非常不错的格罗格酒品牌。"吉姆说。

约翰看着苏珊。

"我们应该付钱。"苏珊说,"我相信妈妈希望我们这么做。"

"我的钱够用。"吉姆笑着说,"另外,鲍勃叔叔星期一会来。"

他们走进酒馆,看见一打姜汁汽水被装进吉姆的绿色旅行包。老板娘接过苏珊的牛奶罐,往里面装满牛奶。然后,她把他们带到一个有电话的小房间,吉姆给风磨坊的鲍威尔小姐家打了电话,然后在盒子里放了两枚硬币。他们围着他站着,听着电话这头他所说的话,同时各自猜测电话另一头在说什么。

"是鲍威尔小姐吗?您好吗?我是吉姆·布莱丁。我能和沃克太太通话吗?您好!我们已经停泊在肖特利码头过夜……是的,肖特利……真的非常好……是的,他们已经吃过晚饭……他们都在这儿……我们一回到船上就睡觉。"

"我们都道晚安吧。"提提说。

"我们得赶快,"罗杰说,"不然又得花两便士。"

电话从一个人手中传到另一个人手中。他们每个人都说了声"晚安",然后听到了妈妈的声音,她的声音近在咫尺,却又很遥远,只听见她对那些从停泊的船只上岸的水手们道了"晚安"。吉姆又接过电话。

“如果明天有机会，我们会再打电话来。”他说，“我们也许会去看潮水泛滥的伊普斯维奇。我们经过风磨坊时会发信号……对不起……谁？苏珊？”他转向苏珊，“是布里奇特，她有事要告诉你们。”

苏珊接过电话，听了一会儿。“好好照顾她，”她说，“晚安，布里奇特。”然后她把听筒递了过来。吉姆也道了声“晚安”，又说：“我会如您所愿小心翼翼的……晚安。”

“这两分钟也够长的。”罗杰说。

“布里奇特想干什么？”提提问道。

“她只是说她要睡在妈妈的房间里。”苏珊说。

他们默默无言地离开了酒馆，向码头走去。有趣的是，这句简单的话让他们感觉自己像逃兵一样。布里奇特睡在妈妈的房间里，因为妖精号的探险之旅使艾尔玛农庄之于她俩显得格外冷清。

他们走进酒馆时还是黄昏，但就这么几分钟周遭的一切大不一样了。到处都亮起了灯。河对岸的帕克斯顿码头上亮起一串耀眼的灯光，哈里奇镇灯火通明，远处菲利克斯托港两岸灯光璀璨。浮标发出的闪光在白天几乎看不见，此时纷纷闪耀，这里闪一下，那里闪一下。肖特利岬角的浮标闪着白光，警戒浮标闪着红光，还有一些他们不知道名字的浮标闪着其他颜色的光。所有抛锚靠岸的驳船，还有港口里的船只，全都挂起了系泊灯。风早已停了下来，一盏盏灯照亮了长长的航道，灯光星星点点地滑过平静的水面。在码头上方不远处，停泊着妖精号，它的前甲板上也挂着一盏灯，舱灯的微光通过舷窗照射出来。

他们在暮色中走下台阶，找到淘气鬼号，用桨推岸把船撑开。

"我们要睡在船上了。"提提开口道，她说话时几乎屏声息气，因为他们正静静地划向亮着系泊灯的妖精号，它那高耸的桅杆在渐渐暗下来的天空中隐约可见。

"时间过得好快啊，"苏珊说，"已经过了你们睡觉的时间。"

他们爬上船。

"约翰，你先去拉一下缆绳，我去把一只桶挂在淘气鬼号的船头。"

"为什么呢？"

"为了挡住潮水，这样淘气鬼号半夜里就不会绕着我们的船身蹭来蹭去，把我们吵醒了。"

一切安顿妥当，淘气鬼号系在船尾，静静地躺在漆黑的水面上，好像一个黑点。

罗杰一上船就猫着腰爬到下面，接着又从前舱口挣扎着爬了上来。当六孔小笛发出的清脆笛声划破静谧的夜空时，其他人还在驾驶舱里。"我们要到天亮才回家……我们要到天亮……才回家。"音乐家坐在舱顶，声情并茂地唱着，不过他赶在被叫停之前飞快地唱完了。

"停下，罗杰。"约翰说。

"别搞破坏。"提提说，她指的不是罗杰的音乐。

"噢，好——"罗杰拖长了尾音，"如果你们不让我找时间练一练，我就永远学不会。"

"好吧，"提提说，"但不是现在。"

"有很多露水，"苏珊说，"舱顶很湿。罗杰，你坐在哪儿？"

"老地方，"罗杰说着，用一只手摸了摸，"有点潮湿。"

"明天我们要早起。"吉姆说，"趁着最后一波退潮，我们到港口去看一看大海。"

"来睡觉吧，你们俩。"苏珊说。

吉姆和约翰又在甲板上待了一会儿，吉姆在驾驶舱里抽烟斗，他踩在一把椅子上，这样就可以舒舒服服地倚靠在帆桁上。他们听到下面船舱里人们走动时的窸窸窣窣声、六孔小笛发出的吱吱声，突然一切都归于平静。不一会儿，苏珊大声说："我们都上床睡觉了。但我不知道怎么折吉姆船长的毯子。他会非常不舒服的。"

"我来了，"吉姆说，"我来弄。"他抖了抖烟斗，约翰听到烟灰碰到水时发出嘶嘶声。约翰独自在驾驶舱里站了几分钟。妖精号仿佛属于他，经过漫长的航行，此刻他内心平静，在进港之前最后看一看四周。

"约翰，"船舱里传来船长的声音，约翰猛地回到了现实，"你在下面值班。下来吧。我一碰到枕头就睡着了，你从我上方踩过去爬上床铺时，要是把我弄醒，那可就不好玩了。"

约翰下去了。罗杰已经睡在左舷的铺位上，但在船舱的灯光下，约翰还能看清那明亮的眼睛尚未入眠。吉姆坐在右舷的铺位上，约翰的毯子在那里等着他。通过前舱，约翰可以看到每个铺位的毯子下面都有一团隆起……提提和苏珊已经准备睡觉了。

"对不起，"他说，"我马上就好。"船长爬上甲板去检查系泊灯是否正常的时候，他脱下衣服，换上睡衣，把衣服拢成一堆放在枕头下，扭

动身体上了床。

船长下到船舱，而后脱掉鞋子。

"你不脱衣服吗？"罗杰问。

"不脱。"吉姆说。

"天哪！"罗杰说。

"总得有人应对突发情况。"吉姆说，"我的确要值锚更①。但我还是会睡着。大手电筒在哪儿？"他找到了，吹灭船舱的灯，然后躺下，裹着毯子在船舱的地板上睡下了。

他们睡着了。夜晚如此平静，简直难以相信妖精号漂浮在水面上。过了一个小时他们才想起来他们睡在船上，而且离大海很近。

一阵鼓声打破了寂静。突然，妖精号似乎被人抬起来扔到了一边，然后又被抬了起来。所有人立刻醒了过来。

"发生了什么？"罗杰问。

大手电筒的白光从船舱的地板照亮了上方。

"从帕克斯顿出发的汽船。"吉姆说，"对不起，我忘了提醒你们。再过一两分钟就会有另一艘……它来了……一艘是荷兰的，另一艘是丹麦的……两艘船每天晚上都出海。"

当第二艘汽船驶过时，妖精号又剧烈地摇晃起来。罗杰跪在他的铺位上，抓紧后面的柜子，只瞥见了汽船耀眼的灯光。

---

① 值锚更，船舶在锚地锚泊，驾驶员应值锚更。值班人员应坚守岗位，监测锚位，检查锚链；密切注意锚地周围环境和天气变化以及周围船舶动态等以确保船只安全。

"不知道那些鼠海豚会不会看见它们。"他说着又盖上毯子躺了下来。没有人回答他。几分钟后，妖精号不再颠簸，船舱里唯一能听到的声音就是船员们睡觉时轻轻的呼吸声。

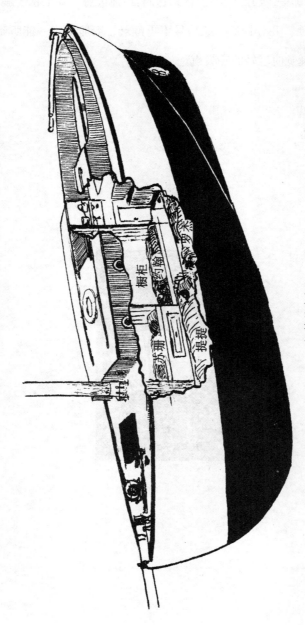

妖精号内部

櫥柜

阿莉

苏珊

提捷

第六章

皆有可能

哗啦！哗啦！哗啦！哗啦！

早晨七点钟，他们被前舱口下方传来的叫喊声惊醒了："快起来，休班的水手们。有人想洗澡吗？没时间了，我们要在退潮之前赶到港口。"吉姆已经上了前甲板，穿着游泳衣。大家都急急忙忙地跑去和他会合。

"好啦。"话音刚落，他就跳下水去。

不过只泛起四朵水花。约翰、苏珊、提提和他们的船长浮出水面时，嘴里咸咸的，他们摇摆着头，像海豹一样换气。

"来吧，罗杰。"约翰说。

"不用梯子太浪费了。"罗杰说。

吉姆把一架绳梯吊在船边，系在侧支索上，这样大家就可以轻轻松松地爬上船。罗杰的意思是下水和上船都可以爬绳梯。

"来吧，罗杰！头先下水！"约翰说。

但罗杰已经下到绳梯的最后一级，他用一只脚的脚指头探了探水温。"真的不是很冷呢。"他说。

"水都沸腾了。"提提说，"来吧。"

罗杰慢慢地下到水里，松开梯子，游到她身边。

"别忘了现在是退潮。"吉姆说着突然出现在他们旁边，"紧靠船，继续游。如果你们被水卷走了，我可不想划着淘气鬼号去追你们。继续。迎着潮水拼命游。只需把头浸下去再冒出来。我们以后还可以再来一

晨泳

次……现在没有时间了。我们应该起航了。"

苏珊已经游到了船舷旁边，紧紧抓住梯子。

"快上来吧，罗杰。"她说。苏珊抓紧侧支索爬了上去，拾起她留在前甲板上的一条毛巾，开始擦拭身体。

他们一个接一个地爬上了船，前甲板上顿时到处都是水。

"来吧，提提，"苏珊说，"我们到驾驶舱穿上衣服。把北海一半的水带进船舱没有好处。"

"这里不是北海，"提提说，"它只是一条河。"

"都一样的湿啊。"苏珊开心地说。她对从停泊的妖精号下水洗澡有点担心。罗杰学会游泳有一段时间了，可是在深水中游泳，一不小心潮水就会把人给卷走，这和在湖里游泳截然不同。看到大家都安全地回到船上，她大大地松了一口气。现在她可以点燃炉灶为大家准备一顿丰盛的早餐，开始新的一天了。

但情况并非如她所愿。她刚刚穿好衣服，下到船舱往水壶里倒水，罗杰就从船尾爬到舱顶上。他在腰上绕了一条毛巾，像个浑身粉红的野人，正从舱口往下看着她，说道："嗨，苏珊，请把我和约翰的衣服递给我。吉姆已经穿好衣服了，他们正准备把主帆升起来。"

"噢，听着，"苏珊说，"他们不能早上起来游泳之后什么都不吃就开工。"

"是啊。"罗杰说，"可吉姆说没时间吃早餐了。"

苏珊探出头来，看见吉姆穿得整整齐齐，而约翰和罗杰一样，像穿着苏格兰呢褶裙的野人，正忙着拉扯主桅脚下的帆索。

"你们必须先吃早饭……"她开口说，但是他们的心思在别处。

"好。"约翰说，"苏珊准备好了。"

"抓住那根支架，苏珊二副，"吉姆叫道，"把主帆索放松一点。"

在船上，命令就是命令。苏珊抓住那根支架，提提先前一直在船舷边拧干游泳衣，她放出一截主帆索，接着他们看见帆桁在他们头顶上方竖了起来。

"早餐。"苏珊又开口了，"出发前你们必须吃点东西。"

"我们路上再吃吧。"吉姆叫道，"给你，约翰，我把主帆升上来的时候你抓紧这个。苏珊！你能把绳索扔下来吗？就在你的头顶上方。"

主帆一层一层地展开。罗杰赶紧让开，船帆升了起来。苏珊听到吉姆说："松开吊杆千斤索。对……"接着，"喂，苏珊二副，准备掌舵，好吗？一等水手提提，你准备好拉紧左舷前帆帆脚索了吗？不。不。等到我把锚从水底提起来。那只拖把在哪儿，一等水手罗杰？"

紧接着她听到了铁链的嘎嘎声。现在让他们吃早餐是没有希望了。链子一点一点地往上升。罗杰解开拖把，约翰从船沿将它浸在水里，洗掉锚链上的肖特利泥巴。"现在，罗杰，打开三角帆吧。是的，就是这样。把它松开。船现在起伏不定。"吉姆正在检查船头，接着他又拽了一下锚链。"锚要上来了。"他喊道，"收回三角帆，约翰。"他双手交替地拉锚链，锚链毫不费力地往上爬。突然，哐当一声响。"就是这样。把三角帆往右舷拉，直到船头转到顺风位置。那样可以。拉紧，拉紧三角帆，一等水手提提。"

他们出发了。帆桁横挂着，主帆鼓满了风，妖精号扬帆起航。苏珊

掌着舵正在驶离肖特利码头，潮水载着他们从码头经过。吉姆一边用湿拖把擦去手上的泥，一边跑到船尾，解开主帆的缆绳，用手推出帆桁。

"风还不够大。"他说。

"但是我们在移动啊。"提提说。

"主要是潮水的作用。"吉姆说，"看看主帆索。"

帆桁又转向舷内，主帆索一圈圈地悬挂着，在水里拖行。没有足够的风将它拉直。尽管如此，妖精号仍然以有舵效①的最低航速行驶，潮水正向港口奔流而去，推动着它缓缓前行。

"难道没有其他人可以掌舵了吗？"苏珊说，"他们真的得吃早餐啦。哪怕一开始只吃玉米片、喝牛奶也行……"

"不能在下面的船舱里。"提提说。

"你可以把早餐放在驾驶舱里。"苏珊说。

"嗨，吉姆，"提提说，"我可以掌一会儿舵吗？"

"去吧。"吉姆说，"这样的风不会有什么问题。"

然而，苏珊刚刚从舱梯滑下来，准备去拿盘子、勺子和玉米片，就立即想起来早餐前应该还有别的事情要做。

"大家还没刷牙吧。"她说，"能用淡水刷牙吗？"

吉姆大笑起来。"每人半杯。"他说，"不过要用咸水漱口。船上的淡水堪比液体黄金啊。"

于是，一只水桶被扔下船打水，苏珊用勺子把玉米片舀进盘子里，

---

① 舵效，舵在船舶航行时改变方向的能力，即舵对航向的控制能力。

妖精号的船员们则去刷牙。轮到提提去刷牙时，约翰接过了舵柄。

"还有很多事要做，约翰大副。"吉姆说，"前甲板上的泥还有一大半没清理完呢，你们最好等我们清洗完毕再穿鞋。"

看着妖精号从斯托尔河口出发，缓缓驶过哈里奇，谁又猜得到船上正忙得热火朝天呢？水面上几乎没有一丝涟漪。被薄雾笼罩的太阳正从菲利克斯托岛冉冉升起。哈里奇的烟囱炊烟袅袅，人们正在做早餐。烟近乎笔直地往上冒，然后慢悠悠地飘走了。潮水退去，锚泊的驳船、海港里的船只、灰色的码头还有镇上的房屋，它们的倒影随波荡漾。

"等你们不用那只水桶了，"吉姆说，"我们就用它打水泼在甲板上。"

"有一艘驳船的系泊灯还亮着。"罗杰说。

"还在睡懒觉呢。"吉姆笑着说，"一有风，他们就起床干活了。但我敢说一会儿就会刮风，或起雾，又或者两者兼而有之。你永远不知道这样开始的一天会发生什么事。"

就在他说话的时候，从遥远的海面传来一声长长的哀号。

"呜——呜呜呜！"

"是科克号灯塔船。"吉姆说，"那边的雾浓得够他们每小时挣两便士了。"

"一小时两便士。"罗杰说。

"发出那么喧闹的雾角声，他们每小时能多挣两便士。"

"第一道菜，牛奶玉米片。"苏珊说着把盛满食物的盘子一只接一只地递了上来，"谁准备好了？"

"我。"罗杰说。

"我们全都准备好了。"吉姆说，"你自己呢？"

"我要把炉子点着……还要煮茶和鸡蛋。"苏珊说。

"不着急。"吉姆说，"厨师不开吃，我们也不开动。"

于是，苏珊也上来了，待甲板清洗干净，妖精号的船员们舒舒服服地坐在舱顶和驾驶舱里面，惬意地享受着盛满深口盘的牛奶玉米片。

"呜——呜呜呜！"

每隔十五秒钟，菲利克斯托远处的海面上就会传来一声长长的哀号。

"可是这里没有雾。"罗杰说。

"可能港口外有。"吉姆说，"天气不像昨晚那样晴朗。即使我们开到海滩尾浮标，也还是看不到灯塔船。要是天晴的话，一眼就能看到。而且我们从这里应该看得到内兹岬。"

他们现在已经越过了警戒浮标，仿佛正要朝着大海驶去。不时地吹来一阵微风，将主帆鼓满。通过观察漂浮的水草，他们看到自己正在穿越水面，陆地在不断地往后退去。一架水上飞机从头顶呼啸而过，然后俯冲到水面上，激起一阵水花。"像一只落在里约湾的天鹅。"提提说。在遥远的前方，他们可以看到两只浮标——海滩尾和悬崖足——它们标示出汽船出海的航线。除了浮标，大海似乎渐渐地消失在薄雾中，很难说清哪里是大海的尽头，哪里是雾的开端。不过回头望一眼港口，他们可以清楚地看到菲利克斯托和哈里奇的房子分别坐落在河的两岸。

"看起来不会起浪。"提提凝视着这片几乎遍布油污的广阔水域感慨道。

"我见过它明亮似镜的模样。"吉姆说，"有一两个小时，我一直在收

80

帆，忙着在风帆之所归的大海上继续航行。"

"大海在哪儿？"罗杰说。

"不在驾驶舱。"吉姆咧嘴笑道。

他们看了看驾驶舱，舒适而幽深，被高高的舱口护栏包围着，护栏外面是甲板，水面离他们那么远。大海似乎永远都不可能掀起海浪，溅到船上。

"海水溅到船上过吗？"提提说。

"怎么没溅到过？"吉姆说。

"海水溅到船上怎么办？"约翰问。

"把水抽出去。"吉姆说着指给他们看座位上的一只小方盖，还有下面的水泵把手。他让罗杰去抽水，找找感觉。

尽管风很小，而且断断续续的，最后一次退潮还是很快就把他们送到港湾下游。起初，港口外面的那些浮标从远处看是一些模糊的黑点，现在则完全不一样了。那只尖顶的是沙滩尾浮标，另一只平顶的是悬崖足浮标。他们告诉罗杰得了满分，因为他记住了沙滩尾浮标一定是在右舷，而悬崖足浮标一定是在左舷，参照物是进港船只。此刻，他们离港口的尽头和大海的起点越来越近了，就连苏珊也不想到甲板下面去。

"我们要径直开到浮标那里吗？"约翰问。

"我保证过不能再往前走了。"吉姆说，"像这样的天气，开那么远实在不值得，也没有什么看头……"

"可是有大海。"罗杰咯咯地笑着说。

"起雾了就看不到什么了。"吉姆说，"没关系。我们今天早上要去伊

普斯维奇，等回来的时候雾可能会散掉一些。"

"你是不是说过经过时我们要给他们发信号？"提提问道。

"为什么不呢？"吉姆说，"我们有信号旗……但沃克太太没有密码本。"

"她懂旗语。"约翰说。

"好。"吉姆说，"我们把 O 和 K 升到桅顶横桁上，让她知道我们一切顺利。"

"我们可以看看信号旗吗？"提提问。

"它们就卷着放在你铺位上方的架子上。"吉姆说。不一会儿，提提把那个白色帆布卷拿上来打开。他们查看叠得整整齐齐的信号旗，每一面旗帜都放在贴有标签的口袋里。她找到红黄相间的 O、黄蓝相间的 K。

"你用过它们吗？"约翰问。

"只是为了好玩用过。"吉姆说，"鲍勃叔叔喜欢带着它们，以防有时他需要领航员什么的。"

"哪面是领航员用的信号旗？"提提问。

"S[①]。"吉姆说。

提提掏出 S 旗，那是一面深蓝色镶着白边的正方形旗帜。她把领航旗折好放在一边。"我们这次航行不会需要领航员。"她遗憾地说。

"若非迫不得已，我从来不带领航员。"吉姆说着想起别的事。他站起身环视天空。

---

① 领航员的新代码为"G"，是蓝黄相间的垂直条纹。

"我们必须赶在甲板变干之前把支索帆升起来。"他说，"我们一会儿就得折返。风力不够强，抵不过退潮的速度，我不想漂到浮标之外的地方……"

"我们现在就调头吧。"苏珊说。

"噢，听我说，我们航行到浮标那边为止。"约翰说。

"铛！"

"怎么回事？"苏珊、罗杰和提提异口同声地问。

"有人给我们打电话吗？"提提说。

"是早餐铃。"罗杰说。

"这是海滩尾浮标。"吉姆说，"水太浅，浮标不能正常上浮。听我说，约翰，我需要升起支索帆。你能穿过船舱把它从前舱口递上去吗？"他沿着船舷向前走去。

"调头，提提。"他说。

"可是没有反应。"提提一边说，一边把舵柄推向一侧，接着又拼命推向另一边。主帆无精打采地悬挂着，主帆索有一半正在缓慢地下滑。风停了下来，死一般地静寂，妖精号连产生舵效的最低航速都没有了。

一捆红色的支索帆穿过前舱口。

"不要打开。把它收起来。"吉姆说，"一点风也没有。"

他急忙跑到船尾，回头看那些浮标。潮水仍在退去，浮标正迅速地靠近。

"大家都让开。"他说，"得启动引擎。就是这样，让一让。"

"我能当轮机手吗？"罗杰说。

"好。去右舷柜子里把扳手拿出来。我得把艉轴管上的油盖拧一下。在启动抽水泵之前总得拧一下。"

他抬起驾驶舱地板上的一块木板，把手伸下去，罗杰则努力从他身后往下看。他又爬起来，用废棉布擦了擦手，然后把板子放回原处。

"但愿需要它的时候引擎长点脑筋，能发动起来。"他边说边爬下舱梯进入船舱。

"铛!"

"我们快要出港了。"苏珊说。

"你来试试掌舵。"提提说。约翰接过那没用的舵柄。

从船舱下面传来关于油脂和油的谈话，是罗杰的声音："噢，让我倒进去吧。"接着吉姆说道："然后拧紧。""我摇动把手时你要让开。"就在他们快要抵达悬崖足浮标时，突然传来引擎转动起来的响声。突然间，在这个无风的早晨，宁静被一阵缓慢的突突声打破了，接着节奏越来越快，变成了连续的"突突突，突突突，突突突"，最后声音稳定下来。

吉姆突然从下面冒了出来，身后跟着罗杰。

"老朋友真不赖，"他说，"及时启动，帮助我们守住了诺言。"他从船尾横木上探出身子，查看水是不是正常地从排水管排出。吉姆担心淘气鬼号的缆绳会被卷进螺旋桨，于是他收紧缆绳，然后转身对罗杰说："喂，轮机手，把操纵杆笔直向前推。"

"当心你的腿，提提。"罗杰说。提提把腿挪开时，罗杰把插在驾驶舱地板上的操纵杆推向前。引擎开始运转，吉姆放下淘气鬼号的缆绳，轻轻调了一下油门。"突突突"的声音节奏越来越快。

"船动了。"罗杰说着看向船舷。

"没错，约翰。调头。我们要靠近菲利克斯托那边。"他一边急促地讲话，一边把主帆索和帆桁紧紧地系在一起。他们听得出他总算放心了。

"要是引擎没有启动会怎样？"提提问。

"我们会漂到大海上去。"吉姆说。

"哪条路？"

"科克号灯塔船的那条航道。"吉姆说，"退潮大约是东北流向。我们不应该开出那么远，因为实际上低水位和涨潮本来就会把我们冲回来。但我向你们的妈妈保证过我们绝不会开到这些浮标以外的地方去。"

"我们都答应过的。"苏珊说着，望着船尾的悬崖足浮标。

"呜——呜！"灯塔船上的雾角响了起来。

"谢天谢地，还好引擎启动了。"苏珊说道，继而更加欢快地说："我现在要去生火了，我们继续吃没吃完的早餐。煮鸡蛋，还有茶。"

"好。"吉姆说，"我们要降下主帆，卷起三角帆。假装扬帆航行没有好处。我们要发动引擎驶向伊普斯维奇。"

"我可以试着操控它吗？"罗杰说。

"去吧。"吉姆说，"让船直奔菲利克斯托码头那里的磨坊。是的，就是那些高高的建筑物。"

"大家都挡在前面，我看不见。"罗杰说，他第一次感觉到自己是在指挥。

也许除了罗杰之外，平常他们当中没有一个人会对妖精号依靠引擎航行感到高兴。但今天，就连只喜欢用帆航行的约翰，也对在舱梯下面

隆隆作响的小引擎心存感激。它在最后一分钟力挽狂澜，带着他们一步
一步地远离失信的危险。

约翰和吉姆兴高采烈地卷起艏三角帆，让千斤索承受住帆桁的重量，
让不起作用的主帆坠落在舱顶。吉姆用两根绳子把主帆绑了起来以保持
一切井然有序，待到起风时随时都能再次升起主帆。

在舱梯边的小厨房里，炉子发出欢快的呼呼声。苏珊凑合着用平底
锅盛盐水来煮鸡蛋。

"它还能再开快点吗？"罗杰说，因为引擎的噪声，他说话的声音
很大。

吉姆咧嘴一笑，弯下腰，打开节流阀，妖精号向前冲去，水在船身
两侧泛起泡沫，拖在船尾的淘气鬼号则好好地冲洗了一番。

"天哪！"罗杰说，"不到两分钟我们就到风磨坊了。"

"大约需要一个小时。"吉姆说。

妖精号已经驶向靠近菲利克斯托码头的那个海峡。他们看得见码头
旅馆的名字，还看见码头处停着一辆红色的公共汽车。

"水开了。"苏珊说，"我该放几只鸡蛋进去呢？"

她在舱梯梯脚的位置，离引擎很近，结果驾驶舱里的人完全听不见
她在说什么。他们俯身向前想听清楚。

"船长要几只鸡蛋？"她喊道。

"两只！"吉姆喊道。

"溏心的还是全熟的？"

"全熟的。"

他们往下看，只见她正把鸡蛋一只接一只地放进冒泡的平底锅里，又把平底锅放回炉子上。他们突然间面面相觑。引擎的响声起了变化。先前呼啸的"突突"声慢慢减弱，最后停了下来，接着又响了起来，最后，在发出几声无精打采的"突突"声之后完全停息了。顿时船上一片寂静。是罗杰打破了沉默："噢，我说，苏珊，你把引擎关掉了。"

"我没碰它。"苏珊在下面答道。

吉姆跳了下来，转动了几下把手。引擎发出咳嗽似的"喀喀"，响了两声之后又停了下来。他爬进驾驶舱，让提提从右舷的座位下来，掀开一只泵盖那样的小盖子，拧开它下面的一颗螺帽，眯着眼睛往油箱里看。

"干透了。"他说，"我真是白痴！前天晚上用掉的汽油肯定比我想象的多。我应该加满油再发动的。嗨，罗杰，当心……"他扫视了一下菲利克斯托码头前方，然后看向另一边。妖精号还在动。他慢慢地调转船头，把舵柄交给罗杰。

"保持这样的航向，面向哈里奇教堂的塔尖。妖精号会保持这个航向直到驶出英吉利海峡。我们要在大陆架上抛锚停泊……"

苏珊已经从下面上来了。他们四个人都站在驾驶舱里，而妖精号由罗杰掌舵，悄然无声地滑行着，它的速度越来越慢，经过一只平顶大浮标，上面写着"北大陆架"几个大字。吉姆跑上前去，他们可以听到锚链被拖到甲板上的声音。

"船几乎不动了。"约翰叫道。

锚下沉的时候溅起一片巨大的水花，然后铁链咔嗒直响。吉姆系紧缆绳，来到船尾。

"我们该怎么办?"罗杰问。

"等风来。"约翰说。

"去弄点汽油来。"吉姆说,"这里和菲利克斯托之间有一个加油站,如果我能赶上那辆公共汽车,用不了十分钟就能到那里。"他在驾驶舱座位下面翻来翻去,不一会儿拿出了一只空油罐,"在这个地方烧光汽油真是太不凑巧了。"他说,"只要有办法我是绝不会动用这位老朋友的,我可不喜欢需要它尽职履责的时候却没准备好。下次我没把船停泊到位,可能不会遇到一船能为我拉缆绳的水手了。我要去买几加仑①汽油,然后我们就平安无事了。我真是头蠢驴,昨天竟然没查看油箱。"

"同时再买一些煤油怎么样?"苏珊说。

吉姆把裤兜翻了个底朝天。半克朗、一先令和几枚铜板。"天哪!"他说,"幸好我昨晚买了两打汽水而不是一打。不,我不担心煤油。舱灯的油足够多,炊具里的也足够。我取下系泊灯的时候也加满了油,我们不会有其他要用煤油的地方了。"

"我有一些钱。"约翰说着伸手去摸一枚半克朗的硬币,他知道那枚硬币跟裤兜里的绳子缠在一起了。

"没关系。"吉姆说,"在回到风磨坊之前,我们不需要煤油。"

"我能和你一起去吗?"罗杰说。

"不。"吉姆说,"我一个人去会快一些。"

他把淘气鬼号拉到船边,滑了进去,约翰把红色的汽油罐递给他。

---

① 加仑,英、美计量体积或容积的单位。1 英加仑约等于 4.546 升。

"解开缆绳。"吉姆说，"约翰，现在由你负责。不要让任何人越界，如果有人越界，就狠狠地拍他们的头。现在正在涨潮。水位还非常低。出了英吉利海峡，船在这里不会有事。我马上就回来。不可能出岔子……"

约翰把盘起来的缆绳扔进淘气鬼号的船头。吉姆把淘气鬼号调了个头，向菲利克斯托码头划去。每划一次，船头就在水面上激起一圈圈涟漪，汹涌的水花在油光闪闪的海面上蔓延开来。

"难道他不会划船?"罗杰问。

第七章

久去未归

他们目送着那艘黑色的小艇驶进菲利克斯托码头，消失在防波堤之间。苏珊突然想起锅里还煮着鸡蛋。

"它们会像石头一样硬的。"她大喊道，"现在是八点十分，我是什么时候煮的……真讨厌。引擎什么时候停的？"她从炉子上拿起沉甸甸的平底锅，用一把大汤匙去捞鸡蛋。抛锚泊船有一个好处，那就是没有引擎发出的震耳欲聋的噪声，而且那两位至少还能正常地吃完早饭。她把船舱里的折叠餐桌摆好，从架子上拿起那卷美式桌布。

从甲板上已经看不见吉姆和小艇了，约翰满心欢喜地想着整艘船都是他们的了。船已经下锚泊稳，不会有什么事了。船暂时属于他们。他把盘绕起来的主帆索挂在舵柄上，暗自忖度，仿佛他刚刚驾驶妖精号从多佛开过来，正等着涨潮。

"约翰，"提提说，"我们从哪里来？"

约翰吓了一跳。她仿佛听见他大声说出了自己的想法。

"普拉特河。"他说。如果提提也觉得他们是航海归来的话，从多佛返港似乎还不够远。

"航行了好几个月，"提提说，"终于回到本国水域，是不是很高兴？"她望向对面灰色的哈里奇小镇，看见停泊的汽船和驳船，然后又回头看着那些高大的磨坊，还有防波堤，船长和小艇刚刚消失在它们后面。是的，那辆红色的公共汽车还在那儿。他会及时赶上车。她继续说："想一

吉姆划船走了

想上次我们抛锚停泊的时候，两岸有棕榈树，还有鳄鱼。我说，我们没有把鹦鹉带上船陪我们一起唱'八个里亚尔'真是太可惜了！不然的话，这一切会显得更真实。"

"还有吉伯尔。"罗杰说，"它舒舒服服地坐在桅顶横桁上，可比在动物园里快乐多了。"

提提抬头看了看桅顶横桁，猴子和鹦鹉并排坐在上面的那一幕仿佛就在眼前。

"它们很高兴能进港避开大雾。"说话间，她仔细倾听着科克号灯塔船从海上遥远的地方传来悠长的雾角声："呜……呜……"

"妖精号正在调头。"罗杰说。

不仅是妖精号，还有所有停泊的船只，大汽船和驳船，都随着潮水摇摆不定，它们没有朝内陆行驶，而是一艘接一艘地把船头转向大海。

"苏珊，现在几点了？"约翰问，"潮水改变方向，满潮刚刚开始形成。"

"八点十六分。"苏珊说，"看见他了吗？早餐都准备好了。"

"公共汽车开了。"提提说，"他时间充裕，能赶上车。"

"如果车才开，等他回来鸡蛋都凉了。你们下来吃鸡蛋吧。"

这仅仅是第二波早餐，但苏珊已经尽力了，她略感失望，因为吉姆不在这里，无法看见他那份船舱早餐。她摆好了五套餐具，提提、罗杰和她自己的在一边，吉姆和约翰的在另一边……五只红色伍尔沃斯盘，五只蓝色的鸡蛋杯，每只杯子里有一只水煮蛋，盘子里还有一只给吉姆

的鸡蛋，五把勺子，五只杯子，五片黄油面包，还有五只苹果。可惜的是，吉姆还没看一眼这顿丰盛的早餐，他们就已经开动了，桌面上一片狼藉。不过，也别无他法。罗杰和提提从水里一出来，就应该吃一点热腾腾的东西。苏珊没想过要等吉姆，甚至没想过要让吉姆看到早餐桌最漂亮时的样子。她只是说："瞧，我们会努力保证吉姆的座位干净整洁。"所以，尽管其他人吃掉了自己的那份黄油面包、剥掉了鸡蛋壳（罗杰在桌上敲了敲他的鸡蛋，证明鸡蛋确实煮透了），还把杯子推过来续了一杯茶，可吉姆那空荡荡的座位前的一方桌面仍然一丝不乱，保持着摆好餐具准备就餐的样子。

苏珊从舷窗往外看了两三次，看他是不是在回来的路上。她有点担心那几只鸡蛋。"煮得老一点。"他说过。其他人对水煮蛋的熟度没有特别的要求，他要的熟鸡蛋也不会因为放的时间很久而变软。她探过身子摸了摸。鸡蛋不像之前那么热了。其他人先吃鸡蛋，接着吃面包和果酱，或者先吃面包和果酱，再吃苹果，最后喝第二杯茶。她又通过舷窗往外看了一眼。她下定决心了。

"有人想吃这些鸡蛋吗？"她说。

"可他随时会回来。"罗杰说。

"我们不介意吃这些煮得很老的鸡蛋，但吉姆可能会介意。我再给他多煮两只，这一次最好有人看着时间。去吧，罗杰，你很喜欢吃熟透的……你吃一只，约翰最好吃另一只。我会在四分钟内煮新的，等他回来再拿出来。"

"如果鸡蛋没煮熟他就回来了，我们可以把他留在甲板上聊一会儿

天，"提提说，"这样他就不会知道你又煮过了。"

约翰和罗杰吃掉额外的鸡蛋。苏珊把蛋壳清扫到一只盘子里。他们正要吃完一轮香蕉时，她要罗杰把蛋壳倒下船，然后留在驾驶舱密切注意周遭的情况。她开始清理桌子，把餐具放进水槽。

"现在雾浓多了。"罗杰说着把空盘子递下来，"可是，他还是没有出现……喂！他在那儿。"

"快！"苏珊说着急忙把吉姆的两只鸡蛋放进平底锅，"提提，你盯着钟，以防我忘记了，到八点三十九分的时候喊一声。"

"不是他。"罗杰马上说，"这艘船比淘气鬼号大，它已经朝汽船驶去了。"

"噢，罗杰，"苏珊说，"蛋已经在……"

"我敢打赌鸡蛋还没煮熟他就会出现。"罗杰说。

"噢，好吧。"苏珊说，"他已经离开了那么久，过不了多久就会回来。不会等到鸡蛋放凉的。"

"时间到了，苏珊。"提提提醒道，她一直盯着时钟。

倘若吉姆一分钟后回来了，他会发现一人份早餐已经摆在船舱的桌子上，两只不软不硬的鸡蛋刚刚从平底锅里拿出来还冒着热气，一只放在他的蛋杯里，另一只放在蛋杯旁边。

但还是不见他的身影。苏珊用勺子敲了敲鸡蛋的顶端，因为她听说这样做可以防止它们变硬。

一个小时过去了，吉姆的早餐还在船舱等着他。全体船员都在甲板

上观望。苏珊把擦铜油拿上来，又擦了一遍舷窗，因为舵手必须通过舷窗看罗盘。仅仅无所事事地坐着等毫无意义。约翰站在桅杆旁边，从销钉上取下升降索，然后又小心翼翼地放回原处，掌握帆索操作窍门，准备好吉姆随时归来，届时他们将再次扬帆起航。一阵轻风从哈里奇吹来，拂过水面，他知道只要有一丝风吉姆就不会开引擎，哪怕油箱里有几加仑汽油。罗杰和提提受到苏珊的启发也在擦亮铜制品，他们把前帆帆脚索的金属桩擦得锃亮。不过，他们四个人全都不停地从泛着涟漪的水面望向码头的防波堤。

"又来了一辆公共汽车，"提提说，"这是第二趟了。"

"他是怎么回事啊？"苏珊几乎生气地说。

"早知道会起风他就不会去买汽油了。"约翰说。

"他说过无论如何都想买一些。"罗杰说。

"那他为什么还不回来呢？"苏珊说，"他现在一定已经买到了。"

"他可能遇到了一位老水手。"提提说，"你知道，就是那种双手枯瘦、眼睛发光的水手，他们攀谈起来，结果一聊到船吉姆就脱不开身了。当他听到灯塔船的雾角时还以为是大声吹响的低音管呢。"

"他们挣到两便士了。"罗杰说，"现在雾真的很大。就连这里都开始起雾了。"

这一点毫无疑问。他们一大早沿着港口航行时，那艘灯塔船发出的长长哀号似乎滑稽可笑，此时此刻既不滑稽也不可笑。大雾随着潮水从海上飘来，他们原本看得清清楚楚的东西现在都变成了模糊的一团。离他们很近的北大陆架浮标还足够清晰，但是外港的浮标已经不见了，他

们几乎分不清入港口处的陆地在哪里消失、大海从哪里开始。早晨那轮红通通的太阳现在只不过是薄雾中的一个苍白的斑点。

"也许他永远都不会回来了。"罗杰说。

"别胡说！"苏珊说。

"别傻了。"约翰说。

吉姆离开得太久了，他们独享这艘船的乐趣已经荡然无存。罗杰换了一个话题。

"渡船又来了。天啊，我们全都乘轮渡去接爸爸不是很有趣吗？"

那艘小小的渡船驶出笼罩在哈里奇和肖特利之间水域上方的薄雾，出现在他们眼前，船上挤满了乘客。他们注视着它匆匆开过，消失在菲利克斯托的防波堤背后，也就是吉姆和淘气鬼号很久之前消失的地方。

"它马上就会返航。"罗杰说，"渡船和淘气鬼号，哪艘先出来？"

抛光铜制品的速度放缓下来。就连苏珊擦拭罗盘舷窗的动作都停顿了很长时间。约翰走到船尾，坐在舱顶上。四个人全都盯着防波堤。先出来的是那艘聒噪的小渡船呢，还是正拼尽全力划船回来告诉他们为什么耽误了那么久的妖精号的船长呢？

传来一阵长长的"呜——呜——"声，外海上的科克号灯塔船在雾中哀鸣，每分钟响四次。

渡船出来了，与他们擦肩而过向北驶去，在苍白的雾色中显得黑沉沉的，然后消失在一艘抛锚停泊的汽船后面。

紧接着，大雾连同潮水突然之间一起涌现，将他们团团包围。

"看不见哈里奇了。"罗杰说。

"汽船越来越模糊了。"提提说。

"菲利克斯托也在消失。"罗杰说，"我看不见磨坊，连起重机都看不见了。"

"噢，约翰！"苏珊惊呼道。

"如果他再不快一点，就只能等到天晴了。"约翰说。

"我再也看不到防波堤了。"罗杰说。

防波堤被雾吞没，幽幽暗暗，朦朦胧胧。在一堵灰色的雾墙里，提提和罗杰正指着防波堤，结果却发现他们指的不是同一个地方。有一会儿，他们还能看到北大陆架浮标，然后连它也消失了。他们什么都看不见。无论看向哪里，都只有灰蒙蒙的雾。

"雾的味道是不是很奇怪啊？"罗杰说。

"十一点半了。"苏珊看了看钟和船舱的桌子说道。吉姆的早餐还摆在桌子上，他的第二对鸡蛋已经凉了，"他出事了？"

突然，雾中充满了嘈杂声。那艘科克号灯塔船在海面上发出"呜——呜——"的声音，每分钟四次，一直响个不停。他们已经习惯了这一切，也习惯了菲利克斯托码头起重机的噪声。现在又传来新的嘈杂声。斯托尔河上游的某个地方传来了拖船的警笛声。接着，一会儿在这里，一会儿在那里，船上急促的铃声响成一片。远处又传来了轰鸣声，接着大小不一、音调各异的船铃声犹如合唱似的一起响起。

"他们不想被撞到。"约翰说。

"我们也应该鸣笛吗？"罗杰说，"他有一支很厉害的大雾角。"

"我们抛锚了，"约翰说，"我们应该敲铃……有铃吗，苏珊？我还没

见过呢。"

"我不知道。"苏珊说。

"敲平底锅怎么样?"提提说。

"不行,"苏珊说,"那样只会把搪瓷弄裂。不过煎锅应该可以,是铁的,你可以用长勺敲击。"

"吹我的六孔小笛怎么样?"罗杰问。

"噢,你喜欢什么就用什么。"苏珊说着把大煎锅端上来,又猛又快地敲了几下,"是的,你最好吹六孔小笛。这样一来,他划船过来找妖精号时或许能知道我们在哪儿。"

罗杰跳进船舱,又走了上来,过了一会儿,一曲《故乡,甜蜜的故乡》的笛声就响了起来,不过节奏还不稳定,坠入大雾之中。

每个人都高兴了一点。当你乘船停泊在雾中,即使是用六孔小笛演奏的《故乡,甜蜜的故乡》和勺子敲击煎锅的叮当声,都会让你觉得安心一些,因为这样一来别的船可就没有那么多的借口撞到你了。

约翰下到船舱,从书架上拿起奈特的《航海大全》,翻开书查找关于雾角的那一页。

"嗨,苏珊!"他找到后叫了起来,"不要一直敲个不停。上面写着:'一艘船,不管是在大雾中、薄雾中,还是遇到降雪,铃声信号间隔时长不应超过两分钟。'"

"有没有提到笛声?"罗杰问。

似乎没有大型汽船的动静,他们明白停泊在海峡外的浅水区就是为

了避开大船。一个小时过去了，正当他们觉得根本没必要弄出声响的时候，听到前方某处传来一声长长的雾角声。没过多久又传来一声。

"有动静。"约翰说。

"不会是吉姆在找我们吧？"苏珊问。

"他的小艇上没有雾角。"约翰说，"不是他，是有人从海上进港。我来敲煎锅，你们在这里看着，好吗？"

"我也能敲这么大声。"提提说道，因为轮到她了。罗杰使出吃奶的力气吹着他的六孔小笛，甚至还吹响了几个高八度音。

他们又听到了雾角声，离他们很近，接着听见小引擎缓缓发出的咚咚声。

"他们离我们很近。"约翰说，他竭尽全力想透过浓浓的灰色雾幕看清楚些，可是雾幕遮蔽了两米开外的一切。

他们根本没有看到那艘船，尽管它离得那么近，近得引擎的咚咚声仿佛是他们自己的引擎在转动……近得船上的说话声仿佛是从妖精号的驾驶舱里传来的。

"让船保持空转……"

"见鬼！我什么也看不清……"

"六米就深不见底了……"

接着传来一声："喂！船上的嘈杂声是怎么回事？有人在吹口哨。喂！你们是哪艘船？"

约翰只犹豫了一会儿，就想起现在是他全权负责。

"妖精号！"他大声回答。

"是小布莱丁的船……啊！你的船在行驶吗？"

"抛锚了！"

"这是在哪里？"

"就在菲利克斯托码头的航道对面，"约翰不无自豪地告诉他们方位，"靠近北大陆架浮标。"

"谢谢。雾很浓，不是吗？好吧，汤姆，加大节流阀。总算知道我们现在在哪里了。潮水从对面那么远的地方涌来，水位足够深了。"

"他们是谁？"提提轻声问道。

"哎！"约翰喊道，"你们的船名？"

"艾米丽号！"雾中传来一声叫喊，"一直在外海捕鱼。进港又遇到了麻烦。"引擎突突声的速度加快了一些。长长的雾角声再次传来时已经渐行渐远了。没过多久，他们就听不见引擎声了。他们又一次次孤零零的，陪伴他们的只有科克号灯塔船上定时发出的呜呜声和停泊在港湾的船只时不时传来的敲铃声。

又过了一个小时。就连罗杰也对吉姆划着桨出现在雾中不抱任何希望了，也不再希望那曲《故乡，甜蜜的故乡》会帮助他找到妖精号。他不再吹六孔小笛了。煎锅的砰砰声似乎也没之前那么有趣了。现在大家都不再争论该轮到谁去敲它了。他们已经笃定吉姆要待在岸上直到雾散去。约翰独自坐在驾驶舱里，读着奈特的《航海大全》，时不时敲打煎锅。另外三个人正在下面的船舱里考虑午饭该怎么办。

他们打开主舱铺位后面的橱柜查看储备物资。

"有四种汤。"罗杰说。

"还有五种水果罐头呢。"提提说。

"是的，我知道。"苏珊说，"但这都是他和他叔叔航行时要吃的。"

"他说他叔叔会带来更多食物呢。"罗杰说。

"妈妈说过船员自备粮食。"苏珊说，"我们还有半打香肠卷……"

"香肠卷还没有吃完吗？"罗杰说，"但我们最好给他留一些，昨晚他很喜欢吃，我敢打赌他会让我们喝点他的汤。"

"还有猪肉馅饼。"苏珊说，"这是我们的。"

"我们留作晚餐，等他在的时候再吃吧。"提提说，"留一两个香肠卷没关系，但如果我们吃猪肉馅饼的话，就只能给他留一块。切的时候他应该在场。"

"这个医学用途是什么？"罗杰拿起一只瓶子问。

"把瓶子放好。"苏珊说，"这是给吉姆叔叔的朗姆酒。吉姆说他婶婶总是在药上写'仅供药用'的标签，万一他们掉到海里或者着凉什么的能派上用场，不是平时大口喝的那种酒。"

"我们不喝。"罗杰说，"可是，我说，苏珊，我敢肯定他想让我们在雾中喝热汤。"

苏珊在看罐头上的标签。她一手拿着一听蘑菇汤，一手拿着一听番茄汤，抬头通过过舱梯口望向浓雾，认定罗杰是对的。

"我们喝汤吧。"她说，"雾天有点冷。"

"我要蘑菇汤。"罗杰说。

"还有那两只鸡蛋。"苏珊看着吉姆没吃的早餐说，"提提，你剥掉蛋

壳。不管怎样，他也不想吃冷鸡蛋，而且它们配汤吃不错，吃完香肠卷之后再吃香蕉。”

午餐比早餐丰盛，但没那么正式。甲板上得有人每隔两分钟就敲打一下煎锅。如果不能全员上桌，摆餐具就没多大意义了。此外，苏珊不愿被提醒那个座位是为吉姆准备的，不愿想起等他未果、直到现在才收拾干净。他们在船舱里喝完汤，把香肠卷和香蕉带进驾驶舱吃了起来。

“那艘渡船再也没有回来，”约翰说，“否则我们会听到的。雾大得连渡船都开不了，更别说没有罗盘的划船人了。”尽管如此，还是有两次假警报，苏珊第一个听到了划桨声，接着罗杰也听到了。从大家竖耳倾听的样子看得出他们一直惦记着吉姆，哪怕是在兴致勃勃地谈论汤和其他事情的时候。

可是吉姆还是没有回来。

“他已经走了快六个小时了。”苏珊在洗碗的时候对约翰说。提提和罗杰在驾驶舱里值守锚更，每两分钟敲一下煎锅，练习吹六孔小笛，以防万一有船过来撞上他们。苏珊正在洗碗，约翰很乐意待在船舱里，避开外面的浓雾，此刻他正在擦干苏珊清洗过的碗碟和汤勺。

“我们只能等了。”约翰着看了看气压计，又说，“咦！吉姆今天早上调过气压计吗？如果他调过，那么气压下降了十分之三。”

“要下雨了？”苏珊说。

“更可能刮风，”约翰说，“尤其是风已经停了那么久。”

苏珊突然爬上舱梯向雾中望去。“还是不见他的踪影。”她回来时说。

"不可能看见的。"约翰说，"等雾散了才有可能。雾一旦散去，他就会回来。他划走了淘气鬼号，我们不能游上岸去找他。他就指望我们乖乖地在原地等他呢。"

就在这时，六孔小笛和敲打煎锅的声音停了下来，待在船舱里的约翰和苏珊听到他们在驾驶舱里谈话。

"看不见东西貌似也有好处。"说话的当然是提提了，"就算我们在大西洋中央被大雾笼罩，能看到的东西也不过如此。罗杰，我们想象一下到了大西洋吧。我们是什么时候离开上一个港口的？"

"今天早上。"

"别傻了，不可能是今天早上，否则，我们就不会在大西洋中央了。"

"噢，好吧，几个月前。"罗杰说。

"反正一个星期吧，我们一直在赶路，密切警惕冰山。"

"你目睹我们怎样乘风破浪。"

就在那时，正当约翰和苏珊在船舱听他们讲话时，甲板上又传来几声敲煎锅的砰砰声，六孔小笛开始一个音符接一个音符地吹奏《还乡曲》副歌的第一节，听来犹豫不定，而后，他又加快节奏重复了一遍。

"到目前为止，他们俩都还好。"苏珊说，"可我禁不住觉得吉姆一定出事了。已经下午两点了。"

"涨潮了。"约翰说，"差不多可以肯定的是，雾会随着退潮而消散。吉姆可能正坐在防波堤的系缆桩上抽着烟斗，等雾散去。"

"他没带烟斗。"苏珊说，"他落下了，里面还有半锅烟丝，我把它靠在水槽边上了。"

不知怎的，吉姆落下烟斗使情况看起来更糟了。他本来真的只打算去几分钟就回来的，可那已经是整整六个小时以前的事了。

"风会把雾吹散。"约翰说。

"拍打声是怎么回事？"

"是升降索拍打桅杆的声音。"约翰说。

"我真希望他没有上岸。"苏珊说。

"听着，苏珊，"约翰说，"我们平安无事。我们停泊在安全的地方，而且他知道我们很安全。不可能出差错。他自己也是这么说的。"

紧接着，苏珊却看到约翰突然瞪大了眼睛。她也听到了惊吓到他的声音——一阵刺耳的金属摩擦声——锚链突然拽动船头擦到了斜桅支索！

"噢，没关系。"约翰说着已经半站起来，但现在又坐了下来。无论发生什么事，他都不能让苏珊知道他也开始担心了，"现在是涨潮，妖精号的船头已经调转过来了，正迎着退潮。昨晚涨潮时，它也发出过同样的声音。"

但没过多久又传来相同的声音，随之而来的还有另一种声音，然后整艘船突然剧烈地摇晃起来。苏珊看着约翰，但什么都没说。他一动不动地坐着，在聆听。驾驶舱内的瞭望员也听到了动静，他们正往舱梯下面张望，想确定约翰和苏珊认为一切正常。苏珊示意他们安静。又是一阵剧烈摇晃，接着他们不是听到而是明显感觉到有东西刮擦了一下船身，接着又是一阵颠簸。

"船在拖锚移动！"约翰喊道，"让开！"他纵身一跃，冲上舱梯。

第八章

海滩尾浮标

"出什么事了？"

"怎么了？"

约翰跌跌撞撞地钻出船舱，提提和罗杰赶紧躲开。约翰自己也不太清楚到底发生了什么，并不是很确定。但那突如其来的颠簸，接着是有东西在刮擦船身的奇怪感觉，然后又是一阵剧烈的颠簸，这让他想起很久以前发生的事情：那天他在海上钓鱼，因为锚绳不够长，船拖着锚移动，接着就没事了。但现在，如果妖精号是在大雾中拖锚，船下还有潮水……妖精号安全地停泊在吉姆·布莱丁离开时的地方，即使他在岸上也没关系。可是如果船走锚了呢？约翰抓紧舱顶上的一根栏杆顺着侧舷甲板赶快向前走，大雾已经打湿了栏杆。这才是最糟糕的。看不到海岸，什么也看不见。也许什么都没发生，船还停泊在原来的地方。

"呜……呜……"

是灯塔船发出的声音，从船尾右舷的某个地方传来，而它原本位于左舷船头的某个地方。他想起潮水已经转向，所以现在妖精号的船头应该指向港口。退潮从它身边汹涌而过奔向大海。

约翰刚走到前甲板，整艘船又诡异地颤抖起来。他一只手抓住绕着生锈铁链的绞盘稳住身体。接着，他抓紧船头支索，从船头往下看，铁链笔直地悬挂在下边。上次他查看时，妖精号拉着锚，铁链被拽得离船头很远。事出必有因。

　　他在离船头尽可能近的地方跪下来，俯身去拉铁链，水下好像有东西正在轻轻地敲它。是的，走锚了。但可以肯定的是，锚还沉在水下，锚链没有缠绕。这是为什么呢？吉姆·布莱丁亲自给妖精号下的锚……接着，吉姆·布莱丁最后说的几句话突然闪现在约翰的脑海里："潮水正在转向……低潮水位……"不过，那是六个小时之前了。一连六个小时，潮水不断上涨。那条锚链的长度在低潮时可以稳住妖精号，可是，满潮时，水位上涨了一倍多，这时锚链就太短了，不足以稳住高水位中的船。锚必定难以触到水底。

　　约翰急忙站了起来，几乎羞愧得无地自容。还说自己是个大副呢。他早就应该想到这一点，雾一来，甚至更早的时候，就应该放下更多的锚链。吉姆亲口说过他只抛锚十分钟，并且让约翰全权负责。十分钟过去后，吉姆还没回来，他早就该想到锚链和涨潮的事。吉姆肯定是指望他来放锚链。

　　他爬起来，看了看那根锚链，它穿过桅顶上的一个导索孔连到一台小型起锚机上，一圈接一圈地绕在起锚机的绞盘上，就像系在木桩上的绳子那样。剩下的铁链在下面的锚链舱里。约翰通过甲板上的一根链条管可以看到它是从哪里升上来的。首先要做的是松开一匝一匝的铁链以放出更多的锚链……快点。虽然只看得见雾，但约翰知道妖精号一定在移动。他用力拉着生锈的铁链。

　　"没事吧？"

　　他扭头一看，只见驾驶舱里探出三张脸来，在雾中模糊而苍白。

　　"马上就好。"他说，"我真是太蠢了，早就该多放一些锚链的。"

"你确定知道怎么放吗？"

"只要把它松开就行了。"约翰说。

他愉快地说着，同时双手并用地把一圈圈的锚链一通拉扯，可锚链好像牢牢地卡在一起，缠绕在起锚机上，仿佛跟起锚机融为一体了。

"要我帮忙吗？"

"不用。"他喘着气说，"马上就好。"

他松开一圈锚链，下一圈很容易就解开了。他把另一圈锚链从绞盘下面反方向拉出来。现在应该可以了。现在绞盘上只剩下两圈锚链了。那只绞盘应该转动起来，这样他就可以想放多少锚链就放多少了。可是这玩意儿到底怎么操作？

"现在好了吗？"

"出不来。"

"什么出不来？"

"锚链。"

他从锚链管里拽出一段三十厘米左右的铁链，尝试绕在绞盘上。锚链突然猛地落了下去。他还需要拖出好几米才能再次把锚固定住，可是他们却在不停地漂移……漂移……

他又从锚链管里拉出一截铁链，双手交替以最快的速度把它拉到甲板上。锚链实在太重了。如果不够长的话，拉上来又有什么用呢？为了松开锚链，他必须把它从绞盘上弄下来。他从绞盘上绕下一圈，接着将一根手指尽可能塞到最里面去够下一圈铁链。就在最艰难的那一刻，船突然颠簸了一下。约翰脚下一滑，赶紧用手抓住前桅支索。他压根不知

道另一只手怎么了。他先前一直是用两只手握紧锚链的。伴随着"咔嗒咔嗒"的轰隆声，他先前拉到甲板上的松散的铁链倏地从船头斜桁旁边的导索孔飞将出去，更多的锚链从甲板上的锚链管里喷涌而出，跟着其他的锚链一起越过船舷，势头迅猛，什么也阻挡不了。沉重的锚链"咔嗒咔嗒"地穿过导索孔，两米两米地飞出船外，传来阵阵轰鸣。

阻止它，他必须阻止它。他脑子里闪过许多问题。锚链的末端是怎样固定在下面的锚链舱里的呢？它拴牢了吗？锚链有多长？但是没有时间去寻找答案。不管怎样，他必须阻止锚链在船头呼啸而过，立刻，马上。他右脚使劲地踩在跳跃的锚链上。突然间，他脚下一滑，整个人重重地摔了下去，后背着地。

驾驶舱里传来一声尖叫。他拼命地爬了起来。锚链还在往船外冲。没等他来得及再做什么，只见铁链的一端从锚链管里冒了出来，飞跃船头，后面还跟着一根有些磨损的绳子。喧闹声和咆哮声戛然而止，周遭顿时一片寂静。

"呜……呜……"远在港口外的科克号灯塔船还在大雾中发出忧郁而悠长的哀鸣。但在妖精号上，提提没有敲打煎锅，罗杰也没有吹六孔小笛。虽然不清楚具体情况，但他们知道可怕的事情发生了。苏珊扶着舱顶上的栏杆沿着侧舷甲板急匆匆地向前赶去。她刚才看见约翰向后飞了出去。

"你受伤了吗？"她急切地问。

但是约翰对所发生的事惊恐万状，几乎没有感觉到自己落在甲板的带环螺栓上。

"全都没了。"他气喘吁吁地说，"所有的锚链，还有他的锚，我全都

111

告别锚与锚链

放到船外去了……"

"不过，你没事吧？"

"锚链，锚，所有的一切。"约翰说，"好几百米长呢……全都没了……"

"约翰，"苏珊大声喊道，"我们漂走了。"紧接着，她又高声喊道："吉姆！喂！吉姆！喂！"

"别喊了。"约翰怒喝道，"他听不见你说话，但其他人可能会听到。要是他们发现我们在漂流，就会夺走他的船。快点，我们得把另一具锚弄过来……"他望着平放在前甲板上的备用锚，也就是那具小锚，正被绳子固定在原处，"备用锚绳肯定在某个地方。看看驾驶舱里有没有，等我把锚准备好。但无论你做什么都不要大喊大叫，不要让别人觉得我们遇到了麻烦。我们可不想弄丢了锚和锚链，结果连吉姆的船也保不住……"

要是他知道他们移动的速度和方向就好了。在菲利克斯托码头上，起重机从轮船上卸货的噪声听起来比之前更远了。他扑倒在小锚上，手指胡乱地摸索着其中一根绳索，但是反而越急越乱。

"绳子……绳子……"他听到苏珊的声音，她现在回到驾驶舱了，"不是那根……那是主帆索……快……快……我们漂得越来越远了。"

绳索上的那个结肯定是很久以前打的，它卡住了。他们有条家规：不能剪断绳结，哪怕是包裹上的也不行。但现在不是恪守家规的时候。约翰立刻抽出刀，割断了那个结。他放弃尝试解开第二根绳子上的结，同样把它割断了。他解开了小锚。这具锚比另一具小，但对约翰来说已经够重了。

"这样行吗？"是提提在问。他们仍然在搜寻用作锚绳的缆绳。

"这又是什么？"罗杰在问。

"全都拖出来。"又是苏珊在说话，"不，不，我们必须找一根没有牢牢地系在其他东西上的绳子。"

他们马不停蹄地找起来。在他把锚准备妥当之前过去帮忙无济于事。现在的锚由两部分组成。锚冠上面有两只锚爪，并带有一根长长的锚柄，这几个构件组成其中一部分。另一部分是锚干。锚干是一根横杆，穿过锚柄上的一个孔，一端有个短弯头，不用的时候可以平放在锚柄上。要用锚的时候，把锚干推起穿过锚柄上的孔直到左右各半并与锚爪成直角。沉到水底时锚干把锚拉得横过来，从而使其中一只锚爪抓住地面。如果没有锚干，锚就会一路在水底拖着走，根本不能抓地。一根小铁栓卡进锚干上的凹槽将其固定住。

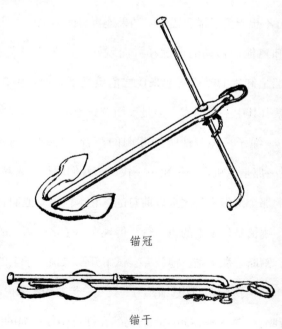

锚冠

锚干

约翰必须把锚竖起来，把锚干推到位，卡紧铁栓，系紧锚绳，然后把沉重的锚弄到船外，这样他就可以把它从船首斜桅侧支索和船首斜桅之间放下去。

他好不容易把锚干放好。小铁栓挂在一段铁链上。他把小铁栓滑过去，然后卡进凹槽。看起来就是这样，不是吗？湖上那艘小船燕子号的锚，只需要用石头或桨架敲一敲小铁栓即可。没有东西可以敲击这根小铁栓。时间飞逝，刻不容缓。他用小折刀狠狠地砸了下去。

"给你绳子。"苏珊在他身旁喘着气说，"虽然不怎么长，但这是我们能找到的最粗的一根。"

"我们先打个绳结吧。"约翰说。他把绳子穿进锚柄末端的圆环，来回绕了两圈，接着用力拉紧绳索两端，最后绕着绳子打了一个双套结。他不太确定这是不是个合适的锚结，但不管怎样不大会错。若非迫不得已，他可不打算损失两具锚。

"一定要快。"苏珊说。

"把绳子绕在绞盘上。"约翰说，"等等，我得把绳子穿过导索孔然后放下来。我不敢直接把它推过去。"

"别让自己掉下去。"苏珊说，"小心！约翰！"

"没事。"他气喘吁吁地说，"我们现在可以把它往下放了。继续，再放一点。噢！它把油漆全都刮掉了。没办法。听着，苏珊，抓住绳梢，绑到那根船柱上，我们可不想把这具锚也弄丢了。"

"绑好了。"

"那么来吧，放下锚……"

他们往下放锚。即使锚绳正绕着绞盘在转动，锚的重量仍然几乎超过他们所能承受的极限。突然间绳子松了，他们感觉不到一丁点重量。约翰低头看了看船头。

"坚持住。等一下，钩杆在哪儿？可怜的锚干掉了，落在斜桅支索上了。"

他从舱顶上抓起钩杆，用它戳了戳锚干。锚干终于松动了，若不是苏珊有先见之明把绳子在绞盘上多绕了一圈，锚干可能早就挣脱她的双手了。现在一切都很顺利，他们一起尽可能快地放下锚绳。他们感觉锚已经触底了，但仍然继续放绳索直到放完为止。

约翰又仔细检查了一下船头。

"锚爪扎进土里了。"他说，"还算幸运。绳子太短了，船上肯定有一根长短合适的锚绳。"

"我们只找到这根。"苏珊说，"你觉得我们已经走了多远了？"

"不知道。"约翰说，"不是非常远。至少我认为不是很远，在雾中根本分辨不出。"

"喂，约翰，"苏珊说，"真的对不起，我不该大吼大叫地找吉姆，我没想到别人会听见。"

"没关系，"约翰说，"没人想得到。对不起，我刚才发脾气了。我并不是针对你。其实我是生自己的气，因为我把他的锚链和锚都弄丢了。"

"我们已经漂得很远了。"苏珊说，"汽船上的钟声比以前远多了，起重机的噪声也更远了。我真希望雾能消散。如果吉姆真的试图划淘气鬼号出港来找我们，他是绝对找不到的。"

"他不会做这种尝试。"约翰说,"他不知道我竟然弄丢了他的锚。他以为我们安然无恙,还在原地等他呢。"

"你确定这次我们不会有事吧?"

"我确定。"约翰说,"另一具锚下得很好。"他从船舷上看过去,"你看,潮水喷涌而过。"

他们走到船尾的驾驶舱,苏珊沿着侧舷甲板走过去,约翰沿着另一侧走过去。

"你为什么不敲煎锅了?"苏珊问。

"对不起,我忘了。"提提说着拿起勺子当当地敲了好一会儿。

"锚要花很多钱吗?"罗杰问。

"得花好多钱,"约翰说,"很多很多英镑。锚链也很贵。"

"他能潜水捡起来吗?"提提问,"就像去年夏天燕子号失事时那样。"

"要是它没陷入淤泥里的话可以,"约翰说,"否则他们会在水底拖一只抓斗,把它抓上来。只要他知道锚在哪里就行了,不过他得到别处借只抓斗,而且别人可能会抢先一步……"

"啊,我真希望他没有上岸。"苏珊说,"那样的话,这一切就不会发生了。"

"我们把东西收拾收拾吧。"约翰说,"驾驶舱就像绳索做的老鼠窝,太乱了。在他回来之前,我们先收拾整洁。雾一散他就会出发。我居然弄丢了锚和锚链,即便如此,我们还是把一切还原成他离开前的模样吧。"

"这里一团糟,"罗杰说,"是因为我们急着想找根缆绳。"

"来吧。"约翰说,"我们再把绳索卷起来。一等水手,敲打煎锅,让别人知道我们是一艘停泊的船。"

他们一根接一根地重新卷起缆绳,然后卷起降下来的调帆索、支索帆索和后拉索,还有罗杰从舵柄上扯下来的一大卷主帆索。不久,驾驶舱又恢复了整洁,他们又安下心来,等待雾随风吹散,倾听从远处抛锚的汽船传来的铃声和出海的轮船发出的雾角声。罗杰吹了几下六孔小笛。苏珊很欣慰他们又把船停泊妥当了。提提想起燕子号失事后的惨状,约翰痛苦地想着怎样向船长解释丢失锚和锚链的事。要是在船漂走之前他就放长锚链该多好啊。要是他没滑倒就好了。一旦铁链开始像那样呼啸而出,他可就真的束手无策了。不管怎么说,他现在已经尽了最大的努力替换上小锚,尽管它顶不了多少用。除了坐等云开雾散、等吉姆回来听到坏消息之外,也没什么可做的了。

"铛!"

低沉的铃声穿过浓雾从他们的船尾传来,把他们吓了一跳。停泊着的汽船的铃声一直丁零当啷响个不停,听上去全都来自港口的最上方。

"怎么回事?"

"可能是另一艘船。"苏珊说,"敲那口煎锅,提提。要不我来敲?"

"他们在摇铃,那么船一定是抛锚停泊着的。"约翰说。

"铛! 铛!"

约翰站起来,眯起眼睛望向浓雾。

"听! 听! 我们可能听得到他们说话。"

"铛!"

118

"铛！铛！"

"像我们今天早上听到的铃声。"罗杰说，"就是那只浮标。你们知道的，吉姆当时说过，水花不够大，它没法正常地响铃。"

"它肯定没有抛锚，"提提说，"越来越近了。"

"铛！铛！"

罗杰从驾驶舱里探出身子，听着，低头看着靠近妖精号船侧的灰色海水，这是在雾中唯一看得见的东西。

"潮水退得没之前那么快了，"他说，"一分钟前还打着转流过呢。"

"请安静一会儿。"

"铛！"

"潮水纹丝不动。"罗杰说。

"你说什么？"约翰喊道。起初他几乎没听见罗杰在说什么。许久，他才明白罗杰话里的意思。约翰低下头查看水势，接着爬出驾驶舱，急忙跑到前甲板。现在究竟发生了什么事？他看着锚绳漂离船头，越绷越紧，就像一条直线。潮水汹涌着奔腾而过，在妖精号的船头泛起阵阵涟漪。突然，绳子松弛下来，然后绷紧，接着又松弛下来。涟漪消散了，妖精号仿佛停泊在静水中一般。

"铛！"

"一定是艘船。"提提说。她连续有节奏地用力敲打了一番煎锅。

"我吹六孔小笛好吗？"罗杰说，"我们可不想让他们撞到。"

约翰几乎没听见他们在说什么。锚刚才怎么回事？妖精号船头的波浪完全停止了。然而，潮水一定还在源源不断地从海港流出。这意味着

妖精号一定正跟着它移动。就是这样。锚绳此时像之前的锚链那样直上直下。他开始拼命地把它拉上来。

"嗨！苏珊！来帮帮忙，快！"

"出了什么事？"苏珊已经来到他身边。

"抓牢绳子，等我抓到就拖。喂，喂……喂……锚要上来了。"

"可是为什么呢？"苏珊气喘吁吁地问"你不是要起锚吧？"

"非起不可。"约翰说，"锚什么都没抓住。这有一点不对劲。"

"铛！"

铃声比以前更近了。驾驶舱里响起一阵疯狂敲打煎锅的声音，还有六孔小笛演奏的《天佑吾王》的第一节。这具小锚没有丢了的大锚那么重，它突然蹦出水面，嘎吱一声撞在斜桅支索上。

"苏珊，坚持住，我去看看。"约翰说，"上面竟然没有锚干，又是我的错。小铁栓脱落了，我不知道怎样把它扣紧。至少我以为我……"

"铛！"

"开始拉，我们必须把它拉到甲板上来。"

他们奋力一搏，把锚拉上了船。他们都明白为什么它没能咬进土里。小铁栓脱落了，锚干滑了下去，正松松垮垮地在锚柄旁边摇晃。

"铛！"

声音近得连在前甲板上的约翰和苏珊都扭头看向大雾，苏珊正抱着锚，约翰正想办法把锚干推到位。

"铛！"

驾驶舱里传来一声叫喊。《天佑吾王》的一小节刚吹到一半就戛然而

止了。

"约翰！约翰！在这里……"

船尾的雾中隐约冒出一个大东西。那是一只涂着红色油漆的大笼子，像一只建在圆木筏上的尖顶大鹦鹉笼子。笼子顶上有一盏舷灯。他们看着眼前的一幕，发现舷灯里跃起一道细细的白光，一会儿明，一会儿灭。是只浮标。笼子里有个又大又黑的东西……是一只铃铛。

"铛！"

"它速度可真快啊。"罗杰喊道，"看看船头的水。"

"它要撞上我们了！"提提叫道。

"不是浮标在动。"约翰说，"是我们。"

他们飞快地从它旁边经过，只差一米就撞到了。笼子里沉重的铃锤又敲了一下铃，这时他们近得几乎能用手够到浮标了。忧郁的叮当声在他们耳边嗡嗡作响。他们读出涂在笼子侧面的白色大字——"海滩尾"。片刻之后，浮标消失在雾中，只听见"铛"的一声从一片虚空中传来。

"噢，约翰！"苏珊惊呼道，"那是海滩尾浮标，我们出海了。"

Arthur
Ransome

海滩尾浮标

第九章

盲目漂流

"出海了……海滩尾浮标……"

提提和罗杰在驾驶舱里面面相觑。他们听见苏珊说的话。他们见过那只有着哐当作响的铃铛、铁笼子似的大浮标。他们亲眼看见了"海滩尾"这几个字。可是，现在浮标已经在雾色中消失得无影无踪，什么都看不见，跟他们先前停泊在北大陆架浮标附近的港口时的情形不相上下，传入耳中的不过是菲利克斯托码头的喧闹声和汽船的隆隆铃声。

"我们不可能真的出海了吧。"罗杰说。

"很可能是真的。"提提说。

他们凝视着前方的雾，想看清楚约翰和苏珊在做什么。他们听到锚砰的一声撞在甲板上。他们看见约翰在船头摆弄铁锚，然后他和苏珊一前一后地往外放缆绳。浮标的"铛！铛！"声越来越微弱，奇怪的是，声音的方位似乎在不断变换，一会儿在船头方向，一会儿在右舷，一会儿在左舷船尾，一会儿又回到船头。"没用的。"他们听见约翰说，"深水区……缆绳不够长……""也许它又散架了。"苏珊说。他们俩在船头像拔河似的拖拽缆绳，直到再次把锚拉到首柱头上。

"他们忙得焦头烂额。"提提感叹道。

"苏珊心乱如麻。"罗杰接过话茬。

"他们两个都是。"提提继续道。

"他们又在放锚了。"罗杰说。

"哪个方向是大海?"提提问。

"那边……"

"不可能……我都能听到火车驶过的声音呢。大海肯定在另一边……"

"可火车现在到这边了……"

"呜……呜……"灯塔船的雾角声暂时解决了这个问题,可是马上又从别处传来了它的哀鸣声。

"约翰,"罗杰喊道,"为什么到处都是噪声?"

"船在潮水中打转。"他答道,"听着,苏珊……我们最好再试一次……"

"它转得很快。"罗杰说。

"是啊。"提提说。她早就注意到了。一阵风吹来,就连港口内的一切都变得有些不同。现在波光粼粼的小波浪先沿着一个方向划过水面钻出浓雾,然后又从另一个方向钻了出来,而妖精号的桅杆随风左右摇摆。船颠上簸下,提提才发现自己赶紧深吸了一口气。真奇怪啊!这样的感觉令人备感不安。

"吉姆赶上我们得划好远呢。"罗杰说。

"是啊。"提提又说。她并不是头疼,而是额头上的皮肤有点紧绷。是因为雾,还是因为她看得不是很清楚?他们在前甲板上做什么?仍然在拉锚绳。不会吧,他们已经下过两次锚了。他们肯定又在拉锚绳。苏珊正试着抓住什么。妖精号颠簸得真厉害啊。好吧,罗杰也这么说过。

这不可能只是她一个人的想法。突然，她非常清楚地听见约翰在说："我无能为力。总不能老让它晃来晃去吧。我已经把他的一具锚弄丢了。我要把这具锚拖上甲板，准备好之后再放下去。"接着苏珊说道："我们答应过不会驾船到港口外面去的。"然后又听见约翰说："我们不是故意的。行了，苏珊，帮帮忙。我必须去看看那张航海图，搞清楚我们在哪儿……"然后他们拉着锚绳，锚砰的一声落在甲板上，她看见约翰弯下腰来绑紧船锚，又把锚绳盘好。苏珊双手扶着舱顶的栏杆再次返回船尾。罗杰拉了拉提提的胳膊肘。

"苏珊要哭了。"他低声说。

"别看她！"提提说。

可是没必要这样做。苏珊绝不会轻易放弃。和约翰谈话是一回事，跟提提和罗杰谈话则是另外一回事。苏珊摇了摇头，她一安全地回到驾驶舱就问提提为什么不再敲打煎锅。提提敲了一番煎锅，感觉好多了。

接着，她听到约翰的声音从船舱里传来。真奇怪，她压根没注意到他从前舱口滑下船舱了。

"苏珊，哈里奇的航海图在哪里？就是昨晚我们和他一起看的那张。"

苏珊深吸了一口气，走下舱梯，来到他身边。

提提和罗杰再次独自待在驾驶舱里。

"你看我该不该吹六孔小笛？"罗杰问，"我说，提提，你觉得他们会怎么办？"

在下面的船舱里，约翰抬起左舷铺位上的床垫，用脑袋顶住垫子，

一张接一张地翻看着航海图……斯皮特黑德海峡……塞尔西角……奥厄斯至比奇角……比奇角到邓杰内斯港……纽黑文、肖勒姆港……兰斯顿港和奇切斯特港的平面图……多佛港到邓杰内斯港……他似乎摸遍了每一张航海图，就是没找到他想要的那一张。

"苏珊！"他叫道，"我找不到……"

"他放在另一边的床垫下面了。"苏珊说，"他打算今天去伊普斯维奇时要用的……"

约翰砰的一声放下他一直用头顶住的床垫。苏珊托起另一张床垫，他立即抽出航海图，然后把它平摊在船舱桌子上，盯着看了足足有半分钟之后方才发现图放倒了。他脸颊发烫，热得像火烧。不过没关系，苏珊根本没有注意到。在她面前万万不可显得很紧张。

从驾驶舱里传来连续敲击煎锅的巨响，罗杰把头伸进舱梯口，朝下喊道："我应该吹小笛吗？提提说我最好问问。"

约翰朝上看了看。他没回答罗杰的问题，反而回应了提提的敲击声。

"我们没有抛锚停泊。"他严肃地说，"我们应该鸣响雾角，而不是敲铃。"

"我知道雾角在哪儿。"罗杰说着跌跌撞撞地爬进船舱，费力挤了过去。他从一双备用橡胶长靴后面抽出一支刷着绿漆的雾角。"这该怎么弄响啊？"他找到了那根细长的活塞杆末端的

铜把手。他握住推杆的把手，把活塞杆拉了出来，又把它推了进去。

"拉不响嘛。"罗杰说。

"当然拉得响。"约翰说，"把活塞杆拉出来，然后试试平稳地推下去。"

船舱里突然充满了震耳欲聋的轰鸣声。

"听到这种声音谁都受不了。"罗杰说。

"拿到甲板上去。"约翰说，"嗨！提提！不要敲打煎锅。轮流拉响雾角，如果听见别人在鸣笛，那么你也尽情地回应吧。"

他登上舱梯，走到半路就开始向雾中张望。什么也看不见。他又下来，发现苏珊一直盯着航海图。

"我看不清哪里是陆地，哪里是水域。"苏珊说，"而且无论如何我们都得做点什么吧？"

"那里就是我们抛锚的地方。"约翰用手指着说，"他进去的地方有码头，还有平顶浮标。我们一定是漂到这里了……除非在别的地方有另一只浮标叫海滩尾。不可能有的。那一定是我们看到的那只。他还说退潮流向东北方向……我们一定就在这儿……"

"呜……呜……"灯塔船传来的哀鸣声似乎是在提醒他。

"我们肯定正在漂向灯塔船……瞧，这里有标记……喂，苏珊，怎么回事？"

"让我过去。"苏珊说，"我得上甲板。"

他给她让路。她像失明了似的摸索到舱梯台阶，急匆匆地爬上去，进入驾驶舱。

约翰盯着她的背影。不会吧。苏珊不可能晕船。并不是很颠簸……还不到他们在燕子号上无数次经历过的那种程度。接着，他突然发现自己抓住了桌子。也许终究还是有些颠簸。

"喂，苏珊，"他喊道，"你没事吧？"

"没事……不过你别待在下面。快上来，赶紧出船舱。"

再催也没有用。他并不是每天都有航海图可看。地图很简单，道路是红色标记，河流是蓝色标记。航海图则完全不同。陆地和海洋非常相似。他很高兴吉姆昨晚给他看了这张航海图。平坦的地方是陆地，虽然你不会这么认为，因为上面没有道路标记。那条粗线是高水位边缘……还是低水位边缘？那些虚线标出了浅滩，吉姆说过远海上虚线中间的阴影部分表示低潮时干涸的浅滩。其他部分可能更糟，就潜伏在海水表面之下。这样的地方好多啊！浮标也很多呢！航海图上有一些浮标小图，旁边写着"R"、"B"或"B.W. Cheq."[①]等字样。他猜最后那张是指黑白方格，这张图片使浮标看起来像一面患有麻风病的小旗帜，还标有"B. W. Cheq"字样，明白无误地说明了这一点。

科克号灯塔船一直以每分钟四次的频率鸣响，提醒着约翰妖精号没有静止不动，而是在航行。似乎到处都是浅滩，而且它们还有名字：安德鲁斯、普拉特、卡特勒、科克。还有其他一些没有名字的。"出海之后，待在那儿别动。"吉姆昨晚说过。要是吉姆在船上指挥就好了。要是他在的话一切都会很顺利。他说过哪条是安全的航道？科克号灯塔船的旁边。

---

① 航海图上的字母缩写"R"、"B"和"B.W. Cheq."在表示浮标和灯塔时一般指颜色，R 表示红色，B 表示黑色，B.W. Cheq. 则表示黑白方格。

一定是这里，约翰指着一条看似畅通无阻的宽阔航道，这条航道通向深水区，两边是险象环生的浅滩。

就在这时，许多嘈杂声同时传来。先是灯塔船发出"呜……呜……"的鸣笛声，紧接着，驾驶舱里突然响起雾角的轰鸣声，然后是提提的叫喊声。

"还有一只浮标。"

"在哪儿？在哪儿？"是苏珊。

"在那里。现在不见了。上面有斑点。"

约翰跳上舱梯台阶，把头探出驾驶舱的舱顶，四处张望，凝视着窗外灰蒙蒙的雾。

"是什么形状的？"他问。

"我想是正方形。"提提说。

"我压根没看见。"苏珊说。

罗杰用力拉出雾角的推杆，直到完全拉不动后才停手，然后又把它推了回去。雾角震天轰鸣，无论谁听见，都会立即回应。然而，从雾中传来的唯一回应是灯塔船有规律的呜呜声。

"声音比之前近多了。"苏珊说。

约翰又下到船舱里。提提说过那儿有一只方形浮标，上面还有斑点。他疯狂地在航海图上寻找方形浮标的图片。他找到一张，又找到另一张，接着找到第三张。浮标意味着浅滩。到处都是浅滩。该怎么做才对呢？吉姆会怎么做？吉姆认为他应该做什么？就这样随波逐流，等着船的龙骨下面传来可怕的嘎吱声，那意味着它搁浅了。他想到了

古德温暗沙①上的沉船。他想到妖精号倒向一侧，在大海上颠簸起伏。他几乎看见船板被撞破，流沙和着泥水打着旋涌进来。

甲板上传来一声喊叫，几乎是一声尖叫。

"还有一只浮标！一只大的！"

"它要撞到我们了！"

"约翰！约翰！"

他立刻来到驾驶舱，顾不上撞到了头。他亲眼看见这只浮标了。一只巨大的笼形浮标，顶部是平的，顶上有盏灯。它在雾中忽隐忽现，正对着船体中部朝他们逼近。二十米……十五米……十米……

约翰一把抓起那个没用的舵柄，摇晃起来，就像很久以前他摇晃燕子号的舵柄那样，想把妖精号开到风平浪静的海面上去。

"抓住救生圈，苏珊！"他喊道，"它要撞破妖精号了，像砸蛋壳那样。"他猛地向前扑去，扯开救生圈扔进驾驶舱，同时伸手去抓船钩。提提抓起拖把。但是已经来不及抵挡了。什么都来不及做了，他们四个全都屏住呼吸，等待着巨大的铁浮标撞到妖精号薄薄的木头船身上。

但碰撞并没有发生。

妖精号在潮水中慢慢地转身，船尾及时调转过来。那只怪物般的浮标在离船不足一米的地方滑了过去，同时提提正疯狂地用拖把戳它。它渐行渐远，十米……十五米……二十米……然后消失在雾色中。

---

① 古德温暗沙（Goodwins Sands），多佛海峡北海口处的一系列危险的暗礁，距英格兰肯特郡海岸 10 千米。这些流沙暗礁形成了唐斯锚地的天然屏障，落潮时部分露出水面，非常危险，常有船只在此失事。

131

用拖把抵挡

"天哪！"罗杰说。

"噢，约翰！"苏珊大声叫道。

约翰打定了主意。

"我们不能再这样下去了。"他说，"如果不能掌舵驾船，就没有机会避开危险，很可能径直撞到下一只浮标。"

"可我们该怎么办呢？"

"我得给船扬起风帆。"

"他希望你这么做吗？"

"只能这么做。我们孤立无援，随波漂流。不止是浮标，可能还得随时避开汽船。不出海我们就无法脱险。"

"可你知道怎么办吗？"

"我想我知道。"约翰说，"昨天在他的指导下我干得不错，他已经做好升帆的一切准备。我确定我有办法升起主帆，这就足以使船开动起来，我们就能掌舵航行了。我们只是卷起了三角帆，轻轻松松就能展开。"

"我能来帮忙吗？"罗杰问。

"坐着别动。"苏珊说。

他们在驾驶舱内看着约翰沿着舱顶滑到前甲板，看见他先拉了拉一根绳索，然后又拉了拉另一根，直到他确定找到了正确的那根。他们看见他双手交替地拉着绳索。主帆顶部摇晃着挣脱那团红色帆布，开始爬上桅杆。它卡住了。约翰赶紧跑到船尾，把一根绳索顺着帆桁放到一半。苏珊和提提虽然很难受，但还是跳起来放下她们头顶上的绳索。现在风

帆完全松开了，原本折起来的一大团现在鼓满风膨胀起来，然后又扑通一声落了下去。约翰又拖拽起来。大风帆顺着桅杆一节一节地往上爬，升起的时候涨满了风。它又卡住了。

"是后支索挡住了它，把它松开……"

"后支索？后支索？哪根是？"

"这一根，右舷旁边的。"

约翰又拉了起来。不一会儿，噼啪作响的风帆就挡住了他。它爬上了桅杆顶部。他们又看见他了，此刻，他正用尽全身的力量拉起升帆索，就像他们先前看到吉姆·布莱丁所做的那样……拉绳起重……就是这个词……跟格罗格酒无关，吉姆·布莱丁告诉过好奇的罗杰。现在约翰正在把那根缆绳绑牢，现在又忙着绑另一根绳子。升帆索下滑了一点点，船帆的褶皱平整了。妖精号出现了侧倾。

"我该怎么办，约翰？"苏珊喊道，"船在打转。"

"把主帆索松开一点。"

他弯下腰来，松开卷在艏三角帆上的绳索。三角帆突然展开，开始迎风拍打起来。

"拉紧帆脚索。这边。别让它拍打了。"

"这根，提提。"罗杰说。

"我知道！来吧！快帮我一把！帆脚索不知道怎么回事正在拉紧。"

他们俩拼尽全力拉紧三角帆的帆索。船帆安静下来，妖精号又开始航行了。约翰一边喘着粗气，一边把前甲板上的升帆索卷起来，妥善地收进桅杆底部。

"你来掌舵吧。"苏珊喊道,"我不知道该走哪条航道。"

"现在是什么航向?"约翰一边问,一边沿着侧舷甲板匆匆跑到船尾。

"我什么都看不见。"苏珊说。

"让一让,罗杰。"约翰说着跳进驾驶舱,罗杰滑到驾驶舱的背风一侧,约翰通过苏珊仔细擦拭过的舷窗眯眼看着里面的罗盘。刻度盘在摆动……西北……西北偏北……又朝西北……可是吉姆不是说过退潮会把他们带到科克号灯塔船的东北方向吗?可他们正朝西北方向前进……

约翰跳向主帆索,开始以最快的速度双手交替地松开它。

"松开,苏珊。松开。很好……再松一些。快。我们正驶向岸边的浅滩。"

他绑牢主帆索后接过舵柄。现在,灯塔船有规律的鸣响不再来自他们的正横方向了,而是在他们的正前方。他看着罗盘……西北……北偏西……北……北偏东……东北……东北偏东。他抬头看了看翻翻起舞的三角旗,只见它笼罩在桅顶的雾中朦朦胧胧的,旗尾正指向船头。

"约翰,"苏珊说,"如果你确定陆地就在那边,为什么不直接开过去,想办法上岸呢?"

他们三个都看着他。

"我们办不到。"约翰说,"我们只会令妖精号葬身大海。而且我已经弄丢了他的锚。"

"我认为我们应该去。"苏珊说。

"我们办不到。"约翰几乎生气地说,"去看看那张航海图。我们在离岸那么远的地方,一不小心就会撞上岩石,而且在大雾中,我们都不知

135

道该游向哪边。"

"妈妈会让我们试试的……"

"我认为她不会……反正爸爸不会。听我说，苏珊，只要妖精号没事，我们就没事。如果我们让船撞上岩石之类的，什么事都可能发生。我们只要远离这些东西就行了。雾不会持续太久……留意你能看到的任何东西。当心……"

妖精号现在正平稳地航行，嗖嗖地轻轻掠过水面。约翰掌舵，时不时低头看向罗盘，再抬头看一眼在头顶上方幽灵般高高飘扬的三角旗。苏珊、提提和罗杰竭尽所能地想看透浓雾。每隔一刻钟，科克号灯塔船就发出一声"呜……呜……"的鸣响，每一声忧郁的哀鸣听上去都比前一声要近一些。

第十章

雾海迷航

苏珊的晕船反应比其他人厉害。海风从正后方徐徐吹来，约翰掌舵有些棘手，一刻也不敢放松，每当要换舷时他都会担心，唯恐帆桁来回摇摆。提提和罗杰凝视着大雾，害怕遇上另一只像岩石一样危险的巨大铁浮标。不过，苏珊正寻思着吉姆·布莱丁此时在他离开妖精号的地方绝望地来回划着桨。如果他发现妖精号不见了，会怎么做？打电话给在风磨坊的妈妈吗？一想到妈妈接到电话，听到负责照顾他们的吉姆·布莱丁说不知道他们怎么样了，苏珊就急得发疯。妈妈允许他们和吉姆一起航行，只是因为大家都答应她绝不出港。而此时此刻，他们正盲目地驾驶着一艘比他们以前驾驶过的船都大的船。妈妈决不会让他们独自乘坐妖精号这样的船，哪怕港口内阳光明媚，天气晴朗。可现在他们已经出了港，在令人窒息的浓雾中，风越来越大，船速越来越快。他们本来不应该打破那份承诺的。

"呜……呜……"灯塔船的哀鸣声越来越近，就在他们前方。

突然，罗杰从座位上滑下来，握住雾角的长把手。风帆升了起来，妖精号真的开动了，他迫不及待地想及时看到下一只浮标，以便约翰有机会避开它，结果却把雾角抛在脑后。

"我该拉几下？"他问约翰。

约翰没有听见。那艘灯塔船正在逼近，他在考虑下一步该怎么办。必须当机立断。

提提回答了这个问题。她头皮发麻，担心自己会晕船，但她确实对雾角信号的规定略知一二。"船顺风航行的话，"她说，"响三声。还记得《蟹岛寻宝》里是怎么说的吗？"

罗杰推进把手，长长的轰鸣声吓了苏珊一跳，他却说道："还真像牛在咆哮。"他拉出把手，再推进去。然后再来一遍。接着他停下来聆听。

"可能有人会回应。"他说。

但是没有回应，只有看不见的灯塔船发出的长长的哀号。

风比先前更大了。涟漪变成了波涛，抬起妖精号的船尾，奔涌而过；波涛顶端不时溅起白色的泡沫，飞出浓雾映入眼帘。

"听着，苏珊，"约翰说，"我们不能再这样下去了。我们一定要贴近灯塔船，灯塔船的外侧还有很多浅滩。你去掌舵，我下去再看看那张航海图。但无论你做什么，一定不要换舷。风在正后方，掌舵的难度很大。到这边来，这样你就能看到罗盘了。"

苏珊接过舵柄。约翰指着舷窗后的罗盘说："基本上是东北方向……尽量靠近……但要当心船帆翻转……"

苏珊看着罗盘，要是刻度盘上的指针能保持静止不动就好了，刚好和那根细细的黑色船首基线重合。太偏向一侧了，现在又太偏向另一侧了。

主帆突然松垮下来。帆拍打着，帆桁开始向舷内摆动。约翰迅速把手放在舵柄上。帆桁又一次甩了出去，绳索猛地一拉，一下子绷紧了。

"正好赶上。"约翰说，"你得非常小心。"

"你负责掌舵吧。"苏珊喘了一口气，说道，"我下去拿航海图。"

　　她爬下陡峭的台阶进入船舱，双脚刚落地就伸手扶住桌子稳住身体。她发现自己艰难地咽着口水，尽管她滴水未沾。船舱下面好像没有空气……一点也没有。她该不是晕船了吧？然而……她发现自己不由自主地张开嘴……空气……那才是她想要的……她通过舱梯口抬头望着雾……只看见约翰的头和肩膀往前倾，在昏暗的灰色背景下左右摇摆……要是她脚下的船舱地板不摇晃就好了……她脚下一滑，跌坐在一个铺位上……更糟的是，她靠扶着固定在地板上的桌子才爬了起来，结果桌子却拼命地想要逃开似的。快，快。在下面多待一分钟，什么事都可能发生。那张航海图在哪里？它从桌子上滑落下去，落在桌子正下方。她弯腰去捡，一把抓住它，扑倒在台阶上，然后爬了出来……

　　"喂，你没弄伤自己吧？"提提说。

　　"我没事。"苏珊说着飞快地咽了咽口水，然后深深地吸了几口雾气。就这样，她已经感觉好多了。也许只是虚惊一场。可是，哪怕只是往下看一眼那些通向小船舱的台阶，她就感觉不对劲。她不能往下看。她必须向前看，看进雾里……浮标……灯塔船……如果她出了状况，谁来照顾其他人？

　　她听见约翰在说话，声音好像从很远的地方传来。也许他已经说了一会儿了。他说了什么？不……不……他不可能是那个意思……

　　"灯塔船的另一侧有浅滩……很多……沿岸有浅滩……还有那一大片水域一定就在那边的某个地方，吉姆说过那些帆船就是在那里失事的，"他伸手指向雾里，"不过，它们之间有一条畅通的出海航道。航道很宽，各种船只都能通过，只要我们不要往北走得太远……"

"可是我们不能出海啊……这样不行的。"苏珊的眼泪又要夺眶而出了。

"我们开到浅滩外面去,"约翰说,"唯其如此才安全。你自己看看这张航海图……"

苏珊盯着航海图。她拿起来时图随风摇摆。她盯着图,却像在看白纸似的,她的眼睛就是不肯配合。约翰想干什么?他说他们在哪里?约翰继续说着,差不多像是在和自己而不是和她争论。接着,那支雾角又在她身旁响了起来。

"噢,住嘴,罗杰!"她大喊。

"我必须再拉两次,"罗杰说,"否则他们会认为我们在迎风航行。"

"谁会认为?"

"任何听到雾角声的人。"罗杰大声喊道,他推下把手,雾角又响了起来。

"只剩一次了。"他一面道歉,一面拉出把手,"这是三次中的最后一次。"

苏珊把航海图推给约翰,用手捂住耳朵。

她松开耳朵后,约翰还在说话。"我们不能停下来。"他正在说,"即使我们没有帆,潮水也会带着我们到别处,你们亲眼见过退潮是怎样把我们冲过那些浮标的。如果潮水把我们冲到浅滩,不等我们采取行动就会触礁。如果继续驶过灯塔船,我们就会冲进灯塔船另一边的浅滩。还记得吉姆说过的那个失去自己的船的人吧。凡心有疑虑,必远离浅滩……驶出港口出海,就地不动。他在船上的话也会这么做。他会尽快

出海，等云开雾散了再回来。如果我们稍微偏东南一点……务必看一看航海图，你就会明白……"

"可是你不知道我们现在身在何方……"

"不，我知道。我们一定接近灯塔船了。你们听。"

"呜……呜……"

"但是我们不能……"

"我们只能这么做。"约翰说。

"可是我们答应过决不出海的……"苏珊呻吟着别开脸。提提和罗杰都看着她，她无法忍受面对他们写满质疑的脸庞。

"我们不是故意的。"约翰说，"我们现在就在大海上，在大雾中回不去。倘若我们尝试回去，妖精号一定会撞毁的。就像尝试在一片漆黑中穿过一扇狭窄的门。如果我们走另一条路，大门则是完全敞开的。你自己看看吧。如果朝东南偏东一点，我们就能顺利通过。几千米内我们畅通无阻。挖空心思想别的办法徒劳无益。我们必须这么做。东南方向再往东一点……我们就会化险为夷。但我们必须立刻行动起来，否则就来不及了。那艘灯塔船离这儿太近了……"

"呜……呜……"

科克号灯塔船每隔十五秒就向雾中发出一声哀鸣，就像一只巨大的钟在滴答滴答地报时，提醒他们不能一直这样无止境地拖延下去。

"既然已经背弃了承诺，那就不必再遵守了。"提提说。

"那是另一只浮标吧？"约翰问，"在那里。一定要当心。我得查看一下罗盘和帆……"

"我能再拉一次雾角吗?"罗杰说。

"不要……再等半分钟。我们必须拿定主意。"

"我们照约翰说的做吧。"提提说,"爸爸也会这么说的……你知道……在生死关头,一切规则都得靠边站。当然,这还不是生死攸关的大事,但如果我们让妖精号搁浅在浅滩上,就可能有性命之忧了。"

"那我们怎么回去呢?"苏珊说。

"如果我们一直往东南方向航行,直到雾散去,就可以调头向西北开……而且,不管怎样,天放晴了,我们就能看清了……"

"呜……呜……"

灯塔船又鸣响起来,约翰决心已定。一刻也不能耽误了。

"我要把船开出去。"他说,"来吧,苏珊。我们得换舷。掌舵也会轻松一些。来吧。你来掌舵还是我来?最好你来。我一叫你就调转方向。先把主帆索收紧。还要支起后支索,另一根要在帆桁掠过之前解开。提提……你准备好放手了……来吧,苏珊……"

"艏三角帆呢?"罗杰说,"我来负责好吗?"

"先别管三角帆,之后再说……只要我们把吊桁调转过来……准备好了吗,苏珊?"

苏珊已经握住了舵柄……她发现自己正仰望着远处雾中的三角旗,就像她经常望着在燕子号的桅顶上高高飘扬的旗帜那样,那时他们在遥远的北方湖泊上驾船航行。约翰正尽可能快地两手交替地把主帆索收紧。

"不行,苏珊……那样不行……别让它松开……帮帮她,罗杰……等一下,我来把它绑紧。"他把主帆索打了个结,准备支起后支索。驾驶舱

143

里好像塞满了绳索。

"就是现在。放手，提提。继续，苏珊，调转船头。用你的身体压舵柄，罗杰。好。船转过来了……就是现在……"

帆桁突然在他们头顶上摆动起来，不过约翰把缆绳拉得很紧，吊桁因此没有移动太远。它颤抖了一下就升上去了，比他预期的要好一点。妖精号向左舷转向。约翰拉紧后支索，正在放开主帆索，速度比他先前收紧时快得多。

"稳住，"他喊道，"别让船再转回来。"

苏珊和罗杰用力压住舵柄。

"噢，当心……别让船帆再转回来。"

"你来吧。"苏珊恳求道。

约翰上气不接下气，再一次握住舵柄。

"我们现在可以放下三角帆了。是的，放开绳索。"

艏三角帆一放开就随风摇摆起来。没等它噼啪作响地拍动，苏珊就拉紧左舷前帆操控索，将它驯服得服服帖帖。

约翰双手握着舵柄，通过舷窗凝视着摇摆不定的罗盘指针。南……东南……东南……东南偏东……他必须保持这样的航向。现在容易多了，风在船尾四十五度方向。没有必要担心换舷，也不用担心帆桁或后支索折断，抑或是桅杆倒塌毁坏的种种危险。即使船帆没有吉姆架得那么好，妖精号仍然身姿优美，在大海上徜徉。在换舷和改变航向的混乱之中，航海图已经滑落到驾驶舱的地板上。他把航海图从脚下捡起来，看了一眼，然后又看了看罗盘。天啊！指针往南偏得太远了。他按住舵柄，罗

盘的指针回到了原来的位置，稍稍偏了一点点，然后又回到原处。他伏压在舵柄上，努力同时注意航海图和罗盘。是的，一定没问题。一路畅通无阻，直到抵达航海图边缘的沉没号灯塔船右侧。过了那里，他们就安全了。吉姆本人曾经在那里等待过。吉姆会这么做，爸爸也会这么做。虽然除了雾什么也看不见，虽然违背了诺言，虽然他们的处境一团糟，约翰却惊讶地发现许多烦恼早已离他远去。他已经做出了决定。他非常肯定这是正确的决定。雾早晚都会消散，到那时他就得思考返航的事情了。现在唯一要做的就是笔直航行，不要撞到什么东西，一直往前开，直到躲开那些可怕的浅滩，它们正等着抓住这艘被雾遮蔽了双眼的小船。尽管困难重重，约翰此时却勉强称得上快乐。

他向罗杰点了点头，罗杰正拉出雾角把手等着他。

"好吧，响三次。风仍在船尾，不过还是要留神，尽量保持警惕。我们千万不能撞到浮标……你也是，提提……喂，你怎么了？"

提提双手抱着额头。

"我非常抱歉。"她轻声说道，"我……我想我要晕船了。"

"不会有人晕船的。"约翰努力用心口一致的语气说出来，尽管当他发现提提脸色铁青时很难说出口。当然，现在风更大了，妖精号正乘风破浪，急速前进。他看看提提，又看看苏珊。苏珊正佝偻着背躲在驾驶舱的一角，头埋在臂弯里，身体靠在舱壁上，肩膀起伏不定。

"苏珊，"约翰说，"苏珊，我知道，你会没事的。"

她没有回答。苏珊帮助妖精号驶入新航道。她一直是大副，就像当年在小小的燕子号上那样，接到船长的命令，按吩咐行事。不过，现在这阵忙乱过后，她又有时间想心事了，所有的疑虑一股脑再次涌上心头。这一切对提提和罗杰来说都没关系。他们做不了主。他们现在听她和约翰的安排。"决不出港。"他们在哪儿？港口外，他们正在航行，风越来越大，他们的航速也越来越快。他们在大海上越开越远，离妈妈和布里奇特所在的风磨坊也越来越远，她俩在那儿等待他们顺河而上归航；离菲利克斯托码头越来越远，吉姆一定伫立在雾中，望眼欲穿，只为看一眼他的船。风越来越大了。夜幕即将降临。他们在浓雾中航行、航行。最重要的是，她内心有种可怕的感觉，她不得不不停地吞咽，无论多么用力地吸气，似乎都吸不到足够的空气。

"苏珊。"约翰又叫她。

她转过身来，约翰看见眼泪从她的脸颊流淌下来。

"全都乱套了。"她大声说，"我们必须回去。我们不应该这么做。我不想这么做，我受不了了。"

"我们不能返航啊。"约翰说，"这种尝试不安全。"

"我们必须回去。"苏珊说。

罗杰正目不转睛地盯着她，正要再拉三次雾角。他从未见过苏珊这个样子。

接着，提提突然抓住驾驶舱的护栏，靠在上面。

"她晕船了。"罗杰说。

约翰伸出手扶住她的肩膀。

"别管我。"提提说，"我没有。我不可能晕船。我只是有点头晕，躺一会儿就好了。"

她跌跌撞撞地走到舱梯口，下了一级台阶，再下一级时滑了一跤，瘫倒在船舱的地板上。

"提提，你没事吧？"约翰喊道，"喂，罗杰，你去帮帮她。我不能松开舵柄。"

这一切太痛苦了。

"我去。"苏珊气愤地说。她深深地吸了一口气，艰难地挪动脚步走下船舱，留下约翰和罗杰满眼惶恐地盯着她。他们谁都没说话。约翰继续专心掌舵。罗杰犹豫了一会儿，然后继续望向雾中。

在楼下的前舱里，提提踉踉跄跄地爬上她的铺位。有什么东西在她的脑袋里敲打着，好像要把它敲破似的。因为有事情要做，苏珊再次担

任起大副的职责，她把提提塞进毯子里。她所能做的就是站稳脚跟。前一刻她俯在提提身上，下一秒就得抓住床铺边缘以免摔倒。不知不觉中，她已经给提提盖好了毯子。

"试着睡一会儿吧。"她说。

"我躺下就没事了。"提提说。

就在这时，苏珊害怕的事情发生了。她能及时走出船舱吗？许多小星星在她眼前晃动。虽然她嘴里什么也没有，但还是吞咽了一口。她奋力奔向舱梯，跌跌撞撞地爬了上去，跌进驾驶舱，一把抓住护栏，就像提提那样。"呕……呕……呕……"她呻吟起来，胸口一阵恶心。她吐了一次又一次。一切结束时，她想起自己挡道了，约翰看不见罗盘。她拖着身体走到驾驶舱对面，在一个角落坐下来，抓紧护栏，准备再次呕吐。

"苏珊，"约翰终于开口道，"我可怜的苏珊。"

没有人回答。

"苏珊，"约翰又说，"我们还得拉响雾角。"

苏珊把头靠在舱壁上，抽泣起来。

约翰的嘴唇颤抖了。他咬住嘴唇，眼睛后面有种火辣辣的感觉。有那么一刻，他想放弃，想返航。他望向船尾那片灰蒙蒙的雾。不。他必须继续前进。安全的唯一希望在港口外面。他用一只脚牢牢地顶住对面的座椅，双手紧握舵柄。他眯起眼睛盯着罗盘的盘面，不知怎么的，眼睛不像平时那么好使了。东南……东南偏东……东偏南……东南偏东……他向罗杰点点头。

罗杰推下雾角把手，一次，两次，再一次。约翰说没问题，那肯定

没问题。他拍了拍苏珊冰冷的手。

科克号灯塔船的鸣叫已经远远地落在船尾了。

迎面而来的是灰色的雾幕。雾幕的尽头就是苍茫的大海。

第十一章

错不在我？

"什么声音？"

雾中传来一种崭新的噪声，久久地萦绕在他们耳畔……那是一声似乎永不停歇的长鸣，停顿片刻之后又是与第一声一样的长鸣，停了约摸一分钟之后又传来两声悠长的鸣响。

"这是航海图边缘的灯塔船。"约翰说，"是沉没号，吉姆从多佛回来的时候就在那里等待。不可能是其他灯塔船……我们脱险啦！我们安全驶出海港啦！我们没撞到任何东西！苏珊，现在你明白了吧？我们的决定是对的。"

"可我们根本不应该到这儿来。"苏珊呻吟道，"呕……呃……呕。"她犹如吞下了整只苹果，又想把它吐出来，却发现喉咙太窄根本吐不出来。

现在风刮得更大了，妖精号在雾中驰骋，一会儿被冲到浪尖，一会儿又跌入波谷，当另一波海浪激起时，它又被冲到浪尖。约翰已经弄清楚怎样操作转舵索了，这样掌舵就更加轻松了。起初，他不知道这些东西有什么用，而现在他已经把一根绳索系在金属桩上好长时间了，这样一来，绳索就可以分担一部分舵柄承受的巨大拉力。罗杰不时拉响雾角。他之前害怕极了，但是现在好多了。他觉察到离开浅滩之后约翰就不像先前那样忧心忡忡了。提提躺在船舱里的铺位上，而苏珊正在晕船，他觉得自己和约翰正担负起驾驶这艘船的重任。不管怎样，他终有一天会

去当水手，像爸爸那样，而恐惧无济于事。再说，随着时间的推移，谁都不可能永远这样害怕下去。

"喂，约翰，"他说，"船正在疾驰，刷新了纪录。"

"表现还不错。"约翰说。

那两声长鸣听起来越来越近，然后被甩在船尾，接着声音越来越遥远。他们再也没看见那艘灯塔船，尽管他们肯定已经与它擦肩而过了。

两个小时后，情况有所变化。一时间，四周好像突然亮堂起来。

"我现在能看得更远了。"罗杰说。

"雾终于散了。"约翰说，"我寻思这风一定会把它吹散的。"

"雾散了。"罗杰看着缕缕薄雾飘过灰白色的波浪说道。

"又有麻烦来了。"约翰说着扫了一眼身后。

"是什么？"罗杰也向船尾望去。

他们周围的雾的确变淡了不少，但是船尾好像有一团黑压压的乌云正向大海逼近。

"要下雨了！"约翰说。

"风先到。"罗杰兴致勃勃地说，他想起经常听爸爸唱一首老歌："山雨欲来风满楼，扬帆再起尽遨游……"

"我们要升起支索帆吗？"

"当然不行。"约翰说，"我们没必要走太远，因为要返航。不管怎样，这种速度足够了。现在要掌好舵就已经很不容易了。嘿！听！你能

听到什么吗？"

他们侧耳倾听。风在索具上沙沙作响。海水呼啸而过。时不时地，浪尖化成水花四处飞溅，变成白色的泡沫。

"在那儿……"

他们隐约听到前方有声响……两声长长的爆炸声，接着是一声短促的爆炸声。

"是另一艘灯塔船，"约翰说，"离这儿很远呢。"

苏珊疲惫地抬起头，环顾四周。

"天放晴了，约翰。真的是这样。我能看得很远呢。为什么我们还不返航？"

约翰再次向船尾望去。

"现在还看不清楚，"他说，"得看看接下来的情况怎样……现在返航徒劳无益……"

他话音未落，第一阵雨点就打在他们身上。"砰……砰……"雨点落下的声音从绷紧的风帆上传来。

"去拿油布雨衣。"约翰说，"快点。"

"我不能下去。"苏珊说。

"你来掌舵。"约翰说，"不，小心。这回很有难度……"海风裹着雨点向他扑来，他用尽全力把舵柄往上推，"好样的，罗杰。"

罗杰已经跌跌撞撞地跑下舷梯进了船舱。他挣扎着前进。提提脸色苍白，躺在铺位上看着他。

"出了什么事？"她问道。

"他们需要油布雨衣。"罗杰说，"下雨了……"

"我们返航了吗？"

"还没有……不过，我想我们很快就会……苏珊想返航，但约翰说雨停之后再回去。外面一片漆黑。"

罗杰挣扎着继续往前走，从桅杆和铺位之间挤过去，从柜子里拖出一包油布雨衣。他滑了一跤，跌坐在地板上，索性待在那里整理好雨衣。

"找到我和约翰的了。"他说，"这是吉姆的……"

"噢，哎呀，"提提说，"不穿油布雨衣，他会变成落汤鸡的。"恍惚间，她仿佛看见妖精号的船长在瓢泼大雨中坐在码头前端的一只系船桩上。

"这是苏珊的吗？"

"不是，这是我的。"提提说，"上面有个绿色标签。苏珊的是棕色的。"

"明白了。喂，提提，你头痛好些了吗？"

"好点了。别把我的油布雨衣推开。我也要穿。"

罗杰摇摇晃晃地站了起来，费力地穿过颠簸的船舱。头顶上方，雨水正噼里啪啦地拍打着舱顶。他跟跟跄跄地撞在桌子上绊了一跤，结果抱着油布雨衣摔倒在地。他挣扎着爬了起来。雨从舷梯上滴落下来。他必须抓紧时间。他把油布雨衣从甲板上推了上去。有人从他手里接了过去。他跌跌撞撞地跟在后面。

"提提好多了，"他说，"她要上来……"

"不，不能让她上来。"苏珊说，"大家都淋湿了可不好。提提！你待在那儿躺着。"

提提的脚刚落地就听到了苏珊的声音。她犹豫了一会儿。船猛然倾斜，她眼前一黑，这使她下定决心留在船舱。上去后晕船对大家一点好处都没有，而且只会让情况更糟糕。她又在铺位上躺下来，听着头顶上的雨滴声，还有打着旋涡的海水发出的哗哗声，正通过妖精号那薄薄的船板传进来……吉姆在码头上……还有妈妈和布里奇特……真糟糕……不过，总算是一次真正的航海……要是南希船长知道就好了……

"你也下去吧，罗杰，"苏珊说，"最好别淋湿了。"

"谁来负责瞭望呢？"罗杰问道，"谁来拉雾角？我的油布雨衣是新的，一点也不漏。"

"嗯，让他留下吧。"约翰说，"听着，罗杰，趁我把胳膊伸进雨衣的时候，全力以赴抓紧转舵索。别急，你先穿上油布雨衣。"

妖精号上下颠簸，颠得罗杰在驾驶舱的两侧来回滑动，此时此刻要穿上油布雨衣可不是件容易的事。他总算穿好雨衣，顷刻间，他又惊又喜，紧紧地抓住舵柄，接着抓紧转舵索，这一刻他觉得自己正在掌舵。苏珊懒得穿好雨衣。她像披斗篷那样把油布雨衣披在肩上，根本没想过要把胳膊塞进袖子里。她苦恼地坐在角落里，任凭雨水顺着脖子流淌下来。约翰一边用后背抵住舵柄帮助罗杰，一边艰难地套上油布雨衣，然后从口袋里拉出防水帽，再把它紧紧地套在头上。

"戴上防水帽，苏珊。"他说，"白白打湿头发百害无一利。罗杰，把

带子系在下巴下方，否则防水帽会脱落的。现在一切都好。雨来得可真是时候啊！听一听水面上的声音……"

暴雨来了，一道白色的雨墙倾泻而下，坠入大海。

刹那间，红色的主帆变黑了，他们从头到脚都湿透了。雨水沿着帆桁滴落在舱顶。大雨滂沱，倾盆而下，噼里啪啦地倾倒在甲板上，哗啦哗啦地从甲板上的排水孔流出去。帆索变得又黑又硬。瀑布似的雨水从舱顶倾泻而下，涌进驾驶舱。苏珊打起精神，奋力拉上舱顶上的滑动舱口盖，但台阶底部早已积起一摊水。

"真遗憾，水箱已经满了。"罗杰说着转身面向风雨，张开嘴巴，仿佛他是趴在木筏上求生的失事船只上的水手，想方设法地想要滋润他干渴的喉咙。

约翰朝他咧嘴笑了笑，但笑容很快就消失了，因为随雨而来的风令妖精号保持原来的航向困难重重。尽管他戴着防水帽，冰冷的雨水不知怎地仍然从他的后颈项淌下来。他抖了抖肩膀，抖落身上的雨水。他通过舷窗望着罗盘，但几乎看不见，因为雨水正顺着玻璃往下流。

罗杰松开蝶形螺钉，打开舷窗，今天早上苏珊才精心把它擦得亮锃锃的，那时他们正停泊在哈里奇港等待退潮，如今却觉得恍若隔世。约翰感觉轻松了一些。至少他能看见罗盘的盘面，只是看得不太清楚，因为舱顶上的滑动舱口盖和舷梯顶上的两扇门都关上了，他得把头靠上去才能看清。

"雨和雾都一样糟糕。"他说，"最好再拉响雾角。"

"遵命，长官。"罗杰说。

三声震耳欲聋的长鸣从苏珊身边传来，把她吓得浑身颤抖。

他们听到远处一艘汽船的汽笛声，还有一艘灯塔船发出的有规律的雾角，两声长长的鸣响之后是一声短促的鸣响，这已经令约翰心烦意乱好一阵子了。

狂风暴雨接连而来。一阵就要过去了，几分钟后，他们周围的海面似乎开阔起来。紧接着另一阵狂风从船尾呼啸而来，海面越来越窄，只剩一个被雨墙围住的小水圈，他们航行其中，四周大雨如注。

"喂，苏珊，"约翰说，"你看，目前这种情况，返航徒劳无益。"

"雨一停我们就返航，好吗？"苏珊说，"不能等到我们搞清楚身在何方，那时天就黑了。"

"天一放晴能看清我们就返航，"约翰说，"在此之前你就别惦记着这事了……"

"只要我们一有机会就返航就行了。"苏珊说。

"我们会的。"约翰说。

苏珊紧紧抓住驾驶舱护栏和舱顶站起身来。一波又一波的雨水从她的油布雨衣上泼溅到驾驶舱的地板上。她先把一只胳膊套进袖子，然后又把另一只套进去。约翰尽管小心翼翼地掌着舵，仍满怀希望地看着她。

"好些了吗？"他终于开口道，"亲爱的苏珊，好样的。"

"爸爸常说很多水手每次出海都会晕船。"罗杰说。

"部分原因在于我们根本不应该出海。"苏珊说，"我们已经航行几个小时了？"

"好几个小时了。"罗杰说。

"我的表在船舱里。"约翰说，"罗杰，看一下钟。"

罗杰把通向舱梯的门打开一半，伸长脖子往里看。"天哪！"他说，"快七点了……"

"我们返程的时间也要那么长。"苏珊说。

"可能会更久。"约翰说，"顶风航行……不等我们返航天就黑了……"

"要抢风调头吗？"苏珊说。

"就像那天晚上在湖面上驾驶燕子号那样，我们沿着一个航向数到一百，然后沿着另一个航向再数到一百。"

"那天晚上我们差点撞上一座岛。"罗杰说。

约翰沉默不语，此事无需旁人提醒。实际上，当时的情景他仍然历历在目：妈妈说他几乎就是个笨蛋，还禁止他们夜间航行。有一段时间，他一直在担心如果遇上逆风自己该怎么办，他们就不得不回到原来的航线上。要是天黑的话，情况会糟得多。他暗自思忖，在漆黑的湖上航行的狂野之夜已经过去整整两年了，而现在他成长了许多。但这是大海而不是湖泊。他们睡觉时可没有友好的浮动码头供他们系锚停泊。

"也许风向会变。"他终于开口道。

但是暴风雨从同一个方向一阵接一阵地袭来，他们继续向前驶去，雨点敲打着船帆、甲板、舱顶和他们穿着油布雨衣的后背。前方的灯塔船响起声声鸣响，声音从北面某个地方传来，然后渐渐消失在船尾。

没等最后一场暴风雨卷过波浪起伏的灰色海面，前方的天空就开始

暗淡下来。

"雨停了。"罗杰说。

他们向船尾望去，看到灰色的海水、白色的浪尖和灰色云层下一片苍白的天空。没有陆地的踪影。妖精号孑然无依，起起伏伏，疾驰前行。尽管船的航速很快，汹涌澎湃的大海却流动得更快。海浪一波接着一波地涌向船尾，把它托起，向前推行。一波又一波的巨浪滚滚而来，随着哗啦哗啦的海水翻腾，留下一长串厚密的泡沫。

"我们返航吧。"苏珊说。

约翰深吸了一口气，看了一眼罗盘。他们一直朝着东南方向航行。要返航，必须转向西北方向。他转过身来，迎风站立了片刻，双颊立刻感受到风，这样他就知道自己正直面海风。情况比他想象的还要糟。风向改变了一点点。返航途中几乎一路都要顶风而行。他们一路上都得抢风转向，全程走"之"字形路线。而他对应该走哪条航线并没有十足的把握。潮水奔涌的方向肯定完全不同于罗盘上显示的航向。退潮把航道冲向一个方向，而涨潮又把航道冲向另一个方向，接着又是退潮。黑暗逐渐逼近。好吧，在浩瀚无边的大海上，黑暗和雾不相上下，都很糟糕。但是在午夜时分，靠近海岸和所有的浅滩会怎样呢？而此时此刻，罗杰一直注意着他的一举一动，苏珊相信他会带他们回家，一如他把他们带出海。他必须把自己的疑虑藏在心里。无论如何，他会竭力回到那些灯塔船附近。吉姆是怎么做的呢？他在附近徘徊等待，直到看清进港的航道。如果他们能像吉姆那样找到沉没号灯塔船，并一直以它为坐标航行到天亮……

"好吧,"他说,"现在就返航。调头的时候,我们得把主帆索收起来。你们一准备好就大声喊出来。"

"准备好了,"苏珊说,"越快越好……"

"好的。"约翰说着回头瞥了一眼白茫茫的大海。他松开转舵索,让舵柄转回来,苏珊和他一起双手交替地拉起主帆索。

紧接着陡然生变。

仿佛突然之间狂风变成了飓风。顺风航行时感受不到风有多么猛烈,调头迎风而行时情况就迥然不同了。

妖精号调头时舷侧冲向浪头,船身被甩了出去。海水顺着下风甲板倾泻而下。约翰和苏珊一起被甩到驾驶舱的护栏上。约翰原本正在用力拉紧主帆索,结果却发现自己的双手正在水中摸索着系缆栓。苏珊没抓住帆脚索。约翰坚持住,费了九牛二虎之力才固定住主帆索,任由海水冲刷他的肘部。

"压下舵柄。"他喊道。可是苏珊滑倒了,没抓到舵柄。罗杰被甩下座位,摔进驾驶舱底部,现在还待在那里,这算是不幸中的万幸了。"我差点就被甩下船了。"他事后说。不过,当时他只字未提。

约翰亲自压下舵柄,此时妖精号终于恢复了正常,沿着深深的波谷冲了过去。船头转了过来。

"轰!"

船首斜桅冲进海浪。一团水猛地冲进艏三角帆。妖精号又攀上浪尖,船首斜桅高高地悬在半空,紧接着,再一次俯冲下来。

"轰!"

　　海面被船头劈成两半，一片片的水花飞溅上来，掠过舱顶溅到主帆上，然后泼洒在驾驶舱里挣扎的身影上。

　　他们迎面顶风航行，三角帆用力地拍打着，仿佛要撕裂成碎片，把桅杆从船上拔出来似的。海面又被船头劈成两半，海水涌向船尾，从舱顶冲过。他们全都站在齐膝深的水里。约翰正与舵柄角力。艏三角帆发出的巨响停了下来，妖精号再次向前疾冲，与一片岩石般坚硬的大海迎面相撞后俯冲下去，然后再吃力地往上爬，结果却遭遇到另一个奔腾而来的浪峰。

　　罗杰躺在驾驶舱底部，水在他周围晃动，他没试图站起来。约翰脸色苍白，神情绝望，但仍然想着如何返航。他努力看清摇摆的罗盘指针，试着放松主帆索，尽力顶着他力所不能及的风力掌舵。

　　"让它停下，约翰！停下！我受不了了……我受不了了……够了！呕……呕……哇……"这艘正在激烈搏斗的船剧烈晃动着，苏珊几近崩溃，几乎横躺在驾驶舱的地板上，头靠着护栏，只觉得恶心，想要呕吐。一个波浪穿过驾驶舱的舱顶，一团绿色的水击中了她的太阳穴。

　　"约翰！约翰！"她大叫起来，"我受不了了。让它停下！就停一下！"

　　约翰在水下疯狂地摸索着系缆栓，主帆索牢牢地绑在上面。他解开主帆索，身体往后仰，拼尽全力把舵柄往后拉，直到身子顶住驾驶舱的舱壁。船会有反应吗？缓缓地，在低潮中颠簸的妖精号远离风向，回到了原来的航线。它再次加速。风力似乎突然减弱了一半。妖精号再一次随波逐流而不是迎头冲上，它轻松自在地在航道上摇曳前行。在经历过一场激烈的殊死搏斗之后，一切归于平静。

"呕……呕……哇。"苏珊一阵一阵的呕吐慢慢停了下来。

罗杰从驾驶舱的地板上爬起来，回头看了看下面的大海。"天哪！"他说，"这太可怕了。"

船舱里传来求救的哀号声。提提之前也呼救过，但在刚才最后几分钟的混乱中谁也没有听到她的声音。现在她正从里面敲着舱门。罗杰打开一扇门，提提从船舱下探出头来，向外张望，满脸惊恐。

"我们在下沉吗？"她说，"船舱的地板上有些水。我被甩下铺位了。"

"没事。"约翰说，"我们尝试调头时船上进了一些水。"

罗杰低头看了看舱梯。"有本书漂在水上。"他说，"里面一片狼藉。"

"得有人去抽水。"约翰说，"船上进了很多水，必须把水排出去。"

"呕……呕……呕……"苏珊呻吟着。

"试试抽水，"约翰说，"有事情做的话你会好受些。我们必须把所有的水都排出去，然后再调一次头……"

"噢，别再调头了。"苏珊呻吟道，"像这样顺风航行我倒受得了，可是调头实在太可怕了。"

"我们可以一直这样航行直到风小一点。"约翰不确定地说，"风向可能会改变。它不可能永远这样吹下去……"

"噢，我们怎么办呢？"苏珊说，"就快半夜了。"

"反正是晚上了。"约翰说，"夜晚不会比雾更糟了。"

"我已经把泵盖打开了。"罗杰说，"如果苏珊去抽水，我最好下到船舱里给提提搭把手。"

"你一点也不晕船吗？"苏珊近乎生气地问。

"一点也不。"罗杰说。

"呕……呕……呕……呕……把手在哪儿?"她抓住水泵把手开始抽水。一上一下,一上一下。"约翰,"她说,"我忍不住。我们必须这样继续航行下去,直到情况好转。如果我们调头,再开始摇摇晃晃、颠颠簸簸,我就死定了……"

"好吧。"约翰说,"数一数你按压的次数……"

"一……二……呕……四……呕……啊……呕……对不起,约翰。我真的好多了……六……七……"

罗杰说:"需要我到甲板上来的时候,就叫一声。"好几个小时以来,约翰第一次想笑。

罗杰小心翼翼地走下舱梯台阶,走到底部时发现水已经漫过了他的脚踝。提提待在那里,从湿漉漉的地板上把东西一件件地捡起来。

"你现在好了吗?"他说。

"好了,"提提说,"至少我是这样认为的。我的头很久以前就不疼了。我睡了一会儿,直到被扔出去。出了什么事?"

"我们试着调头,但行不通,"罗杰说,"所以我们要继续向前……不过现在是苏珊自己想继续前进。"

第十二章

晕船解药

　　提提原本睡着了，结果扑通一声摔到船舱的地板上，她匍匐四肢朝舷梯爬去，看到水泼洒到引擎上，心里害怕极了，尽管她不愿意承认。接着，周围顿时安静下来，门已经被打开，约翰说没事，罗杰也下来了，一副兴高采烈的模样。此刻一切都已经结束，提提却感到羞愧不已。她可是老练的一等水手，竟然陷入那样的恐慌！不知道罗杰猜出了几分？

　　"把你的脚挪开。"她说，"爬到那个铺位上。我没穿鞋，所以不要紧。"

　　"反正我都湿透了。"罗杰说。

　　"别再沾水了。"提提说，"我们把东西都搬到那边去吧。幸好约翰的毯子没掉下来。那是什么声音？"

　　"苏珊在抽水。"

　　"我们撞到什么了？"

　　"我想没有。"

　　"那水是从哪里来的？"

　　"它就这么来了……一浪接一浪的。"

　　"你害怕吗？"

　　"有一点。"罗杰说，"不过现在平安无事了。"

　　"拿起那本书……别……别把它放在架子上。"

　　罗杰拿起奈特的《航海大全》，这是约翰没有收起来的那本书。他把

书从水里捞了出来，若不是提提及时叫停，他差点就把它塞进那些没有打湿的书里了。

"把它放在水槽里，"提提说，"沥沥干。"

就连苏珊在最佳状态时都顾不上妖精号的船舱是否整洁有序了。不过，提提和罗杰做了他们力所能及的事，把所有散落的东西都堆积在背风面的铺位上，这样它们就不太可能掉落。他们费了一番工夫才摆好。

"水怎么样了？"约翰冲船舱下方喊道。

"排走了，"罗杰喊道，"地板快干了。"

"这盒火柴湿透了。"提提说。

"我也把它放在水槽里沥干好吗？"罗杰说。

"那只架子上不是有些火柴吗？"

罗杰跌跌撞撞地走到船舱那头，手指沿着铺位上的置物架摸索了一番。置物架边沿有一道防止东西掉落的低围板，他摸到一盒依偎在那儿的火柴。提提在铺位和桌子之间见缝插针地挤进挤出，想把舱灯灯罩取下来。

"喂！"罗杰说，"她希望你这么做吗？"

"当然。"提提说，"要不是晕船，她会自己动手的。"

虽然用了四根火柴才点燃那盏灯，却物有所值。小小的舱灯在万向架①上摇来晃去，光影你追我赶地点亮了船舱的每个角落，一种胜利的感觉在两位一等水手心中油然而生，他们在桌旁驻足停留了片刻，看着

---

① 万向架，一种在支撑座倾斜时仍保持物体处于水平状态的装置，常用于陀螺仪、指南针、炉子等。

眼前的这一幕。妥当地点亮那盏小小的舱灯，简直就像冲着风暴打了个响指。

"我来点亮罗盘灯。"罗杰说，"只有一支蜡烛，但它也固定在万向架上。"

"我们早该想到的。"提提说，"给你火柴……"

"天哪！"罗杰突然说道，"现在是什么情况？苏珊正在掌舵。约翰去哪儿了？"

事情很蹊跷。他们从船舱可以看见苏珊：她脸色苍白，油布雨衣歪歪扭扭地披在身上，一绺绺的头发随风扫过她的脸庞。她顶住舵柄，紧紧握住转舵索；掌舵时她没有看罗盘，而是盯着他们头顶上方的某个东西。是什么在敲打驾驶舱顶？约翰不可能上前甲板……还是去了？苏珊掌舵多久了？她在喊什么……她没冲着船舱里的他们大喊。约翰一定在前甲板上。

"我想他们需要我帮忙。"罗杰说着直奔舱梯而去。

就在那时，他们听到苏珊尖叫起来，看见她完全松开了舵柄。

其实在他们还没下定决心继续航行之前，约翰就发现阻止妖精号转弯冲向上风已经越发困难了。他们费尽九牛二虎之力调头的那几分钟已经让他领教到海风的威力，而且风力可能会变得更强。夜幕即将降临，为此，他必须采取行动。他知道应该收起风帆。他尽可能地拖延时间不去收帆，期望风力会减弱。但是他越来越疲倦，风还是像之前那样猛烈，在黑夜中收帆只会更加困难。他看着苏珊。她在驾驶舱角落里的抽水泵

那边蜷缩成一团，头靠在舱壁上。她已经停止抽水。抽水泵终于抽不出水了……四百七十下……还是五百七十下？有两次她不得不停下来，凄惨地趴在护栏上呻吟。

"苏珊！"约翰说。

风声和水声太过嘈杂，她没有听到约翰的声音。

"苏珊！"他喊道。

她抬起头来。出现在他眼前的根本不像苏珊的脸：污渍斑斑，苍白憔悴，几缕蓬乱的头发遮住眼睛，雨水和泪水打湿了面庞。

"不会又要调头了吧？"她喘着气说，"不要再来一次……我受不……我受不了了。"在那可怕的一瞬间，她以为约翰打算再次尝试返航，把妖精号调过头来，把它带进那狂风大作、奔腾跳跃的大海。

"天要黑了，"他喊道，"我不能继续任由船像这样开下去……帆张得太多了……瞧……我得收帆了……"

"不行。"苏珊呻吟道。

"我必须这么做！"约翰喊道，"他教过我怎样……"

"你会被抛下海的……"

"绳索。"约翰喊道，"我不能松开舵柄……绳索……在右舷储物柜里……就是那只……"

苏珊沿着座位滑下去，从储物柜里拖出一捆绳索。她拼命从散落在驾驶舱地板上的所有绳索中解开其中的一根。她受不了弯下腰解绳子，于是纵身跃过驾驶舱，结果撞到约翰，胳膊肘则撞到舵柄，她一把抓住护栏，又吐了起来。

　　她又看了一眼约翰，只见他手里拿着绳子的一端，一直踢着那个绳结，想把剩下的绳子解开，可是解不开。苏珊趴到驾驶舱的地板上，匍匐在他的脚下解开了绳子。她又挣扎着站起来。他在做什么？他用身体推着舵柄，把绳子的一端紧紧地绕在他的腰上。

　　"噢，约翰，"她呻吟道，"你要干什么？"

　　"救生索。"约翰喊道，"听着，你来驾船……只要一分钟……刻不容缓……我早就该这么做了……"

　　"我做不到……"

　　"你必须做到。"约翰说，"打起精神来，苏珊……帆一收事情就好办了。听我说，你的脚应该这样。抓紧转舵索，用尽全力推动舵柄。无论如何都别让船调头……"

　　苏珊发现自己接替了约翰的位置。约翰则在一只储物柜里翻找……他塞进油布雨衣口袋的那只铜把手是什么东西？他把系在腰间的绳子的一端绑在侧舷甲板上的一只系缆桩上。他在大叫……她听到了这些话："如果我真的掉下船，我还是会绑在……我返回时你得让船乘风而上……不会有事的……"

　　"噢，约翰！不！不！"

　　但他已经爬出了驾驶舱。他坐在舱顶上，抓紧扶手，往前挪动。海水突然向船尾冲来，溅到船上。她看见他回头看着她……不要让船打转……稳住。她必须……必须……她用尽全身的力气推动舵柄。她又看到了约翰的脸。他说了些什么，她听不清，但从他的脸上可以看出她做得对。舱顶湿漉漉的，摇来摆去，起伏不定，他沿着舱顶一寸一寸地向

前挪。不管她怎样和舵柄搏斗，妖精号还是不停地上下颠簸，似乎一心想要把约翰拽下船似的。

　　约翰有生以来从未感到这么孤单过。驾驶舱有高高的护栏，为了使妖精号顺风航行、防止它因风向改变而横转，他与舵柄展开了殊死搏斗，结果他被甩来甩去，到处乱撞。尽管如此，他仍然觉得自己"置身其中"，在船上，与苏珊、提提和罗杰在一起。从他爬出驾驶舱的那一刻起，那种感觉就悄然消失了。他不是"置身其中"，而是"置身其上"，而这个身下之物正竭尽全力想要摆脱他。疯狂的海水从他脚边哗哗地打着旋奔腾而过，妖精号一会儿跃起，一会儿俯冲，然后又腾空而起。

　　哗啦！冲上船尾的海水在船头护栏炸开了花。肯定有一大团水冲上船了。他紧紧地贴在驾驶舱顶上，海水倾盆而下，重重地泼在他的背脊上。他扭头看了看，风急浪高，根本睁不开眼睛。苏珊仿佛离得很远。她在做什么？也许她的力气不够大，无法使妖精号保持航向。要是再涌起这样的海浪，他就得过去帮她。但他必须先放下一些帆。他又想起之前迎风航行时苏珊万分痛苦的那一幕。现在风刮得更厉害了。收帆是唯一的办法。吉姆不是说过采取滚轴收卷风帆法吗？只需要把帆放下来卷绕在帆桁上即可，无论行船平稳与否，你都可以用单手收帆。他看着前方。上一波飞溅过来的水花顺着船帆倾泻而下，从帆桁上滴落。驾驶舱仿佛在百里开外，前甲板也一样。无论如何他一定要到那儿去。他一边用双手抓紧高高的栏杆，身体悬空吊着，一边暗自下定决心，此事非做不可。妖精号现在平稳多了。苏珊已经掌握了窍门。他大声喊着告诉她

这一点，可是风把他的话连同一大团盐雾又吹回了他的喉咙。他满脸是水，咽下口水，咧嘴笑着鼓励她。

就是现在。他再次估算从桅索到桅杆的距离。驾驶舱上的栏杆似乎不那么牢靠，支撑不了多久。但在他够到桅杆之前，没有别的东西可以支撑。他用力拉了拉他的救生索，以确保绳索能自由地钻出驾驶舱。如果它被什么东西绊住了，可就没办法了；他必须折回去把它解开。好吧。他向前一够，舱顶向前挪了一步。天啊！妖精号怎么在这个时候颠簸起来了？不过，他还在船上，已经走出一米多远了。他一遍又一遍地重复之前的动作。孤单吧？他仿佛完全游离在生命之外，如果回不来，他就会没命的。他想起自己曾经见过的一个人把一块松动的石板放在房子陡峭的屋脊上。但至少屋顶没有动，没千方百计地想把这个人抛来抛去。

加油！他已经走了一半，跟刚离开驾驶舱的庇护时相比，情况糟不到哪里去。他还在舱顶上，毕竟栏杆并不是那么脆弱，很快他就能抓住侧支索、升帆索和桅杆了。到那时他就可以休息一下了。噢，不，他不能。苏珊无法掌那么久的舵。振作起来！一阵快速短暂的颠簸之后，他沿着舱顶滑了过去。啊！他左手抓住升帆索，右手握着侧支索。他做到了，现在要把他扔下船可没那么容易了！

松开的绳索那头在前甲板上晃荡。还好他把锚绑牢了，因为吉姆教过他。要是锚没绑牢情况会怎样？还有他们用来作锚索的绳子，这根既不够粗又不够长的绳子绕在绞盘上。情况还行。这乱糟糟的一团肯定是三角帆、升降索和主帆垂落下来堆叠在一起了。好吧，他现在还不能整

理。他抓住侧支索，摸了摸口袋里的黄铜把手，那是卷帆器上的摇臂。他把它拿出来，几经周折才将把手插到位。现在收帆。他得松开主帆索，同时转动把手，把帆摇下来落在旋转的帆桁上。他一只手拿把手，一只手松开升降索，实际上这可是需要两只手才能干的活儿。那样的话就得有三只手。至少需要两只手抓牢。这样就需要五只手，可他总共只有两只手。"一只手支撑身体，一只手干活。"父亲多年前就教导过他，那时他还是个小男孩，有一次和爸爸一起坐船去钓鱼，他跌跌撞撞地跑下船舱，用双手递给爸爸一根绳子。好吧，他腾不出手来。远远不够。也许他可以松开升降索，同时紧紧抓牢栏杆。

他一只胳膊绕着绳索费力地下到前甲板上，那些绳索首尾绷紧，牢牢地绑在桅杆上。主升帆索呢？就是这根。湿漉漉的，卡在销钉上。都是他自己的错，升帆的时候，他唯恐滑落打了个死结。解开它倒成了此刻最棘手的事。"坏蛋！坏蛋！快点，行吗！"他终于解开了。喂！他猛地拉了一下碍事的救生索。接着，他小心翼翼地松开升降索。要是事情到此为止就好了！可他还得转动那只把手。他伸手绕过桅杆摸到了把手，多亏妖精号突然摇晃了一下，他才把它拔了出来。约翰已经上气不接下气。不过，他没有掉下船，把手也没有，还被他握在手里。他安好把手，开始转动。非常卡。他继续转动。好嘞，动起来了。帆桁如愿摆动起来，卷在帆桁上的棕色风帆出现在靠近他的这一侧。喂！卡住了？他当然还得把升降索再松开一些，因为帆已经卷起来落在帆桁上了。他这样做了，而后继续，用力地一圈又一圈地转动把手，转啊转，松开升降索，然后再转。帆前缘的第一只索圈落在帆桁上。这算一次收帆。但妖精号需要

收起更多的帆。就在这时，他注意到帆上的一根大横木，想起来他还得解开下节挂帆环。那意味着他得站起来。

不管怎样，已经收过一次帆了。帆已经小了很多。妖精号现在肯定已经不是那么难以驾驭了。他站起来，跪在驾驶舱顶上。那些系在帆上的挂帆环是什么情况？用钩环销固定住了。得先把环销转动半圈，然后从插销里取出来。很简单。如果手是干燥的就好办了，可是他的两只手都是湿的，太滑了转不动环销。他需要使用随身小刀的尖头。这意味着他得把那只湿漉漉的手伸进油布雨衣，然后把手伸进裤后袋，可油布雨衣正紧紧地绑在腰间，因为他先前把救生索的结正好系在那里。船身摇来晃去，这活儿真不好干。他成功了，环销转动起来，轻轻松松就滑出了插销，他甚至觉得不用刀尖就能做到。约翰只能够到第二只挂帆环。他把两只手举过头顶，紧紧地抓牢挂帆环，这是他唯一的抓手，感觉脚在下面打滑。他想到自己紧紧抓住桅杆的模样，俨然一面迎风招展的旗帜。

在遥远的驾驶舱里，他看见苏珊脸色苍白，惊慌失色。

天啊！他也吓坏了，但最糟糕的时候已经过去了。他又下到前甲板，平稳地转动把手。这是第二只索圈……收帆两次……他继续转动……当下若能三次收帆一次搞定就更好了。爸爸说过什么来着？"夜晚收帆，虽耻犹荣。"天马上就要黑了。他环顾四周。前方一片黑暗。到处都是乌云，乌云下面什么也看不见，只有白浪和浪花从浪尖上喷出来。

好了，搞定了。之前很容易脱落的把手一时间卡住了。他猛地一拉，把手松动了，差点掉下去，还好中途落进了他那流淌着雨水的油布雨衣

约翰紧紧抓住桅杆的模样，俨然一面迎风招展的旗帜

口袋里。主帆索绷得很紧。他望向船尾，看着苏珊，看得出掌舵已经不像先前那样费力了。由于主帆只张开了一半，妖精号不再步履艰难地顶风航行了。

他顿时信心倍增。他站起来，站在前甲板上，抓着索具和升降索，脚下的甲板一会儿升起来，一会儿又落下去，然后又升起来。妖精号现在安全了。他们可以像这样航行一整夜。他们可以航行到永远。喂！是苏珊在叫吗？他转过身，一脚踩在绳子上，他抬脚挪开，结果却发现一团绳子绕在他的脚踝上，他踢了踢，松开一只手去解绳子，就在那一刻，他脚下一滑摔倒下去，只听到苏珊刺耳的尖叫声……

苏珊正看着约翰，这比他沿着舱顶走还要糟糕。倘若她不是在掌舵，感觉只会更糟糕。不过，他已经安然无恙地抵达前甲板，她觉得高兴多了。接着，她看到他的手在转动桅杆旁边的把手。她看到帆越来越小，觉察到帆收缩时掌舵轻松一些了。紧接着，约翰突然又回到舱顶，伸手去够挂帆环。为什么？究竟是为什么？他为什么不能卷起帆然后迅速回到驾驶舱，安安全全的呢？他又下到前甲板。又开始转动把手。把手不动了。她看见约翰猛地扯下黄铜把手，握在手里插进口袋，接着只见他站起身来，双手搭在侧支索和升帆索上，随着这艘颠簸不定的船一起摇晃。

"约翰！"她气愤地大声喊道。他这样做到底是为了什么？

"约翰！"她的怒斥无意间竟变成了呼救。她又要晕船了。她哽咽了，脑袋里嗡嗡作响，眼冒金星。是的，她马上就要呕吐了……他必须赶快

过来，接过她手中的舵柄。

"约翰！噢！"她的呼救声又变成了恐惧的尖叫。约翰不见了。前一刻他还站在前甲板上，随着妖精号摇来摆去，下一刻他就不见了。他伸出一只手去抓侧支索，结果没抓住……救生索绷紧了。他不见了。她下意识地举起双手，松开了舵柄。她看着海水从妖精号的两侧奔腾而过。然后，就在苏珊以为他一去不复返之际，却看到舱顶那头有一件黑色的油布雨衣，一只手紧紧抓住桅杆上的绳索。他还在船上。她为自己放开舵柄感到羞愧难当，于是又一次抓住了它。苏珊根本没发现约翰在挣扎。他摔倒之后滚到船侧，系在侧支索上的救生索将他拽住，他挣扎着想抓住什么，终于用一只手够到了一根升帆索的末端，不经意间（他自己也不知道自己是怎么做到的）爬回到桅杆旁边的老地方。苏珊压根不知道他费了多少劲才重新站起来，哪怕只是站立了一小会儿，不让自己觉得被打败。没一会儿，他又一屁股跌坐在舱顶上，赶紧小心翼翼地往船尾挪，刻不容缓地朝驾驶舱这片安全之地移动。

"约翰呢？"罗杰说着匍匐着爬出来，可还是摔了一跤，头朝下滚进驾驶舱。

他刚站起来，约翰的双腿就跨过了护栏。

"对不起，苏珊，"他说，"一切都很好。你舵掌得很好。瞧，现在没事了，什么也没有发生……"

"约翰！噢，约翰！"苏珊说。

"出了什么事？"罗杰说。

"没什么事。"约翰说，"我滑倒了。救生索好用极了。即使我掉到海里去，也不会有事的。"虽说没出意外，可他的手还是不由自主地有些颤抖。他解开系在腰间的绳子，小心翼翼地把它卷起来，放进缆绳柜。

提提爬出来，看了看约翰，又瞅瞅苏珊。她正准备问个问题，但打住了。她感到突然间船上充满了欢乐。约翰自顾自地咧嘴笑着。苏珊含泪微笑着，眼泪在这一刻也无伤大雅。

"我们看看船舵吧。"约翰说，"船驾驶起来怎么样？天哪，收了帆就是不一样。我几乎可以用一只手掌舵了。我早就该收帆了。"

"让我再掌一会儿舵。"苏珊说，"我现在可以应付自如了。"

"你做得非常好。满帆时真不好驾驭。哎，我说，你是不是大声喊叫过？就在我滑倒之前。我想我听到你的声音了。"

"我那时快要晕船了。"苏珊说，"我知道我要晕船了……约翰……这太奇怪了。我现在没有晕船的感觉了。"

"好。"约翰说，"一旦挺过去，你大概再也不会晕船了。提提怎么样？"

"还行。"提提说。

"她点亮了船舱的灯。"罗杰说，"我正要为罗盘点上烛灯。可以吗？"

"去吧。"约翰说，"就算舱门开着，我也看不见罗盘。听我说，把手电筒找出来。我们晚上最好打开手电筒……"

"我们在夜里要点亮的红灯和绿灯呢？"提提问道。

"里面没有油。"约翰说。

"夜晚有多长？"苏珊说，"到天亮还有多久？"

"不知道，"约翰说，"肯定得好长一段时间。不过没关系，大家都能感觉到现在妖精号平安无恙。"

第十三章

伍尔沃斯盘

夜幕降临，妖精号笼罩在夜色之中，周遭的世界甚至比先前在雾中
还要小。他们逐渐习惯了黑暗。风仍然刮得很大。一路托着他们前行的
海水力道也不小。不过，由于主帆已经降了一半，掌舵就不再像战斗那
般艰难了。一想到妈妈和布里奇特在风磨坊，还不知道这里发生的事情，
他们就感到十分害怕。一想到不知道吉姆出了什么事，一想到他对自己
的船所经历的一切一无所知，他们又感到十分担心。但就连一刻也忘不
了这些事的苏珊也开始感受到约翰现在自信心爆棚。正如他所说的，你
们感觉得到现在妖精号平安无恙。最重要的是，约翰没有从船上掉下去，
他们四个人在一起。太阳早晚会升起，风力迟早会减弱，他们终将回到
哈里奇。提提"满血复活"，头也不痛了，享受着妖精号在黑暗中的突飞
猛进。罗杰心里一直想着怎么还没有准备晚餐，除此之外，他此刻正坐
在舱梯最上面的一级台阶上，注视着罗盘上的烛光。他看到指针慢慢地
左右摇摆，船首基线随之先指到东南方向，而后又指到西南方向。约翰
的胳膊因为掌舵时间过长都僵硬了，他知道只要情况没有恶化，自己就
能坚持到底。

"妈呀。"他喃喃自语，此刻正好一阵强风吹过，舵柄吃紧，他需要
加大力道掌舵。

"稳住。"他咕哝着，"好了……不要太远……"只见一阵翻滚的白色
海浪从黑暗中奔涌而出，他驾驶妖精号往前直冲，几乎径直冲到海浪前

方，直到浪尖变成泡沫消失在船后。

罗杰看了看亮着灯的船舱里的那只钟。他转过身来，扭头对着挤在驾驶舱的几个黑影说话。

"苏珊，"他说，"现在已经十点钟了。你觉得我可不可以找一点巧克力出来？我知道在哪儿。"

"十点钟！"苏珊惊呼道，"让一让，罗杰。大家该吃点东西了……"

"我来弄。"提提说。

"坐着别动。"苏珊说，"让我过去。"

"喂，苏珊，"罗杰说，"你确定下去不会晕船吗？"

"我很好。"苏珊说，"我早就应该下去了。不吃点东西，约翰整晚掌舵会撑不住的。"

罗杰缩起身体，好让她通过。然后，他盯着船舱里边，只见苏珊用力推开储物柜的门，结果被甩到一侧，倒在了下铺铺位上。她在那儿坐了一会儿，立马又振作起来，把手伸进柜子。她拿出几只红色的伍尔沃斯盘。妖精号摇晃了一下，她倒在下铺上。储物柜的门砰的一声关上了。苏珊现在又坐了起来，把手伸进另一边的储物柜。接着，他看见她拿出了猪肉馅饼……还有一把刀。她正把猪肉馅饼切成四份……天哪！切了好多片呢！罗杰知道他比想象中更饿。苏珊冷不丁地把盛着一块猪肉馅饼的红色盘子推给他。

"拿去吧，"她说，"快，这是约翰的。"

"猪肉馅饼。"罗杰说着递了上去。

"好。"约翰说，"把它放在座位上，这样我就能拿到。"

罗杰又看着苏珊。妖精号猛地晃了一下，为了稳住身体，她差点把包着三份猪肉馅饼的纸扔了出去。她原本打算放置馅饼的三只盘子滑到了船舱的地板上，现在只得随它们去了。

"喂！"她说，"我把你的那一份先放在水槽里了。你们索性别用盘子了。"

"我们可以开动了吗？"罗杰问。

"可以啦。"苏珊说着举起手把那张包裹猪肉馅饼的纸放到被罗盘灯照亮的水池里，而后几乎跌跌撞撞地返回船舱。她火急火燎地掀开一张床垫，打开下面的一块木板，从铺位下拿出从商店里买的几瓶姜汁汽水。

"你们得从瓶子里喝。"她喘着气把汽水和几块猪肉馅饼一起放在水槽里，"任由马克杯和其他东西飞来飞去毫无益处。"说完她走上舱梯，站在最高处，把头探出舱口，抓住两侧的门框，大口吸着空气。

"你不打算吃一点吗？"罗杰问，嘴里塞满了食物。

"现在还不行。"苏珊说。

"噢！"罗杰说。

"怎么了？"

"瓶子磕到了我最好的一颗牙齿。"罗杰说。

"抿着嘴吸，"提提说，"让汽水慢慢地流进嘴里。"

不，苏珊没有晕船，她只是在被摇晃得东倒西歪时得找到抓手并且想办法抓牢，同时还得把柜子里和床铺底下的东西拿出来，这样做足以令任何人感到难受。但她没有晕船。她迎着风，立刻感觉好多了。风那

184

么大，她马上就觉得自己吸足了需要的空气，缓过劲来。她转身朝驾驶舱的舱顶望去，这时身后的风吹起她的油布雨衣，衣角在她的耳畔扬起。

起初，她刚走出有亮光的船舱，在黑暗中几乎什么都看不见。过了一会儿，她依稀能看见一点东西了，但并不是很多，只有浪尖，苍白的水花在妖精号身边翻滚着向前冲去。她凝望着前方，紧紧抓住舱门两侧，让身体随着船的移动而摇摆。一时间，妖精号冲进两片海浪之间的波谷，她仿佛正俯视着一片陡坡。过了一会儿，她抬起头来，这时海水涌向妖精号的船底，把船首斜桅抛向天空。顿时，妖精号爬升到浪尖，她觉得眼前闪过一道亮光。片刻间亮光消失了，仿佛有人划了一根火柴，转瞬间就吹灭了似的。妖精号又被托举起来，前方的黑暗里隐约闪现出一抹灯光，不，是两盏灯，靠得很近。

"约翰！"她大声喊道，"前面有灯。"

"是陆地吗？"提提问。

"不可能，"约翰说，"我们现在远离一切。"

"它们又出现了……不见了……不，又出现了……"

"在哪儿？"罗杰问，嘴里塞满了撒了少许盐的猪肉馅饼。

"哪边？"提提问。

"正前方。"苏珊说，"又出现了。两盏，紧紧连在一起。"

"我什么也看不见。"约翰说道，他盯着发光的罗盘盘面已经好几个小时了。

"再看，"苏珊说，"就在那儿……"

"看见了。"过了一会儿约翰说，"可能是渔船。尽量密切关注它们。"

　　开啊开，妖精号在黑暗中继续前行。罗杰和提提从容地大口嚼着猪肉馅饼，不时往嘴里倒进几口姜汁汽水，下巴上也沾了不少。就连苏珊也开始吃晚饭了。约翰的盘子放在他身旁，一有机会从舵柄上挪开手，他就撕下一块馅饼塞进嘴里。他试着从主帆下面望向前方，但什么也看不见。与此同时，不管有没有灯光，他都得让妖精号放慢速度，穿过波涛汹涌的海面。

　　"它们更近了，"苏珊说，"我随时都能看见它们。"

　　"有一盏红灯，"罗杰说，"在下面较低的地方。"

　　"还有一盏绿灯。"提提说。

　　"是汽船。"约翰说，"前边那两盏灯一定是桅灯。它正往这边驶来。"

　　"也许是开往哈里奇的。"提提说。

　　"也许爸爸也在船上。"罗杰说。

　　"妈妈说过爸爸星期六才能来。"提提说。

　　"现在快到星期五了。"罗杰说着眯着眼睛盯着苏珊身后亮着灯的船舱里的钟。

　　苏珊叹息起来。快到星期五了，自从星期三晚上他们在肖特利打过电话以后，妈妈就再也没有收到他们的消息。他们答应星期五下午茶前回去。还有吉姆……此刻他们却在大海上，离家越来越远。

　　"我看到那艘船甲板上的灯光了，"罗杰说，"还有舷窗。"

　　看到那些灯火通明的甲板和闪闪发光的舷窗，苏珊脑海里闪现出一个新念头。她已经答应他们应该继续前进，云开雾散、海况明朗之后才能调头。一想到调头迎风航行和惊涛骇浪，她就心知肚明自己无力承受，

尽管从约翰差点摔下船那可怕的瞬间之后，她就再没晕过船。可是现在，看到那艘汽船上挤满了乘客、男女乘务员和船员，所有人都清清楚楚地知道自己要去哪里，这再一次颠覆了她的想法。此前，他们孤立无援，确保妖精号浮在海面上就谢天谢地了，只能等待白天到来、天气放晴……只要他们四个人还在一起就足够了，而且约翰也安然无恙，当时他差点就……但现在，那艘汽船出现了，获救近在咫尺，还有可以求助的人……

"约翰！"苏珊说，"鸣响雾角，让他们知道我们遇险了。"

"可我们没有，"约翰说，"现在没有……现在比之前好多了。"

"他们不能把我们拖回去吗？"

"不能。"约翰说，"想一想老燕子号被拖在贝克福特汽艇后面是什么情形，南希一不留心，开得太快……而且，不管怎样，吉姆说过，'永远不要接受帮助'。"

"可他们不一定非要到船上来。"苏珊说。

"就是不行！"约翰说。

"好吧。"苏珊说，"那么就让他们只带上提提和罗杰，这样他们就能告诉妈妈发生了什么事……还有吉姆。是的。听我说，约翰，我们必须这么做。我们怎么让他们停下来？"

"汽船正冲着我们驶来！"罗杰说，"也许它看见我们了，并且已经掌握了我们的情况。噢，我说，你的猪肉馅饼……"

约翰提高嗓门大喊起来。

"可是汽船看不见我们。我们没有灯。我们得让开。大手电筒在哪

里？它滑落下去了。噢，别操心猪肉馅饼了……"

他往下转动了一下舵柄。妖精号顶风转弯。海水伺机冲到船尾，喷洒进驾驶舱，泼溅到罗杰和提提身上，他们俩正在地板上摸索着找手电筒和约翰的盘子，结果只找到了几片他还没吃的猪肉馅饼。

正如罗杰所说，汽船正径直朝他们驶来。高高的桅灯在黑暗中闪烁着，下方还亮着别的灯，上甲板上的光被遮挡住了，光晕从舷窗散发出来，最重要的是那两盏灯，一只圆圆的绿眼睛，一只圆圆的红眼睛……越来越近了。

"我们一不留神，汽船就会碾压我们！"约翰说，"手电筒在哪儿？"

"我找到手电筒了！"罗杰叫道，突然一道亮光照亮了驾驶舱里约翰的脚。

"盘子也找到了，"提提说，"我把它放在座位上。"

"把手电筒给我。"苏珊说着一把抓过手电筒朝汽船照去。

一红一绿，汽船那两盏灼目耀眼的灯照过来了。

"吹响雾角！"约翰说。

"知道了！"罗杰说。

"白色是艉灯，"约翰说，"我们应该向左舷亮红灯。"

"可我们做不到！"苏珊一边说，一边疯狂地挥动手电筒。

"我们可以……我们可以……"提提叫道，"伍尔沃斯盘在哪儿？给你，苏珊。苏珊！把它放在手电筒前面，像昨天晚上吉姆做的那样……让光穿透盘子……"

"快，罗杰！"约翰说，"继续！快点！"

大手电筒的光透过苏珊手中举起的那只半透明红色盘子，顿时那个小小的白色光晕变成了明亮的红光。与此同时，罗杰把雾角的把手按到底，雾角传来一声巨响。直到如今，提提都认为汽船上的人几乎不可能听得见，尽管雾角在驾驶舱里拉响时，她在一旁觉得震耳欲聋。直到如今，罗杰认为要是没有雾角，船上的瞭望员是否会注意到伍尔沃斯盘发出的红光都成问题。然而，不管怎样，此时此刻，他们听到一声尖锐的汽笛声，紧接着汽船拉响一声短促的警报。

"汽船看见我们了！"约翰说着松了一口气，"绿色的灯光不见了。"

那艘大汽船右舷的绿色灯光消失了，左舷的红光越来越近。一堵巨大的黑墙比漆黑的夜晚还要黑，耸立在他们上方。船首的波浪把他们举起，又把他们扔下。一排排闪亮的舷窗疾驰而过。黑暗在引擎的轰鸣声中颤动。就在这时，汽船注意到了那只发光的盘子，也许是听到了雾角声，于是改变了航线。

一阵巨响响彻天际，轰隆隆地压向他们，一个船长模样的人站在舰桥上，通过扩音器对着黑暗处咆哮。

"去你的！你个该死的鱼贩子！为什么挑这个时候亮灯？"

"我们也不想啊！"约翰叫道，但他没有扩音器，汽船上没人听得到他的声音。

汽船桅顶的第二盏灯高高地耸立着从他们身旁经过，不一会儿，妖精号就被汽船溅了一身水，砸向平静的海面，激起阵阵海浪。妖精号颠来簸去，犹如一只在沸水中翻腾的瓶塞。苏珊在舱梯上滑倒了，为了不跌进船舱，她差点弄丢了手电筒和盘子。罗杰、提提和雾角在驾驶舱的

夜间相遇

底部被抛来掷去。约翰先是被甩到一边，然后又被扔到另一边，舵柄撞到他身上，擦伤了胳膊肘，疼得他几乎无法呼吸，驾驶舱的护栏还刮伤了他的一只手腕。波浪一浪接一浪地泼溅到船上。约翰无法说话，只得拼命地推着舵柄。船开出很远约翰才费尽九牛二虎之力使妖精号回到了原来的航线，风终于再次吹向船尾。现在已经不可能再求人拖船或设法带人上船了。

"天哪！"约翰大口喘着气，恢复呼吸后回头看着汽船的尾灯，"浪那么大，差点就把汽船上的桅杆撞掉。"

"约翰，"罗杰说着从地板上站起来，"我捡到一大块你的猪肉馅饼，就在你的脚下。"

"好。"约翰说，"我们一起吃吧。"他的下巴有点颤抖，但很高兴能把一块湿乎乎的猪肉馅饼塞进嘴里。

"他们为什么叫我们鱼贩子？"提提问。

"可能以为我们是渔民。"约翰说。

"干吗叫鱼贩子？"罗杰说，"真是无礼！"

"我想他们反正也不会停下来。"苏珊说。

"他们差点把我们撞沉。"约翰接话道。

"要是我们也有一些绿盘子就好了。"提提说，"这样，我们也可以亮起右舷灯了。"

"如果再遇到轮船，"约翰说，"我就要在它们靠近之前让开。一定要注意手电筒，苏珊。如果你不停地晃动，我就看不见罗盘或其他东西了。"

"我在找你的晚饭呢。"苏珊答道，她正打着手电筒在驾驶舱的地板上四处寻找，"这里还有两份……噢，天哪。哪里来的血？"她把手电筒对准了约翰的手腕。

"只是擦伤。"约翰说，"一定要把电筒关了。"

"我知道他把碘酒放在什么地方。"苏珊说，"我肯定妈妈会说你应该涂一些。"

她爬下船舱，在一个令人心情舒畅的地方找到了它。"把我们撞沉。"她想起汽船巨大的船头从妖精号的船身碾压而过……汽船压在他们上方……提提……罗杰……幸好，船舱的灯在它的平衡架上轻轻地摆动着……影子在吉姆·布莱丁的一排书上舞动。妖精号一切安好，尽管船舱的地板上又渗出一些水。她当然不会弄错。这次晃动不如她上次下来时那么厉害。她捡起在地板上滑来滑去的盘子，放回碗柜；她找到吉姆的药箱，取出碘酒，把药箱塞到一只枕头后面。她努力往前走，顺手从自己铺位上的背包里拿出一块干净的手帕。在回来的路上，她想起罗杰，便又拿了一块巧克力。

在驾驶舱里，约翰用一只手握住舵柄，伸出受伤的手腕。提提及时打亮了手电筒。苏珊把碘酒从瓶子里倒出来，涂在约翰的手腕上。

"哎哟！"约翰说，"真希望你没找到碘酒。"

她用手帕把他的手腕包扎起来。

"地板上又有水了，但不多。"她说，"我要把水抽走，之后我们每人分一点巧克力。右舷柜子里的袋子里不是还有几根香蕉吗？"

"休息一下，苏珊。"过了一会儿约翰开口道。

　　"我来抽水，"罗杰说，"我已经吃好晚饭了。不管怎么说，没剩多少水了。船舱里没再渗水。"

　　罗杰静静地数自己抽泵的次数。

　　"三十六……三十七……三十八……"水泵旁边是个舒适的角落，因为汽船经历一阵忙乱之后，数抽水次数就像数绵羊一样催眠。

　　"还抽得出水吗？"约翰问。

　　没有人回答。

　　"瞧，"苏珊说，"我们要通宵航行。罗杰和提提最好上床好好睡一觉。"

　　提提吃了一惊，在黑暗中四下张望。

　　"我们再待一会儿。"她说，"天正在放晴，星星出来了。"

第十四章

风磨坊

（星期四晚上及星期五上午）

在艾尔玛农庄的楼上，布里奇特躺在床上翻来覆去。"啪，啪，啪……啪，啪，啪……"有东西在敲打卧室的窗户。布里奇特睁开眼睛。外面一片漆黑。她躺在床上听着。"啪，啪，啪……"她翻了个身，用胳膊肘撑住枕头抬起头来。

"布里奇特。"

黑暗的房间里响起轻柔的声音，布里奇特顿时放松下来，呼吸也不那么急促了。妈妈也醒了。

"那是什么声音？"布里奇特问。

"不过是墙上的蔷薇。"妈妈说，"你知道的，就是那根挂在窗户顶上的枝条。"

"您听到雨点正在拍打屋顶吗？"布里奇特问，"在我睡觉之前。"

"雨早就停了，"妈妈说，"但是风很大。"

"您整晚没睡吗？"

"噢，不。我想我已经睡了很久了。"

屋内一阵漫长的沉默。至少，小卧室里有很长一段时间没有人说话，只有蔷薇枝不时地敲打窗户，传来"啪，啪，啪"的声响，风骤然变成疾风，在烟囱中呼呼作响。

"妈妈。"布里奇特终于开口道。

196

"你还没睡着吗？"

"没有。"布里奇特说，"我想知道他们在妖精号上会听到什么声音……没有烟囱，也没有蔷薇之类的东西。"

"他们都睡了。"妈妈说，"你也应该睡觉了。"

"可是如果没有呢？"

"他们会在某个避风的地方抛锚。如果附近有树，他们可能会听到风从树间吹过时的沙沙声，还有水拍打小艇的哗啦声，可能还会有缆绳拍打桅杆的吱呀声。若是强风大作……就像刚才那样……他们还会听到索具的沙沙声，然后就会蜷缩在毯子里。但是约翰和苏珊会一觉睡到天亮，罗杰也是。"

"提提睡不着吗？"布里奇特问。

"提提会享受这一刻。"妈妈说，"她会倾听甲板上的声音和河水的拍打声，她会想象自己真的在大海上。"

"要是妖精号再大一点就好了。"布里奇特说，"真希望我们也能和他们一起去。"

"我也想去。不过，我想没有我们，他们会玩得更自在。反正没关系……有吉姆·布莱丁照顾他们……他肯定已经找到一个舒适的地方过夜了……现在，你索性假装在妖精号上，蜷缩在铺位上，听到吉姆走上甲板查看是否点亮了系泊灯。接着你听到他又走下船舱，静悄悄地躺下，以免吵醒其他人，因为他希望他的船员都能睡个好觉。所以，你当然不会醒来。"

"我快要睡着了。"布里奇特说。

"好，"妈妈说，"好好睡吧。"

布里奇特打起瞌睡来，半梦半醒中她想起自己正假装登上妖精号，接着又睡了过去。过了很久，蔷薇枝拍打窗玻璃的咔嗒声和烟囱里更响的呼啸声再次把她吵醒。现在她依稀能看见窗户的形状。夜已经不是那么黑了。清晨悄然而来。房间里面有动静。是的，妈妈穿着白色睡衣下了床，她走到窗边，望着外面的夜色，听着风声。

"我现在能看到窗户在哪里了。"布里奇特说。

"噢，布里奇特，"妈妈说，"我还以为你睡着了呢。再睡一会儿吧。该起床的时候我会叫醒你的。"

这是八月里一个漫长的夜晚，但它终于结束了；尽管风仍然在烟囱里咆哮，吹得蔷薇把窗户敲得啪啪作响，太阳仍然从云层里不时探出头来，照亮船棚那湿漉漉的屋顶，照亮挤挤攘攘停泊在登陆点尽头的小小快艇。

"准备好吃早饭了吗？"下楼时妈妈问她，"要不我们沿着登陆点走一圈再回来？这样胃口肯定会更好。"

布里奇特想了一会儿，因为平日里有一条规矩："早餐先行，其他随后。"妈妈常说，人出门后容易散漫，流连忘返，不知道要浪费多少时间才能把他们拽回来。今天，妈妈自己主动提议出门。小起居室的圆桌上摆放着粥，正冒着热气。妈妈扫了一眼，就把视线移开了。

"早上好，鲍威尔小姐。早上好……你觉得水烧开前我们跑到登陆点看看来得及吗？"

"水马上就开了。"鲍威尔小姐答道,"不过,煮一两分钟,对茶没什么坏处。所以,一起去吧。昨晚的风把雾吹散了,又能看到太阳了,真好啊。好啦,孩子,你是一直睡到天亮吗?"

"睡睡醒醒。"布里奇特说。

"大部分时间睡着了。"妈妈说。

"妈妈一宿没睡。"布里奇特说。

"你知道的可真多啊。"妈妈笑着说,随后带着布里奇特走出门,这时鲍威尔小姐来到门口,一只手拿着一片面包,另一只手拿着烤面包的叉子,站在那里目送她们离开。

"担心那几个孩子。"她自言自语,"我必须告诉伙计们,千万别……"

但已经来不及了。

"早上好,夫人。"沃克太太和布里奇特走下艾尔玛农庄的台阶,一个年轻的木匠在船棚里向她们问好,"昨晚下了一夜的暴风雨,错不了。"

"你真的觉得昨晚天气很糟糕?"妈妈焦急地问。

"太糟糕了。"那人说,"哎,我不止一次以为烟囱管帽会撞到我们头上,屋顶会被掀掉。昨晚又是风又是雨,风那么大,最好待在陆地上,或者窝在屋里……"他看着拥挤的锚地,"真想不通有些人为了消遣出海。"接着,也许是因为看到鲍威尔小姐在门口向他示意,又或者是因为察觉到沃克太太的脸色不对头,才想起昨晚她家的四个孩子既没有在陆地上,也没有窝在温暖的房子里,他突然打住了……"有吉姆·布莱丁照顾他们,就不会有事。我猜,这可是他们一生中最快乐的时光呢。今

199

天他们就会回来，我听到布莱丁先生告诉过弗兰克。"

"快点，布里奇特，"沃克太太说，"我们赶紧过去，看看他们是不是回来了。"

潮水退了一半，泥滩大部分都露出来了。阳光照耀着潮湿的泥土和一片片的绿色杂草，一艘艘小船横七竖八地停泊在泥泞里，等待潮水再次上涨时漂浮在水面上。阳光照耀着停泊在浮标之间的大汽船，照耀着大汽船周围的旗杆森林——那属于紧挨在一旁的驳船，一袋袋谷物正从汽船上卸载下来，转运到驳船上。太阳离这儿更近了，光芒照亮了锚地里颠簸的游艇，三艘驳船的红棕色船帆也随着退潮顺流而下，与大汽船附近的船只会合。一艘干燥的驳船停在登陆点，船舷新刷的沥青闪闪发光，刚刚刮擦干净的斜桅和主桅杆闪烁着金色的微光。

妈妈和布里奇特在驳船黑光闪闪的船舷下方，沿着潮湿的砂石路艰难地走着。走得越远，砂砾越湿，她们最后在水边停了下来。驳船的船尾正好在她们头顶的正上方，一个人坐在一块晃悠悠的木板上，木板吊在船尾栏杆的缆绳上，他正忙着用天蓝色和嫩黄色的油漆刷着刚刻好的云形花样船名"哈里奇迷迭香号"。布里奇特抬头看了看他，又低头看了看潮湿的砾石路面上的一小桶蓝色油漆。换作平常，妈妈也会饶有兴致地看看这桶油漆，但是今天她似乎没有注意到。她远眺着河流下游，视线越过停泊着的游艇和正在卸货的汽船，希望看到妖精号的红帆返航归来。

她们身旁的沙砾嘎吱嘎吱地响了一声，她们转身看见了船夫弗兰克。

"噢，早上好。"妈妈说。

"早上好，夫人。"弗兰克说，他正打算下船去给一艘停泊的游艇的水箱加满水，见到她们母女俩就停下了脚步，"他们暂时还不会回来呢。"他好心地说，"还在退潮，他们要等到潮水退却后才会沿河北上。"

"我早该想到这一点。"妈妈感激地说，"不过，我真的有点担心他们，昨天先是起了大雾，接着又刮起大风……"

"吉姆·布莱丁不会让他们受到伤害的。"弗兰克说，"有必要的话，他蒙着眼睛也能在河上找到路。"

风磨坊

"那什么时候退潮呢？"

"不到十点不会退，"弗兰克说，"十一点以后随时都有可能，十一点以前等不到他们。"

"走吧，布里奇特，"妈妈说，"我们去吃早饭吧。"

"现在他们在干什么呢？"布里奇特问。和弗兰克聊过之后，妈妈心情好了一些，就跟她说起发生了什么。"他们在河口一个舒适的地方抛锚停泊下来了，"她说，"等待涨潮。苏珊做好了早餐，大家会沐浴着阳光，坐在驾驶舱里享用早餐。然后他们会打扫并擦洗甲板，接着驾船北上，

回来后和我们讲船上发生的一切。来吧，布里奇特，鲍威尔小姐的吐司要凉了。我和你赛跑，看谁先回去吃早餐。"

"五米后开始。"布里奇特说。她和妈妈并肩往回跑：两人从登陆点起跑，穿过酒馆对面的公路，接着爬上通往艾尔玛农庄的小花园的陡峭台阶，最后一起抵达门前。一个夹克上系皮带的男孩正站在门口和鲍威尔小姐说话。

"您有一封电报，沃克太太。"鲍威尔小姐说。

妈妈接过橙色信封，然后撕开。里面有一封邮戳为前天的电报，是从柏林发来的，"伊普斯维奇风磨坊鲍威尔小姐转沃克太太收。"

"是爸爸发来的吗？"布里奇特问。

"是的，"妈妈说，"他昨天就发出来了。布里奇特！他今天就要回来了。噢，天哪！噢，天哪！我根本不该让他们去航行。是我丈夫寄来的，鲍威尔小姐。他昨天在柏林。我的几个孩子还跟布莱丁先生一起漂在河上呢。要乘哪路公交车去肖特利才能及时赶到哈里奇等那艘船呢？"

早饭后，妈妈又带着布里奇特去了登陆点。潮水退了，已经接近低潮。她们走到登陆点尽头，那里有一条狭窄的水泥堤道，上面铺满了泥浆。

"我最好拉着您的手。"布里奇特说。

"好的。"妈妈说，"这样一来，我们当中要是有一个人滑倒，两个人就会一起滑倒，作个伴。"

"您也许可以把我抱起来。"布里奇特说。

她们站在登陆点的尽头，等待涨潮。最后，水又开始渗进泥里。

"他们现在随时都可能返航。"妈妈说着向河下游望去。

"会是约翰掌舵吗?"布里奇特问道。

"我想也许吉姆会让他试试。今天不像昨晚那样刮大风了。"

她们等了很长时间。潮水淹没了堤道的尽头，越涨越高，迫使她们往回走。一直等着涨潮助其一臂之力的驳船，满载着货物一艘接一艘地冲进河水里，船头下方泛起白沫，太阳照耀着褐色的船帆和桅顶上鲜红的旗帜。

"他们在那儿!"妈妈叫道。

在河下游，远远的，有一方三角形的小红帆映入眼帘。

"他们在那儿!"布里奇特叫道。

三角形的红帆慢慢靠近，消失在停泊的汽船背后，忽隐忽现，最后再一次出现。

"向他们挥手没有用!"妈妈说，"他们看不见你。"她怅然若失，"即使真的是他们。"

"肯定是他们!"布里奇特说，她一直在挥手想让他们快点。

弗兰克的船沿着登陆点滑行，把一艘游艇上的一些装备送到岸上。妈妈指着那些沿河而下的红色船帆。

"你比我更了解那艘船。"她说，"开过来的是妖精号吗?"

弗兰克眯起眼睛看了看。

"那是艾米丽号，夫人。"他说，"他们前天出去捕鱼了，昨晚就该回来了。我想是因为有雾耽搁了吧。"

顿时，布里奇特以为妈妈打算回艾尔玛农庄。但她停下来，又转向船夫。

"他们会到这里来吗？"她问，"或者去伊普斯维奇？"

"那是他们的泊位，"弗兰克说，"就在科罗尼拉号前面，那艘蓝色的大船。他们会过来的。"

"我们再等一等，然后跟他们聊一聊，"妈妈说，"他们可能见过我的水手们。当然，它不是妖精号。它是艘双桅帆船，而妖精号是一艘单桅纵帆船。但它看起来确实很像妖精号，因为它没有安装后桅装置。小心，布里奇特。如果你站在那儿，潮水会弄湿你的鞋子。"

"我可以把鞋子脱下来吗？"布里奇特说。

"就算脱了，你也不会喜欢在碎石上走路的。"妈妈说话时，仍然眺望着远处的艾米丽号，"你会觉得自己像鞋子里装着豌豆的公主，或者像被锋利的刀子扎得寸步难行的小美人鱼。"

"我知道美人鱼的故事。"布里奇特说。

潮水涨过登陆点的尽头时，她们一步一步地后退，看着艾米丽号从上游开过来。船上有三个小伙子，一个在掌舵，其他两个在忙着收前帆。艾米丽号在停泊着的游艇中穿行，支索帆已经降了下来。主帆降下来后船调过头来，只挂着三角帆静悄悄地朝属于它的浮标开去。一个小伙子站在前甲板上，伸出船钩去够系泊浮筒。

"他们干得不错。"妈妈看着浮标被拖到船上说道。

不一会儿，三角帆就被卷了起来，三个年轻人爬到舱顶，把主帆拢成松散的一堆，然后三个人都消失在船舱里。

"噢，布里奇特，"妈妈说，"他们可别到下面做饭去了。"

他们又出来了。一直拖在船尾的小艇被拽到了船边。有人跳了上去，剩下的两个人往下递袋子，然后递下来一只大草篮。

"他们过来了。"布里奇特说。这时，另外两个人滑进小艇，拿出船桨，小艇开始向船尾漂去。

"他们来了！"布里奇特又叫了一声，这时两个人各自拿着桨，开始使劲地朝登陆点划。

可是，那个拿着袋子坐在船尾的人突然指着艾米丽号的桅顶，小艇立马调头，折了回去。

"他们忘了把旗帜取下来。"妈妈不耐烦地说。

小艇在艾米丽号旁边等着，此时一名船员上了船，放下旗帜，把它扔进船舱。最后他们又出发了。布里奇特和妈妈在那里等着他们抵达登陆点。

"他们抓了好多鱼啊。"布里奇特说，她看见草篮里闪闪发光的银色东西。

"昨天我们很走运，直到起雾。"其中一个小伙子看着布里奇特满脸急切便笑道，"你想买一些吗？"然后他拿出一条大个头的幼鳕鱼。布里奇特缩了回去，他又笑了起来。

"你知道一艘叫妖精号的船吗？"妈妈问。

"布莱丁的船？"

"我估计你们没见过它吧？"妈妈平静地问，装出一副若无其事的样子，"我的几个孩子和布莱丁先生在船上。昨天中午过后起了大雾，接着

风雨交加，我有点担心。"

"他们都很好。"那个把鱼递给布里奇特的年轻人说，一边抓着登陆点边缘那只黏糊糊的木桩借力保持船身稳定，一边举起包和篮子，"昨天开始起雾没多久我们就开进港了，跟他们擦肩而过，还跟他们说过话。他们没事。布莱丁抛下了锚，就在北大陆架，他们离码头和海峡都不远，那里是个再好不过的地方。其中有个人还在吹锡制口哨。"

"是我的孩子罗杰。"沃克太太笑着说，"如果他在吹六孔小笛，就不可能出岔子了。"

"布莱丁很明智。"另一个人说，"我们也应该这样做，待在那里，但我们凭着感觉往上游开结果搁浅了，船舷横了半个晚上，差点穷途末路……"

"别胡说。"另一个人说。

"好吧，船长。我俩犯的错彼此彼此。"

"嗯，非常感谢你们。"沃克太太说，"你永远不知道在雾中会发生什么事，我只是有点担心他们。走吧，布里奇特。"

她们一起走到登陆点。

"布里奇特，"妈妈高兴地说，"你的妈妈可真傻啊。我早该知道一切安好，但是昨天浓雾遮天蔽日，风雨大作，我总觉得会发生可怕的事情。就像我之前所说的那样，他们停泊在一个安全的地方，享受在船上的每分每秒。当然，他们绝不会在他们许诺的时间前返回。吉姆·布莱丁说他会在涨潮时来到这里。他们会及时沿河而上赶来喝下午茶，喝完下午茶我们就一起过河去哈里奇，如果爸爸乘傍晚的船回来，我们正好接他。"

第十五章

保持清醒

夜晚又过去了一个小时，妖精号仍勇敢地在黑暗中前行。溅到船上的水花不多，雨也没有再下。风还是很大，不过并没有影响掌舵。乌云渐渐散去，点点繁星照亮了夜空。但是提提并没有看星星。

"提提！"苏珊叫道。

"提提！"罗杰也叫道。

跟罗杰一样，提提也在驾驶舱睡了一觉。她及时醒过来，正好听见苏珊对约翰说他们俩睡在自己的床铺上会舒服得多。

"但是我们都不想错过这夜景。"提提说，声音略微有些颤抖。

"你已经错过一些了。"苏珊说，"刚刚你睡着了……手脚冰凉，其实在暖和的船舱里睡和在甲板上睡错过的都差不多，所以还是下到船舱去吧。"

"罗杰你也是。"约翰说，"水手休班是很正常的。现在你下班了，之后会再轮到你，不过如果你不去好好睡一觉的话，那就帮不上忙了。"

他们原本可能以为可以整晚不睡觉，但命令就是命令，不管怎么说他们已经很困了。苏珊和他们一起下到亮着灯的船舱，然后把他们塞进各自的床铺，并给他们盖好毯子，还在罗杰的床边塞了一捆船帆。她来到甲板上时感觉轻松多了，无论他们在哪里，无论将会发生什么，至少他们俩晚上可以好好休息一下。

约翰见苏珊爬上来返回驾驶舱，随口问道："他们怎么样？"

苏珊半打着哈欠说："都睡着了。"然后她挤在驾驶舱右舷的一个角落里，面对着约翰坐下来，仔细瞭望。

"把舱门关上。"约翰说，"没有下面的光照上来，更方便观察。甲板上的舱口可以一直开着。"

"那要我下去把灯熄了吗？"

"还是别熄了。"约翰说，"灯光可以透过舷窗射出去，这样的话，万一遇到汽船，总比一点光都没有强。"

"上一艘船没看见我们的灯光。"苏珊说道。

"说不定下一艘就能看见了。"约翰答道。

过了差不多十分钟，他又跟苏珊说起话来。"苏珊，"他问，"你还好吗？"

但是他没有从瞭望员那里得到回答。

在黑暗中，约翰依稀能看到苏珊在哪里，她蜷缩在驾驶舱的角落里，黑黑的一团。但是，除了进入梦乡之外，她一直保持着瞭望的姿势。担心、晕船再加上之前以为约翰落水而担惊受怕，苏珊早已疲惫不堪，此刻她沉沉地睡着了。好吧，把她叫醒、让她像其他人一样到船舱去睡只是徒劳，她是绝不会去的。可怜的苏珊，最好随她去吧。

约翰定下心来掌舵，同时进行瞭望。

舱门关上了，驾驶舱里没有光，只有小烛灯向罗盘的盘面投射出淡淡的黄色光芒。东南偏东……东南……东南偏南……正南偏东……罗盘的指针一直动个不停。怎么会这样呢？妖精号一直在水面上摇摇晃晃，约翰一路上努力保持平稳航行，像很久之前操纵燕子号一样，船只偏离

方向时就转动舵柄，晃来晃去时就停止转舵，他一直通过感知风力和查看罗盘来掌舵。他尽力了。大致而言，航线肯定是东南方向，他心想，不过他也不是很确定。

妖精号在快速前行中有规律地摇晃着，因此，如果说这种程度的摇晃算得上平稳的话，那么平稳航行并不像之前那么困难。海浪一波接一波地打在船身上，将船抬高，从船侧经过，又争相越过船头奔向黑夜。这就像打节拍，压下舵柄，把舵柄转回来，再压下。如此来回……如此来回……循环往复。

现在风变小了。约翰对此很有把握。然而，如果他们调头顶风前行的话，难度还是很大。天啊！那时真是可怕！可怜的苏珊！而后还有收帆……幸好他往前走之前系好了救生索。到目前为止，一切顺利……妖精号还在水面上前进着……没有漏水……没有东西落水，尽管随时都有可能……他只是不去想他们接下来要做什么。现在只要船载着酣然入梦的船员们安全航行就足够了。

他那些正在睡觉的船员……又压了一次舵柄之后，约翰松开手，匆匆看了一眼关着的舱门，然后瞄进亮着灯的船舱。他只能看见罗杰的脚裹在毯子里，还有一大团红色的帆布，苏珊用它来防止罗杰在床铺上溜来溜去。提提在前舱，他看不见她。可怜的苏珊就睡在驾驶舱的角落里。他们三个都睡着了。约翰回到了舵柄旁，又压了一下。接着，他又看了一眼那抹昏暗黄光下的罗盘盘面，然后靠在驾驶舱护栏上，一只脚抵在对面的座位上，抬头看了看繁星密布的天空，有点不好意思地承认自己现在很快乐。

当然，他不应该这样。吉姆·布莱丁的锚链和他最好的锚遗落在哈里奇港的水底。还有在风磨坊的妈妈和在菲利克斯托港的吉姆，他们并不知道约翰他们出了什么事。不过，等他们知道了，吉姆·布莱丁会很高兴的，除了为那具锚和那根锚链感到可惜。妖精号安然无恙，没有在浅滩上撞得粉身碎骨，尽管这很可能会发生。"巡岸鲨"或海盗也没有机会索要一笔可能会令布莱丁卖船赔钱的救难费。当妈妈了解事情的来龙去脉之后，会很高兴事情没有变得更糟糕。约翰已经尽了最大的努力。不管怎么说，今晚在如此遥远的北海上，除了正在做的事情之外，他还能做什么呢？如果有人能够借着从舷窗透过来的微光看到约翰的脸，就会发现他正咧着嘴笑哩。黑暗中只有约翰和他的船在一起，其他人都睡着了。在那个夜晚，约翰是妖精号的主人，甚至船在黑暗中前行时，脚下摇摇晃晃的驾驶舱也给他带来了一种庄重的快乐。约翰和妖精号在一块儿，一直向前，一直向前。多年以后，等他长大，他会拥有属于自己的船，驾着它驶向更辽阔的海域。但他会永远记住这个夜晚，因为这是他第一次独自一人掌管船和船员。

压下舵柄……转回来……再压下舵柄……再转回来……船身随之摇摆，约翰喜不自胜。真是艘好船，真是艘好船。他把手放在护栏边上，在黑暗中拍了拍潮湿的甲板。

咦，那是什么？

远处一闪一闪的，就在前方的黑暗处。只有当妖精号开到浪尖上时，约翰才能看到这些闪光。它们又出现了。先是一道闪光，接着没多

久又是一道闪光。之后是几秒钟的黑暗，然后又是两道明亮的闪光接连
出现。

　　一定是灯塔船，路线也差不多。如果约翰继续这样前行的话，过
不了多久就会和它擦肩而过。他想知道到底有多远，说不定这艘灯塔
船能帮上大忙。船身上可能会有名字。尽管没有航海图，名字并不能
提供多少信息，但是如果他们在黎明来临之际靠近那艘船，打个招呼
也没什么坏处，也许灯塔船上的人会告诉他回到哈里奇该走哪条航线，
那就帮了大忙。一方面约翰根据潮汐涨落掌舵从而使妖精号平稳地在
海浪中航行，另一方面他深知若从航海图上来看他驶出哈里奇港的航
线更像是一条蛇形曲线而不是一条直线。天啊，如果他离得足够近，
灯塔船上的人说不定还会借给他一张航海图。而且，他们自己身处大
海中央锚泊不动的灯塔船上，不太可能扣留妖精号索要救援金。白天
靠近它是安全的。如果他遇到危险，他们会向他发出信号。他想起了
那个"你正处于危险之中"的信号……那是两记短信号和一记长信号。
接着，他又回想起去年寒假，想起与南希和佩吉·布莱克特一起发出
的信号，想起了去北极探险的事。他还记得南希·布莱克特得了腮腺
炎，脸肿得像南瓜一样，当时她还从病房的窗户认真地发出信号。想
到这些，此刻在半夜的北海上航行的他笑了起来，在狭小的驾驶舱里
前后摇晃着。

　　他又看了看罗盘，这时妖精号正迎着那些闪光开去。就在东南偏东
一点。已经够近了。目前他可以不用罗盘，直接朝着那片遥远的闪光前
行。因为不用再一边盯着发光的罗盘盘面，忙着掌舵之余还得兼顾在黑

暗中仔细瞭望，这样驾船可就轻松多了。

压舵柄，转回来……压舵柄，转回来……约翰坐在那儿，和舵柄一起摇晃。海浪一个接一个地在船尾卷起，在泡沫的翻腾声中将妖精号抬高又放下，然后继续向前翻滚。在黑暗中，他不时看到海浪的浪尖宛如一个灰色的幽灵从他身边经过。他打开过一两次大手电筒，往船舷上照了照，想看看妖精号在水里跑得有多快。但大多数情况下他心满意足，因为他掌舵时保持着轻松而有节奏的状态，通过感受海风满心欢喜地知道没有换舷的危险，还能遥望那一闪一闪的光……闪啊闪的，一道又一道，光束射过水面，然后熄灭了几秒钟，接着几簇灯光突然划破夜空亮起。

约翰想知道灯塔船是什么样子的，他想起在哈里奇港和法尔茅斯见过的那些大红色的船，船中部有粗大的桅杆，桅杆上挂着的提灯像只大笼子，有一些桅顶上还挂着锚球之类的东西。他想到了在灯塔船上工作的那些人。当然，他们看不到妖精号在黑暗中匆匆朝他们驶去。不过，其中有些人可能会巡视，但其他人大概已经躺在铺位上睡着了，就像提提和罗杰在下面的船舱里睡着了一样……进入了梦乡……约翰突然感到自己的眼睛闭上了。他再次睁眼的时候睁得格外大，在黑暗中盯着驾驶舱的另一侧，尽管他什么都看不见，除了能看出来一块隆起的地方比其他地方更黑一点，他知道苏珊大副蜷缩在油布雨衣里，像其他船员一样睡着了。

灯光一直在闪，到底是一道还是两道？他肯定又闭了一会儿眼睛而

不自知。这样不行。他挺直腰板，用手指把眼睛尽量撑大，希望或许这样能一直令眼睛睁大。但是没一会儿眼皮又在打架了，他只好望向前方的黑暗处，试着数出两道闪光之间的时间间隔。在闪光再次出现之前，他数到了七。下次他数到五，再数到六。然后又是另一个七。然后是八。然后再次数到六。以同样的速度计数太困难了。不过，这是保持清醒的好方法。他数了好长一段时间，每次黑暗中出现两道闪光时，他就重新数一遍。然后，他突然意识到已经数到十二了。他一定是错过了一组闪光。

他使劲揉了揉眼睛，又飞快地眨了眨，看了一眼罗盘，然后盯着前方的黑夜。现在，即使灯塔船已经不再发出刺眼的闪光，他还是能看到船上的提灯投射出的微光。他要保证那些闪光对准的是船头右舷。如果他们在天没亮之前到达灯塔船那儿，就不能靠得太近。不管发生什么事，他绝不能睡着。要是他能唱歌就好了，那样保持清醒就容易多了。但是他不能唱，因为会吵醒苏珊。

突然他吓了一大跳。船帆发出雷鸣般的拍击声。海风不是从他身后吹来的，而是直往他脸上吹。舵柄来来回回摆动，妖精号疯了似的上下晃动。两道明亮的闪光没有照到右舷船头，而是往左舷的某个地方照了过去。

"约翰！约翰！出了什么事？"

苏珊吓醒了。

"我睡着了。"他在狂风中大喊，"一会儿就好。马上恢复正常。"

慢慢地，他让妖精号回到原来的航线上，灯塔船发出的光再次照到

右舷船头。风再次从船尾吹过来时，风力变小了。他看了看罗盘，非常接近东南方向。那就好。

"噢，苏珊，非常抱歉，我刚才一直在打瞌睡。"

"那些闪光是怎么回事？"苏珊问。

"是灯塔船，"约翰答道，"我正朝它开过去，天亮后我们问问他们该怎么办。"

"我睡了多久？"苏珊问。

"好长时间了。"约翰回道，"你现在感觉还好吗？"

"好多了。"苏珊打着哈欠说。她从舱口看了看船舱里正在睡觉的罗杰，"他们没有起来过吧？"

"没有。"

她把舱门打开了一点，看了眼时钟。

"喂，已经两点多了。你一定累坏了。"

"只是有点困。"约翰说，"我不由自主地想闭上眼睛。瞧，你只要跟我说话，别让我睡着就行了。"

苏珊开始和他说话。

"你觉得灯塔船上的人会怎么说？"

"我不知道……也许他们会借给我们一张航海图……不管怎样，他们会告诉我们怎样开到哈里奇……我们已经蜿蜒航行好远了……"

他打了个大哈欠。

苏珊继续说：

"没有之前那么艰难了。我不知道能不能给他们弄点热的早餐。他们

醒了会很饿的……"

"罗杰总是会饿……"

"我说，约翰，你知不知道我们本来今天应该回到风磨坊的？正好赶上下午茶的时间。如果爸爸回来了、妈妈不知道我们在哪儿，那就惨了……约翰……约翰！"

约翰吓了一大跳。灯塔船的光芒又照到左舷船头了。

"对不起。"

他又把妖精号带回到原来的航线上。

"回去得花好长时间。"苏珊说，"我们一定走了很长的路。"

"妖精号开得真快。"约翰说，"开起来感觉很不错。总有一天我会有一艘像这样的船。它很好开，几乎跟燕子号不相伯仲。你还记得我们醒着的时候是怎样瞭望以防船只颠簸的吗？我是说，我们在学……哎哟！"

约翰膝盖上方一阵剧痛。苏珊伸出手使劲掐了他一下。

"很好。"他意识到发生了什么事之后说，"继续，再掐一次，每几分钟就掐一次。我刚才说什么来着？"

"你什么也没说，"苏珊说，"你睡着了。"

"好吧，继续掐吧。"约翰说，"噢！我醒着的时候，你用不着这么大力。"

"天这么黑，我看不清你是不是醒着的。"

"每当灯光照到船首斜桁的反面时，你就掐一下。我想让它们一直照在右舷船头。"

"又来了一艘汽船！"苏珊说。

在遥远的南边，他们可以看到桅顶的两盏灯。约翰打起精神，焦急地看着那艘船的红绿导航灯。可是那艘船离得太远了，现在连桅顶的灯光也看不见了。

约翰察觉到苏珊在猛拉他的胳膊。

"约翰！这样无济于事。你最好让我掌一会儿舵。你不能一直这样下去。"

他犹豫了一会儿。

"好吧，看看你行不行。"他终于开口道，把舵手的位置让给了苏珊。然而，他的身体已经僵硬得几乎动弹不得。

"没错，这是转舵索，驾船很吃力时它能帮上大忙。不要扯得太紧，让船像现在这样平稳前行就好。看到罗盘了吗？大致保持东南方向……对……东南再偏东一点……灯塔船的光照在右舷船头……我们很快就会赶到它那儿了。"

"我能应付，"过了一会儿苏珊说道，"你去睡一会儿。"

"不！"约翰说，"我现在不想睡……我要瞭望……"

"等我们到了灯塔船那里，下一步要做什么？"

"我们一直航行，直到天亮。到时候我们还能看见那艘灯塔船，我们离他们足够近的时候就调头，然后大声呼喊……天黑的时候我是不会靠近它的。"

"你最好还是睡吧。"苏珊说，"我需要帮助时第一时间叫醒你。"

"不……不……"约翰说。他抬起双臂，伸了一个懒腰。不掌舵的感觉真好，虽然只有几分钟。苏珊做得很好。约翰看了一眼罗盘，然后

在苏珊之前待过的那个地方——驾驶舱的角落——坐下来，他抬头看着灯塔船的闪光……休息几分钟……不用掌舵……然后又要掌舵……他的头向前垂了下去，靠在舱壁上，既阴冷又潮湿……他任由脑袋靠在那里……哪怕只是一小会儿……即使眼睛闭上了也不要紧……

黑夜中的灯塔船

第十六章

海上黎明

有坚硬的东西压在他的前额上。有人在说话……在呼喊他的名字。约翰猛地惊醒过来。

"约翰……约翰。"

是苏珊的声音。他坐了起来，环顾四周。

"老天！"他说，"我睡着了吗？"

"我一直让船沿着东南偏东的方向开，"苏珊说，"可是我们很久以前就经过那艘灯塔船了。我一直在照你说的那样沿直线航行。天还黑着，不过，现在好像有别的东西要避开。前方有一丝微光。天空中有探照灯的光束，就在那边……在西南方向……我已经尽量晚点叫醒你了。"

约翰听出她声音里的骄傲。从他让苏珊掌舵而自己休息了几分钟之时起，一切都变了。几分钟？为什么已经过去大半夜了？他和苏珊交换位置时只能在驾驶舱里摸索着走动，他还得牵着苏珊的手把它放在舵柄上，因为苏珊当时看起来只不过是黑暗中的一团黑影。现在仍是黑夜，他却能清楚地看到她在什么地方。他向船尾望去，看有没有灯塔船的闪光。它们都不见了。但是在他们前方，有一束光出现在天际，向船首斜桁的那一端逼近，虽然他看不见哪盏灯在闪烁。它一定还在地平线以下。他越过右舷船尾，扭头看向西南方。很快，两道微弱的光束依次划过天际，像钟表上的指针一圈一圈地互相追逐着。

约翰盯着光束，然后又注视着正前方突然出现的苍白的亮光。那亮

光忽明忽暗，现在又亮了起来。

"老天！"约翰说，"那些探照灯一定是在陆地上，我敢打赌前面那东西是座灯塔。"

"我们是不是最好马上调头？"苏珊问，"开回到那艘灯塔船的时候天就亮了。"

约翰迎着风，看了看罗盘。他们的航向是东南偏东。尽管有风，但他们永远也无法从西北偏西方向回到原来的航路。

"我们要继续航行到天亮。"他说，"如果在看清帆索和其他东西之前贸然抢风调头，只会弄得一团糟。听着，还是由我来掌舵吧。你肠胃还好吧？"

"还好，"苏珊说，"只是有点冷。你不冷吗？"

"挺冷的。"

"我要去沏茶。"苏珊说。

"泡点可可粉怎么样？"约翰问。

"可以。但愿茶壶完好无损。"

"噢，"约翰说，"黑夜很快就要过去，白天马上就会到来。"

"我知道。"

苏珊打开水手舱顶部的舱门，紧紧抓着扶手倒退着走下台阶，来到有着温暖灯光的船舱里。约翰驾驶着船向远处天空中一直闪现的那抹微光驶去。东南偏东……东南……东南偏东……东南偏东……他们真的会顺利抵达那里吗？那些探照灯是法国的……比利时的……还是荷兰的？他希望自己能记起地图上的信息。天很冷，但谁在乎呢？黎明即将到来。

赫然出现的灯塔

苏珊的状况又好起来了。风力减小了。海浪还不及之前一半汹涌。妖精号还在海面上平稳地航行,仿佛它并未发现掌舵的不是吉姆·布莱丁。尽管约翰的双手有点冰冷,但一想到情况本来会变得更糟,他心中就涌起一股暖流。现在大不相同了:先前真是可怕,他和苏珊想法完全不一样,结果差点吵起来,因为苏珊坚持要这样,而约翰明白他们应该那样,苏珊哭了,提提晕船了,罗杰差点受到惊吓,再加上苏珊还严重晕船。他探身向前,向下看了看船舱。苏珊已经脱去了身上的油布雨衣,站在舱梯台阶底下,手里拿着固体酒精罐,准备点燃炉火。她正把酒精挤到炉子下面的小杯子里,把罐子放进水池,然后划了一根火柴点燃炉子。随后她伸手拉上一扇舱门,防止风把蓝色的火焰吹灭。现在她正弯着腰站在台阶底下,打开淡水龙头往水壶里放水。好样的,苏珊!

厨房里的炉子突然咕噜噜地响起来。约翰看见苏珊提起水壶,把它小心翼翼地架在炉子上。

船舱下面传来其他人的声音。

"啊呜……啊呜……"罗杰打了个大大的哈欠。

"继续睡觉去!"是苏珊在说话。

"快天亮了吗?"那是提提的声音。接着她又说道:"船不像之前那样颠簸了,我们回到港口了吗?"

"还没。"

"我要起来吗?"

"不用。你静静地躺着,好好保暖。头怎么样了?"

"清醒多了。"

"还疼吗？"

"不疼了。"

"外面天还黑着呢。"罗杰说。

"都躺下，你们俩现在都还用不着起来呢。"

"你在干吗？"

"烧水。"

"做早餐吗？"

"做热可可。"

"太好了。"

"做好之前你们不好好躺着，就别想喝了。"

约翰在外面听着笑了起来。这的确就是从前的苏珊。她俨然一副大副的样子，并且要求船员们遵守秩序，此番情景说明她说自己不再晕船了不是假装的。

约翰在黑暗中笑着。当然，天很快就没那么黑了。不过，还是很冷。他试着站起来，掌舵时把舵柄夹在臂弯里，一只手放在口袋里取暖，另一只手抓住驾驶舱的护栏稳住身体。几分钟后，他换了一只胳膊夹住舵柄，让另一只手暖一暖。

天上的那道光，他肯定是来自陆地上的灯塔，每隔几秒钟就照过来，不过没有刚才那么亮了。那座灯塔不会是一艘正在开走的船吧？不可能。当然不是，光的轮廓确实越来越模糊，因为黎明正从东方降临。他再也看不见西南方向那些在天空中旋转的光束了。天啊！黎明来临之时，他们可能会看到陆地。是什么地方呢？那是他们从未见过的陆地。他向四

周看了看，想看看那海天相接的地方有些什么。

苏珊正把四只红色的伍尔沃斯马克杯在舱梯的一级台阶上摆成一排。约翰见状又咧嘴笑了起来，想起夜里惊心动魄的那一刻：他们急中生智用大手电筒照亮红色的伍尔沃斯盘，向迎面驶来的一艘汽船发信号，如今他们已经平安无事了。水壶冒着蒸汽，小小的水汽团从中飘出，令人备感欣慰，因为这说明水壶下方呼呼作响的炉子确实有用。苏珊坐在台阶底下右舷的铺位上，一只脚搭在对面的铺位上保持平稳。她已经拿出面包罐，打算切厚厚的面包片。她给每一片面包先涂上黄油，然后再切成薄片。顿时，约翰觉得饥肠辘辘。"喂，"苏珊正走过来跟他说话，"约翰，我们吃火腿吧……那只纸包就在你身后开着的那只储物柜里。"

他摸了摸，没找到，然后看到驾驶舱地板上有个白色的东西。他弯下腰，发现是一块软软的火腿。

"哎呀，火腿肯定很久以前就掉下来了。我一直在上面踩来踩去，之前就觉得脚下有东西软软的，现在已经湿透了。"

没人回应他。苏珊已经到船舱里去看右舷铺位后面的橱柜了。现在她又回来了。

"约翰。"

"嗯。"

"如果火腿都湿透了，他们最好还是别吃了。要开一听吉姆·布莱丁的牛舌罐头吗？"

"可以呀。"

"你认为他会让我们吃吗？"

227

"好主意!"罗杰的声音从她身后传来。

时间一分一秒地流逝,天色越来越亮。当黑夜变成黎明,船首斜桅下那抹微光就要完全消失了。有了光亮,他们就得调转船头,尽力往反方向航行。尽管一路上约翰尽量不去想,但他一直很害怕必须开始寻找返程之路那一刻的到来。这会非常困难。没有更好的办法了吗?一个惊人的新想法在他的脑海中渐渐成形。但是苏珊会怎么说呢?他回头看向黑暗,然后又往前望着那微弱而充满希望的光。

一大股蒸汽从炉子上的水壶壶口喷到舱梯上。约翰朝船舱里看了看,只见面包罐的盖子摆放在地板上,上面放着四片涂了黄油的面包和四大块罐装牛舌。苏珊又走到舱梯边,从炉子上拿起水壶,把开水倒进排在最上面台阶上的几只杯子里。

"不要倒得太满。"约翰说。

"我也没打算倒很满。不过船现在稳多了。"

苏珊从罐子里舀了一大匙奶粉和可可粉,倒进每只杯子里,一一搅拌,然后又加了一点热水。

"我们现在还不能起床吗?"罗杰问。

"可以了,来吧,提提。你们两个都得坐在罗杰的铺位上。约翰,给你。"

约翰伸手去拿他的杯子,然后小心地把它放在座位上,紧挨着护栏,以免它滑来滑去。冰冷的双手握着温暖的杯子,真是太幸福了。苏珊又递给他黄油面包片和一块牛舌。黎明肯定要来了,他都能看清楚放在杯

子旁边的白色方形黄油面包了。

在亮着灯的船舱里，他可以看到提提和罗杰并排坐在左舷铺位上，两脚间放着一杯慢慢变冷的滚烫的可可。苏珊手里拿着杯子，坐在舱梯最下面的一级台阶上。妖精号行驶得又快又稳，但她并不打算冒险把这杯东西放在桌子上。约翰又咧开嘴笑了，第一口可可烫到了他的嘴，他接着咬了一口黄油面包，让嘴巴凉一凉，然后又吃了一口牛舌，再专心掌舵。东南偏东……他们前方的天空已经沿着海岸线变白了，要想看到灯塔的微光已然无望。不要紧，东南偏东，他只要保持这一航向，迟早会看到灯塔的。

大海的颜色在变化。之前它和黑夜融为一体，连白色的浪尖都看不见。然后，那些浪尖仿佛一个个灰色的幽灵出现在眼前，一个浪头翻过来，在船边泛起了泡沫。船尾那边还是黑漆漆的，前方的地平线上却已经露出浅绿色的天空。妖精号整晚活动的那个小世界越来越大。约翰可以看到船边的海浪，放眼望去能看到一二十米远的地方。除此之外，他还能看到浪尖。波浪的颜色和霍利豪依农场厨房壁炉上那只旧锡杯的颜色一样。他能看到越来越远的地方。到处都是海浪，但不知怎么的，比以前温和多了。白色的浪峰不再互相追逐，而是一波又一波地轻轻翻滚着。即使涌现出白色的波峰，也很低矮，只有小泡沫突然翻腾，在波浪的背面形成花边，然后滑落到波浪后面的波谷里。孩提时，约翰就跟爸爸一起驾船离开法尔茅斯，在这样的海浪中航行过，而爸爸觉得它们根本不值一提。

Arthur
Ransome

烹饪与掌舵

230

现在爸爸在哪里？也许正躺在一列火车上睡觉。火车颠簸前行，砰砰砰砰，离英国越来越近？会是这样吗？你从来猜不到爸爸在哪儿。可能他已经以比预期更快的速度穿越了亚洲和欧洲？可能罗杰是对的，爸爸就睡在他的船舱里，就在那艘夜里差点撞上妖精号的汽船上？他也可能已经到了哈里奇，就是他们要去和爸爸会合的地方，妖精号却随着时间的流逝离那儿越来越远。一想到这儿，约翰的手背就痒痒的。他们要多久才能回去？即使他们回得去……他比以往任何时候都更加确信他的这个新想法是正确的。但是苏珊会怎么说呢？在朦胧的晨光中，他竭力望向远处目力所能及的地方，视线越过那片白灰色的海洋。

"再来点可可吗？"

苏珊现在正在打扫、做饭，声音听起来平静而愉快。如果约翰告诉她自己的想法，又会怎么样？

约翰把杯子递了下去。

"喂！""喂！"船舱里的提提和罗杰嚷道，喝了热可可，吃了牛舌、黄油面包之后，两人都觉得好受多了。

"哎！"约翰说。

"我们喝完第二杯就到甲板上去。"罗杰说。"先吃完早饭。"苏珊说。

十分钟后，二副和两名一等水手爬上舱梯台阶，进了驾驶舱。因为刚从舒适的船舱走出来，他们全身暖烘烘的。他们向四周看了看，油布雨衣的领子在清晨凉爽的风中立了起来。一片细长的云悬浮在地平线上。在东北方向，天空正变得明亮起来。星星比以前少了，在他们注目凝望

的片刻，一颗接一颗地隐退，然后消失得无影无踪。

"陆地在哪里？"苏珊问。

约翰指着正前方。

"那是什么地方？"提提问。

"法国。"罗杰说，"你不记得了吗？'离英国越远，离法国就越近'。"

"可能根本就不是法国，"提提说，"可能是其他任何地方，甚至可能无人居住。很难说。到处都有无人居住的地方，甚至在英国也不例外。"

"那里并非无人居住，"约翰说，"有一座灯塔。你现在看不见，但天黑的时候，我能看到它的灯光隐约出现在天空中。苏珊也看到了。"

天空渐渐明亮起来，光向上扩散，黑暗在他们身后的海面渐渐退散，绿色中透出淡淡的粉红色的光。地平线上方的云的边缘好像着了火似的。他们望望这边又望望那边，灰暗的大海浩瀚无边。雾、暴风雨以及黑夜把船和他们都困住了。现在他们第一次感到大海是多么的宽广，而妖精号是多么的渺小。

"没有别的船吗？"提提问。

"一艘都没看到。"罗杰说。

"现在够亮了吗？可以往回走了吗？"苏珊问，"你说过天一亮我们就返航，和灯塔船上的人谈谈。"

"什么灯塔船？"罗杰问。

"夜里和我们擦肩而过的一艘船。"苏珊说，"我们现在调头吧，我相信这次我不会晕船了，情况没那么糟糕了。"

这一刻终于到来了。约翰看着她。

　　"我认为我们根本不应该回头。"他说，"我们已经走了那么漫长的一段路。等一下，苏珊，别着急。我可以如你所愿往回走，但就现在的风向，我们肯定没办法直接调头前往那艘灯塔船，一不留心就可能错过。我们只要往前走，就会抵达那座灯塔。陆地不会很远，我相信太阳出来的时候我们就能看到。"

　　"但我们必须回去。"

　　罗杰和提提盯着约翰。他们谁也没说话。

　　"我一直在想，"约翰说，"我们昨天航行了一天，又加上一夜，航速很快。即使我们能一路顺风开回去，也需要同样长的时间。我们可能会在晚上回到哈里奇，那几乎和大雾一样糟糕。不，再等一等，苏珊。最重要的是让家人知道我们在哪里，只要他们知道我们没事，情况就不会那么糟了。今天本应是我们回去的日子，但现在不管我们做什么都赶不回去了。妈妈会非常担心，吉姆也会。爸爸可能已经到了。如果我们继续赶路，一定能到什么地方，这样就能发电报。"

　　"也许灯塔船可以发无线电。"苏珊说。

　　"但如果我们错过了呢？"约翰说，"往前走要安全得多。"

　　"好吧，只要他们知道我们安然无恙就行。"苏珊说，"可是，你确定我们快到陆地了吗？"

　　"把握十足。"约翰说，"那道光你自己也看见了，我们只要继续前进就行了。天完全放晴了，没有一丝雾。我们继续前进就会到达一个港口，然后立即发电报。"

　　"这样吉姆·布莱丁就可以来带我们回家了……"苏珊不无欣慰地说

道，约翰知道她会同意的。

"万一我们走得太远，不知道他有没有钱付船费。"罗杰说。

"我在存钱罐里存了两英镑十七先令。"提提说。

"我们还是继续走吧。"苏珊说。

此事已定。从那一刻起，他们没有一个人朝后看，就连苏珊也没有。陆地，陆地，越快到达越好。尽管发生了这么多事，此刻妖精号上的人都兴奋极了。一开始没有人打算出海，但现在他们来到了这里，前方是一片未知的陆地。

"说得对。"提提说，"约翰应该像哥伦布那样在桅杆上钉一枚金币，谁先看到陆地，金币就归谁。"

"我没有金币。"约翰说。

"没关系，我们还是会继续瞭望的。"罗杰说。

"照我看，你们肯定会的。"

在前方遥远的地平线之上，那片边缘仿佛在燃烧的细长的云已经染成了金色。所有的光好像都是从它下面东北方向的某个地方散发出来的。云层下面出现了一个耀眼的火点，在波涛翻滚的海面上，似乎有一团长长的燃烧着的火花向他们射来。

火点越来越大，不久就消失在云层后面。水面上的光变暗了。接着，圆圆的、红彤彤的太阳在云层上方升起，一缕缕阳光倾泻而出。桅顶上整晚都黑黑的三角旗此刻闪烁着明亮的蓝色、红色和白色。红色的风帆绚烂夺目。大海不再是灰色的，而是蓝绿色的。他们热情洋溢的脸庞沐

浴着清晨的阳光，四个人正向东和向南张望寻找陆地。没看到陆地的影子，也没有见到船的踪迹。新的一天开始了，海面上只有孤零零的妖精号。

苏珊、提提和罗杰看着约翰。他真的弄错了吗？

"没关系。"他终于开口道，"我们还看不到陆地，它仍然在地平线以下。但我们知道它就在那里。来吧，苏珊。你开一会儿船，注意看罗盘，一直按东南偏东方向行驶。风小多了。我要把帆卷展开，然后拉起支索帆，这样船就可以轻松地满帆航行了。我们越快到达那里越好。"

"海面上是什么？"罗杰突然问。

"在哪里？"

"左舷船头……不，是右舷……对不起。喂，把望远镜给我吧。"

"是浮木。"约翰说，"天哪，我很庆幸没在晚上撞到。"

"还有一根。"

"另一边还有一根。"

约翰把救生索系在腰上。他会慎重行事，小心地放帆，不让苏珊再受到惊吓。船经过一根浮木时，他停下来看了看。撞到这样的东西和撞到浮标一样糟糕。他不禁打了个寒战，不知道他们夜里遇到过多少根这样的浮木。

"多加留心浮木。"他说。

"遵命，长官！"罗杰靠在舱顶上说道，同时通过望远镜望着前方。

第十七章

遇难水手

"它们到底是从哪儿来的？"提提问，这时又有一根长长的木头从他们身边飞快地漂过。方形的一端被水浸湿变成了橙色，从水里冒了出来，又落入平滑的波浪底下。

"从运木船的甲板上掉下来的吧。"约翰说，"可能是挪威人的，比如我们在港口看到的那艘。吉姆说这些木头滚动得很厉害，昨天夜里还真颠簸得要命。"

"它们先往一侧的甲板滚，又往另一侧的甲板滚，"提提说，"接着一阵海浪打过来，它们便被冲下甲板，就会有很多木头漂在海面上。"

苏珊掌舵。约翰已经把救生索在腰间打了一个结系紧，此刻他正在柜子里翻找收帆用的小黄铜把手。

"又漂来好多木头。"提提说。

"有个东西不是木头！"罗杰叫道，"是只盒子。拜托，让船停一会儿。"他试着用望远镜看，可船老是起起伏伏，一不小心就看不见那个东西了，不管它是什么，都一直出现在他们前面的浪峰上，接着消失在波谷，然后又出现在眼前。

"不是盒子，"他终于说道，"是一种笼子。"

他们离它越来越近了，左舷离它大概还有二三十米远。"不要靠得太近！"约翰说。只要力所能及，他不想让妖精号撞上任何东西，哪怕是只饼干盒，而这个东西看起来比饼干盒大得多。

"是只鸡笼！"提提叫道，"多可爱啊，你们还记得那首关于海盗毁船的诗吗？'听到溺水的人在哀叹没有了鸡笼。'那只空鸡笼应该待在它该待的地方，为什么会出现在这里呢？"这时，她猛然想到一个更沉重的问题，"鸡怎么了？被吃了还是淹死了？我不知道它们最害怕哪种死法。"

"它们反正都会被吃掉。"罗杰说，"如果淹死了，鲨鱼或别的什么鱼会开心地把它们一口吞掉。"

"但至少可以留下羽毛。"提提说。

"嗨！"罗杰结结巴巴地说道，一边尽力稳住望远镜，"那上面有东西……有……再靠近一点，是只死猫……"

"噢……"

"淹死了。"

他们四个人现在都看见了，鸡笼在海浪中上下起伏着。贴在木板条上的东西不过是一团湿毛，漂到离他们可能十几米开外的地方去了。他们可以看见小猫的头，湿漉漉的毛紧贴着头骨和瘦长的躯干，伸直的后腿好像没有骨头，尾巴像一根湿绳子。他们想把目光移开，但又不由自主地看向那里。就连约翰也停下脚步看着它，尽管他已经找到了铜把手，正急着走上前甲板解开帆卷。

"太可怕了！"提提说。

"肯定是和那些木头一起被冲走的。"约翰说，"也许是同一个大浪……"

"可能它当时睡着了，"提提说，"然后掉到了水里，紧紧抓着木头，后来淹死了。"

约翰和苏珊对此深有感触，黑夜行船时一不留心他们也有可能会掉到海里，然后在水里挣扎。

鸡笼已经漂到他们的船尾后面了，上面还紧贴着那层湿漉漉的毛，这时，罗杰突然喊道："是活的！"

"不可能。"

"我看到了它粉红色的嘴巴。"

接着，当鸡笼摇摇晃晃离船尾越来越远时，他们四个都看见那粉红色的嘴又张开了，只张开了一点点，那只小猫好像太虚弱无法呼喊，只能低声呼救，不过他们听不见。

"我们必须救它！"提提叫道。

约翰已经把主帆索拉了过来。

"人员落水，移帆转向。"他想起在一本关于航海的书上看到的句子。天哪，他很高兴帆仍然是收着的，这样便于操纵，而且风力也减弱了。"现在，苏珊，转个向。不……不……到左舷去……来吧……转一圈……我来负责后支索。罗杰，你们盯住它别跟丢了！小心帆桁，要转过来了……过来了……好……"

妖精号急转弯，调头往回走，吊桁也横过来了，船开始迎风满帆航行。紧张忙乱之中，约翰拉紧后支索，松开一根调帆索，纵身跃过驾驶舱，把另一根调帆索系紧。

"小猫现在在哪儿？还能看得见吧……"

"在那儿……离这儿很远……那儿……那儿……"

"我们得抢风航行……"

"你能行吗?"苏珊说。

"我们不能让它淹死!"提提叫道。

"不会的。"约翰说。

除非你有大量的实践经验,否则在海上捞起一些小东西谈何容易。约翰完全是生手。苏珊把舵柄交给他,他咬紧牙关,看了看那上下起伏的鸡笼,又看了看船首的三角旗。不,除非抢风调向到另一面,否则就没办法救起小猫。

"它要漂远了!"罗杰说。

"越来越远了!"提提说,"噢,约翰!"

"准备!"约翰说。三角帆啪啪作响,帆桁荡了过来,提提和苏珊死死拉紧帆脚索。妖精号又开始航行了,这次离小猫和它趴着的救生笼更近了。

"我们怎么才能捞到它呢?"苏珊说。

"用撑篙?"罗杰说。

"准备好。"约翰说,"不,不用那个。我沿着船边过去。"

"你要从它前面经过。"提提说。

"不,不是。"约翰说。

"等等,猫咪!"提提喊道,快要爬上驾驶舱顶了。

"如果我们撞到鸡笼,小猫就会落水的。"苏珊说。

"我知道。"约翰说,"把你的肩膀给我搭一下。"在摇晃的驾驶舱里,他半蹲在座位上,紧紧抓住苏珊让自己站稳。苏珊大叫着让他当心别掉进海里。约翰驾驶着妖精号迎风前行,朝鸡笼驶去,仿佛自己就是吉姆·布莱丁,正把船带到系泊浮标的地方。他必须站在座位上才能看见

前面的鸡笼。

"在那儿……好了……好了……"提提喘息道。

鸡笼碰到了船舷，有人吓得惊呼了一声。可只是轻轻碰了一下船舷，鸡笼转瞬间就从驾驶舱的侧面漂了过去。约翰松开舵柄。

"抓住我的脚！"他叫道。再过一秒钟就来不及了。他半个身子都离开了驾驶舱，把手伸到侧舷甲板下面去够。鸡笼朝他升了起来。他抓着那坨湿冷的小毛球。小猫用尽最后一点力气，抓住了笼子的板条。一只手是不够的，约翰放开了抓着船的手，双手都去捞小猫。过了一会儿，鸡笼慢慢翻滚着，落在船尾，约翰趴在舷沿上，身体一大半都越过了船舷，伸出手抱住那只湿淋淋的小猫。

提提和苏珊抓住他的腿把他往回拽，罗杰也用力拉着系在约翰腰上的救生索。约翰拼命地扭动着身子，一点一点地被拉回了驾驶舱。

他把小猫递给苏珊，上气不接下气地再次握住舵柄，抬头看了一眼三角旗，又环顾四周查看他们会不会撞上圆木，然后一直盯着罗盘。

苏珊坐了下来，把那湿淋淋的小猫放在腿上，用手捂着它。

"它都快冻僵了。"她说。

小猫静静地躺着，虚弱得一动不动。

"它肯定没呛太多水，"提提跪在驾驶舱的地板上说，"它的肚子压根没鼓起来。"

"可能是饿坏了。"罗杰说。

"该怎么救差点淹死的人呢？"提提说。

"换上干衣服，喝口白兰地。"苏珊说，"可我们没有白兰地了。"

海上营救

"我们可以擦干它的毛。"提提说，"用吉姆·布莱丁婶婶的朗姆酒怎么样？这是医用的……"

"我们把它带到下面的船舱里去暖和一下吧。"苏珊说，"提提你先下去，我把它递给你。"

"我去拿朗姆酒。"罗杰话音刚落已经走下一半台阶了。

提提听从苏珊的安排，在船底等着，苏珊小心翼翼地把手伸到船舱里，把遇难的小猫放在提提手上。苏珊自己正要下去，约翰拦住了她。

"你看，往回走是没有用的。除非风向改变。我尽量让船侧风航行，最好是沿西南方向。抢风航行的话，船就往北走得太远了；返航的话，我们就得朝西北偏西行驶。一路向北前往北海是没有用的。继续往前走要好得多，我们最终肯定能抵达某个地方。"

"好吧。"苏珊说，"我说，你认为给小猫喝朗姆酒有用吗？"

"你倒一点到指尖上，看它会不会舔。"约翰说，"再加上炼乳试试。但是听着，苏珊，帮我一把，让船回到原来的航线上。你来掌舵，剩下的就交给我……我必须把那些帆放出去。我们一点时间都不能浪费。看到小猫的时候我正准备动手。如果你替我掌舵，等我把帆放好了，我自己就可以来掌舵了。注意那些木头，它们很显眼……"

苏珊对下边的提提说："先用一条毛巾把它裹起来，然后再用另一条把毛擦干。我马上就下来……"

船舱里，提提坐在背风一侧的铺位上，用毛巾温柔地擦拭着躺在她腿上的小猫咪。她把手放在它瘪瘪的小肚子上，想给它一点温暖。罗杰

打开储物柜，寻找那只扁平的小酒瓶。妖精号突然歪向一边，提提也跟着歪倒了，罗杰为了抓住个东西稳住自己，差点把酒瓶扔在船舱的地板上。

"出了什么事？"

"没什么。"罗杰说，"他们只是调个头，我们要继续航行。"

"一定要告诉苏珊快点。我感觉小猫快要不行了。"

"苏珊！"罗杰通过舱口喊道，"快点，提提说小猫已经没了八条命。"

"来了！"苏珊说，"喂，约翰，我必须下去了，小猫可能真的要死了。"

"下去吧，"约翰说，"但是一定要尽快，你回来了我才能放帆。"他再次握住舵柄，苏珊匆匆钻进船舱。

小猫躺在提提的手上。

"它还活着。"她说，"看，能看到它微弱的心跳。坚持下去，小猫，你现在很安全。"

苏珊手指颤抖着把扁瓶的软木塞拔了出来。"朗姆酒，仅医用。"她读着吉姆的婶婶写的标签。她把瓶口压在手指上，把瓶身倒过来，一滴透明的金色液体滴落在她的指尖。她轻轻地跪在船舱的地板上，把手指放在小猫的嘴角，然后又从瓶子里倒了一滴，用同样的方法喂给小猫。小猫发出了微弱的呼噜声。

"拿一罐牛奶来，"苏珊说，"用刀尖在罐顶戳两个洞。"她爬起来，在炉子下面的碗柜里拿出一把勺子和一只碟子，又打开水龙头接了一点水，罗杰用小刀上的穿索针在牛奶罐上戳出了洞之后，她就往水里倒了

一些牛奶，搅拌了一下。

"喝吧，小猫咪。"她说着把小猫的嘴放进碟子。

小猫又发出了噗噗声。

"它会吸到鼻子里去的，"提提说，"会呛到的。"

只见薄薄的粉红色舌头像一块小小的粉红色手帕似的滑出来又缩进去。苏珊把牛奶涂在手指上，抹在小猫的嘴上。那小舌头又滑进滑出。然后小猫睁开了眼睛，不过马上又闭上了。它张开了嘴……

"你听见了吗？"提提说。

"约翰！"罗杰冲着舱梯喊道，"小猫叫了！"

"它眼睛里进了海水。"苏珊说着拧开水龙头打湿手帕，轻轻地擦了擦小猫的脸。

提提把手指浸在牛奶里，小猫用带刺的小舌头把她的手指都舔干净了。

"它快好起来了。"苏珊说。她把碟子放到小猫的下巴底下让它喝。妖精号突然晃了一下，牛奶洒了一点在提提的身上，不过她没心思把牛奶擦掉。小猫急切地吐出舌头，开始舔牛奶。

"我们不能让它一下子喝得太多。"苏珊说，"再拿一条毛巾来给它擦擦，我得上去帮约翰了。"提提和罗杰留在船舱里和小猫在一起。

"我坐到地上来吧，"提提见又洒出了一点牛奶，便说道，"这样更容易保持平衡。"

"我也坐地上。"罗杰说。

"小猫的身体不像之前那么冰冷了。怎么回事？苏珊在驾船。"

"约翰到前甲板去了。"罗杰说，"他打算去放帆，我看见他的脚经过了舷窗，不知道我该不该去帮忙。"

"如果有需要他们会喊的。"提提说。

头顶上有许多乒乒乓乓的声音，滑轮组嘎吱嘎吱地响，收帆装置咯吱咯吱地叫，只要抹上一点油，就能避免这种情况。苏珊突然吓得叫了一声："噢，约翰！当心，你又要摔跤了……"她没继续说下去，船舱里的小医生们照料着遇难的小海员，他们知道一切顺利。滑轮组又嘎吱嘎吱地响起来，他们听到约翰的脚步声从前甲板传来。薄薄的船板另一侧的流水声变了调子，沉寂了好长一段时间，只听见啪嗒啪嗒声，一阵海浪冲到船上溅起阵阵浪花。昨晚他们到船舱睡觉时，听到了通过船板传来的轰隆轰隆的声音，妖精号在暴风雨完全消失之前仍在砥砺前行。现在那声音又回来了，虽然没有那么响，但很明显是船在水里疾驰而过发出的嗖嗖声。他们知道约翰已经打开了主帆，妖精号正在满帆前进。

罗杰爬上铺位，从舷窗往外看。

"我们的船走得好快，像箭一样咻咻地掠过水面。"他说。

"看到什么了吗？"

他又越过提提和小猫，爬到前舱的舷窗往外看了一眼。

"只看到海水。"他说。

"再加一些牛奶。"提提说，"辛巴德①准备好再吃一顿了。"

---

① 辛巴德（Sinbad），《天方夜谭》中的人物，擅长讲自己经历过的航海冒险故事。

"谁是辛巴德?"罗杰疑惑不解,他站在两间舱室中间,脚分别顶住两边的铺位,用双手稳住自己。

"这个遇难的小水手呀。"提提说,"可怜的小辛巴德,被冲到海里的时候,你在鸡笼上睡着了吗?还是你正好及时发现了鸡笼,爬上去之后才没被淹死?"

"那只鸡笼确实是个很不错的救生筏。"罗杰说。

"把牛奶搅匀。"提提说。

就在这时,前舱口传来一声巨响,罗杰回过头来,看见约翰的脸贴在甲板上,正从舷窗向里张望。他说了些什么,但舷窗关着,他们听不见。苏珊在驾驶舱里向下面喊了一声。

"你们要从下面把前舱口盖打开。"

罗杰爬进前舱,松开锁住前舱口的插销,然后把舱口盖从下面推了上去,约翰坐在甲板上,安全起见他腰上系着救生索。

"快点!"约翰说,"把那捆东西递给我……支索帆……上面的那个……那儿……把一头递给我就行,有黄铜帆环的那一端。"

经过一番搏斗,罗杰终于把那捆硬帆布的一端推到了舱口,约翰在上面拽,一寸寸地拉了上去。

"不会有太大的不同。"约翰说,"风从船尾那么远的地方吹来,但多一张帆多一份力。之前我们把帆收起来的时候,吉姆说过这是船上最好的牵引帆。"最后一张支索帆也被拉到甲板上,约翰关上罗杰头顶上的舱口盖,突然又打开一道口子对他们说:"别上插销。"说完又关上了。

罗杰从靠近桅杆的舷窗向外望去,依次瞥见一大块红色的帆布、约

翰的腿和头，然后是他的脚。约翰平躺在船头右侧的甲板上，把帆环一只接一只地穿进前桅支索。

"快点把牛奶端过来，"提提说，"辛巴德又在叫了。"

罗杰听到后离开舷窗，急忙跑到船尾。不一会儿，辛巴德那粉红色的舌头就在一碟掺水的新鲜牛奶里舔来舔去，罗杰在一旁看着，提提抚摸着小猫背上干了的毛。

"你可以看到它在变胖。"她说。

"你不觉得它会撑破肚皮吗？"罗杰说。

小猫喝完了那一碟掺水的新鲜牛奶之后又喝了一碟。

甲板上的响声也停了下来。约翰已经走过舷窗，安全地回到了驾驶舱，正忙着处理支索帆的帆索。不一会儿，苏珊就慢慢地踩着舱梯回到船舱。

"约翰说他现在一个人可以。"她说，"我要给小猫喂点牛奶……"

提提沉下脸说："我们已经让它饱餐一顿了，你之前是这个意思吧？"

苏珊看了看小猫，毛都干了，眼睛也睁开了，肚子圆鼓鼓的，就在这时，它站了起来，但由于妖精号剧烈晃动，它忐忑地从提提的腿上走下来，踩在船舱的地板上。

"它好多了。"苏珊说，"我本来以为不应该让它一下子吃太多，不过，显然它现在已经满血复活了。"

小猫在地板上慢慢地走着，每次要摔倒的时候，它那又短又尖的尾巴就会左右摆动。

"它在探索。"提提说。

"布里奇特会不喜欢它吗?"罗杰说,听了这句话三个小医生才反应过来他们正身处何地。时间一分一秒地流逝,他们离风磨坊却越来越远,妈妈和布里奇特可能正在河边盼着他们返航,吉姆·布莱丁会找他的船,在他们返航之前爸爸可能就到了哈里奇……他们越想越多,越想越觉得情况不妙,最后认为情况已经糟糕到他们无法想象的地步了。

"别去,"罗杰说着用一只手挡住小猫,"别到那下面去。你会跑到引擎下面,弄得浑身都是油。"

小猫转了个弯,滑了一跤,又爬了起来,摇摇晃晃地走了回来。

"继续,辛巴德,"提提说,"最好把船上所有的地方都参观一遍,确保这艘船跟你上次坐的船一样好。也许没有那么大,但我们还是会让你过得很舒服的。"

她挪了挪脚,让小猫摇摇晃晃地从她身边走过。

然后它转过身,走了回来,爬到提提的腿上,开始舔爪子。

"不管怎样,它会活下去的。"苏珊看着它说。

"我想知道它到底还有几条命。"罗杰说。

提提说:"也许九条命都在。看!看!它喜欢妖精号。它在洗自己的耳后,猫一般不会做这个动作,除非它们想待在某一个地方。"

她低下头凑近小猫去听,是的,毫无疑问,小猫在舔爪子、擦脸,它身上什么地方还传来一阵轻而稳的隆隆声。

"是它的呼噜声。"

苏珊和罗杰也弯下腰听。

约翰往下看船舱。

"甲板上来个人!"他的声音紧张而急切。

"约翰!"提提叫道,"辛巴德在咕噜叫。"

"到甲板上来!"约翰说,"来个人!拿望远镜看一下,有渔船,很多,而且样子很奇怪……"

"辛巴德怎么办?"提提说。

"把它也带着。"苏珊说。

他们三个人带着新来的乘客出了船舱,走进明媚的阳光里。妖精号扬起了所有的帆,在一片波光粼粼的蓝色海面上疾驰,约翰正尽力一只手掌舵,一只手拿稳望远镜。

第十八章

"陆"在何方？

地平线上出现了一道薄雾，在妖精号航线的南边，那薄雾中出现了一队渔船。

"苏珊，看一下。"约翰说，"我在掌舵，拿不了望远镜。"

苏珊拿起望远镜。

"你觉得是什么？"约翰说。

"我从来没见过这样的船，"苏珊说，"应该不是英国人。你来看看，我来掌舵。"

苏珊去掌舵了。提提眼里仍然只有辛巴德，她挤在驾驶舱的一个角落里，小猫在她腿上打着呼噜，暖洋洋的阳光照在它身上。罗杰坐在她旁边，抓紧护栏，眯着眼睛看着远处的船。在浩瀚的大海上，妖精号不再孤单。那些船离得很远，但是只要看到它们，所有船只并肩航行，一切就都不一样了。

"它们正朝这边开来。"罗杰说。

约翰为了看得清楚一点，站到了舱梯的最高一级台阶上，挤进敞开的舱门的一个角落，以便腾出双手来拿望远镜。

"不是英国船，"他说，"就算是，至少我从来没见过像它们这样的。"

"该我看了。"罗杰说。

"罗杰，安静一会儿。"苏珊说，"约翰，你认为它们是哪国的？"

"它们的艏三角帆很大，"约翰说，"主帆旁边还有短短的小斜桁……

那些斜桁都不是直的，一根都不是……那些帆不像英式船帆……这些船也一点不像我们在法尔茅斯见过的渔船……哎……也不是都长一个样。有一艘的船头是尖的，朝上指。大多数船头根本不是尖的……像苹果一样圆……我确信它们是荷兰船……天哪！看它们摇晃的样子……我说，苏珊，我们一定离陆地很近了。"

"我们过去跟他们打个照面吧，"苏珊说，"他们会告诉我们现在到了哪里。"

"听着！"约翰迟疑了一会儿说，"我们不能去。他们会扣住我们的船，强行给我们'海事救援'，就像吉姆说的那样。记得吗？吉姆的朋友不得不卖掉他的船凑钱给拉姆斯盖特的'巡岸鲨'。没了锚和锚链已经够糟糕的了。"

"它们开得真快！"提提说。

"它们一定是从附近什么地方开出来的，"苏珊说，"说不定我们能问一下去港口的路……"

"好像还不止一艘，"约翰说，"而且他们的船比妖精号大……"

"我们就像被西班牙舰队包围的复仇号，"提提说，"毫无机会。"

"我们还没有枪。"罗杰说。

"不过，港口可能就在那边的某个地方，就是他们来的地方，"苏珊说，"而且连那座灯塔也不见了踪影。"

约翰往前看，视线再次越过右舷船头，看着正往这边驶来的渔船：他们好像本来就是冲着妖精号而来的，有十几艘之多，一路上颠簸得很厉害，乘风破浪朝他们疾驰而来，时不时传来"轰"的一声巨响，方形船头激起层层银白色的浪花。

"如果他们真的来'营救'我们，我们什么也做不了。"他说。

"但是我们并没有遇难。"苏珊说，"那是海盗行为。"

"哎呀！"提提说，"的确是这样。"

"他们可不管。"约翰说，"要是我们告诉他们，我们正在替吉姆照管这艘船，那事情就更糟了。不管我们愿意不愿意，他们都要来'救'我们。"

"要是我们能确定灯塔在哪儿就好了。"苏珊说。

"它一定在那儿。"约翰说，"我爬到桅杆上去看看。"

"别……千万别！"苏珊说。哪怕被海盗抓了都比爬桅杆好。她抬头看了看那高高的桅杆和船航行时在天空中来回摇摆的红色船帆。她想到约翰掉在甲板上，摔断了一条腿、两条腿，身上所有骨头都摔断了……然后，也许，还会滚到海里去。

"不会比树难爬，"约翰说，"还有桅杆箍呢，容易得很。"

"我来拿望远镜。"罗杰说。

约翰脱掉身上的油布雨衣，从驾驶舱里爬了出来。

"救生索。"苏珊说。

"爬上去的时候不会有事的，有很多东西可以当抓手，只不过是爬上去而已。"约翰说着已经坐在舱顶上了，正抓着栏杆向前走。片刻之后他就到了前甲板，一只手抓住升降索，一只手抓住横桅索。

驾驶舱内，他们张大了嘴巴，看到约翰双手举过头顶抓住升降索，整个人从甲板荡了出去，然后用膝盖顶住桅杆，一只脚踩在最底部的桅

杆箍上，接着像爬梯子一样一只桅杆箍接一只桅杆箍地往上爬。桅杆箍是很好的脚踏和扶手，要是桅杆不摇晃就更容易爬上去了。

"苏珊！"他在半空中突然喊道，"不要看我。看着罗盘，尽可能让船保持稳定。只要船不转向，我就没事。"

"对不起。"苏珊小声说道，俯身向前盯着罗盘的盘面。罗杰很久之前就吹灭了烛灯，现在是靠从打开的舱梯照进来的光照亮罗盘。东南偏东……她让妖精号从东南偏南转向，回到原来的航线上，接着使它平稳地沿此航道航行。约翰又往上爬了，苏珊不再看他，她不能看，不过，尽管她一直盯着罗盘的盘面，还是忍不住想知道约翰怎么样了，想象着她不愿意看到的一幕，只见约翰在摇晃的桅杆上越爬越高。

"没事的，苏珊，"提提终于说道，"他一条腿搭在桅顶横桁上了。噢，太棒了，约翰！"

接着，空中传来一声喊叫。约翰安然无恙，一条腿挂在横桁上，能够环顾四周了。那一声喊叫既是成功的欢呼，又有如释重负的喜悦，不过，他本人对此几乎还不自知。一连航行了好几个小时，他一直告诉自己那个东西——陆地——就在前方。啊，它出现了！

"陆地啊！"

"万岁！"罗杰喊道。

"万岁！"提提喊道，"对不起，辛巴德，我不是故意吓到你的。"

"看到灯塔了？"苏珊喊道。

"就在前面！"约翰喊道，"还有一座教堂……还有另一座灯塔。还有……前面有一艘汽船。喂！苏珊！"

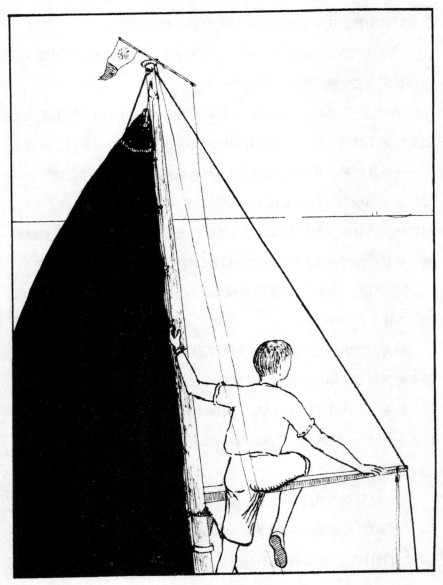

约翰爬上了桅顶横桁

"怎么了？"

"在你能从甲板上看到灯塔之前，我要一直待在这里。"

"好吧。"

即使只有那个在桅杆顶上的人才看得到陆地，但这足以让所有人都觉得陆地离他们很近了。陆地，干燥的土地，真的就在眼前。

"要是那地方是哈里奇就好了。"苏珊说。

"没关系。"提提说，"管它是什么地方，反正离我们不远了。"

"我能看见汽船，"罗杰说，"但看不见别的。"

"右舷船头有另一艘汽船！"约翰在横桁上喊道。他们从驾驶舱内看到渔船那头飘来一缕烟，还看见一根烟囱和两根桅杆，然后看见舰桥和船身。

"我们一定到港口附近了。"苏珊说。

与此同时，渔船队也加速前进，好像要越过航行中的妖精号，就算不用望远镜，他们也能看到那些圆头船在海上疾驰，浪花飞溅。

"他们有下风板。"罗杰说着将视线从渔船上挪开，扫过远处的地平线，想要成为甲板上第一个看到灯塔的人，"像驳船，但有些地方又一点都不像。"

"我们要从他们身边经过，"提提说，"还是说他们会超过我们？喂，苏珊，你觉得他们真的不是要来拦截我们的海盗吗？"

"当然不是。"苏珊虽然嘴上这么说，但还是十分不安地望着那些在海上翻滚疾驰冲着妖精号而来的圆头渔船。如果非得从渔船队中间穿过，那可糟透了。况且灯塔就在眼前，她可不想再冒险问路了。

"那艘汽船也朝这边开来了，"罗杰说，"另一艘还在原地。"

"没关系，"提提说，"有两艘汽船近在咫尺，海盗不敢碰我们。没事的，辛巴德。不会有人强迫你从甲板上跳下去的。之前是有人强迫你从甲板上跳下去你才掉到海里的吗？也许你根本就不是被海浪冲到海里的。无论如何，如果再发生这种事，那就太不合理了！"

"陆地呀！"罗杰喊道，"哎，我又看不见了。不，在那里，就像一支竖起来的铅笔……还有个东西矗立在离它左边不远的地方。"

"约翰！"苏珊喊道，"快下来……我们全都能看到陆地了……下来吧……不过务必要小心。"

约翰抬腿下了横桁，然后顺着升降索往下滑。他在桅杆下等了一会儿。是的，他自己也能看见那个细长铅笔状的东西，从海边的一道薄雾中伸出来。还有远处那艘汽船，差不多就在妖精号和灯塔之间，三者几乎在一条直线上。约翰差不多可以肯定那艘船下了锚，他沿着舱顶走向船尾，进入驾驶舱和其他人会合。

"好了，苏珊，我来掌舵。"他边穿油布雨衣边说。

"那些渔船离我们很近了。"苏珊说着放开舵柄。提提和罗杰看向约翰。

"若非万不得已，我们是不会改变航线的。"他说完停了片刻，又补充道："听好了，保险起见，最好表明我们是英国人。"

"我们要把船旗固定到桅杆上吗？"提提急切地问。

"我去拿旗杆。"罗杰说，"船旗在杆子上，我之前看见它在前舱的架子上。"话音刚落，他就把望远镜塞到苏珊手里，像只猴子似的跑到船舱

里。片刻之后，旗杆从舱梯口伸了出来，红色的旗帜绕在旗杆上，罗杰紧跟着爬了上来。苏珊接过旗帜，把它展开，把旗杆插在船尾的榫槽里，然后把细细的升降索紧紧系在船尾横木的楔子上，让角落里那面绣有英国国旗的鲜红旗帜在风中飘扬起来。

罗杰说："如果风从另一个方向吹来，那就更好了。"

"最重要的是，"约翰说，"谁都能看到。"

"除了桅杆顶上那些长长的飘带外，敌人根本就没有悬挂船旗。"提提说。她甚至有点希望在那队正在靠近的渔船里，至少有一艘悬挂着骷髅船旗。

他们继续航行，一会儿盯着那艘小汽船，一会儿盯着渔船，一会儿又盯着渔船前面正驶来的那艘更大的汽船，那艘小汽船似乎就停在原处，跟地平线上那个细长铅笔状的东西排成一条直线。

"我们会先跟哪艘船相遇？"罗杰问，"那艘汽船正疾驰而来，速度快得吓人。"

渔船越来越近了。约翰不时地看它们一眼，继续按既定航线驾驶，好像那些渔船并不存在似的。

"我们比他们快多了！"罗杰终于开口道，"就算他们想抓，也抓不到我们。"

"好极了！好极了！"提提说，"加油，妖精号！"

领头的一艘渔船离他们约一百米远，在波浪上颠簸着向他们冲来。还有十余艘涂了漆的大船跟随其后，橡木船身在阳光下闪闪发光。

"他们在喊。"罗杰说。

　　"叫我们停下来。"提提说，"我们绝对不会停，不知道辛巴德是否听得懂他们的语言。"

　　"有个男孩戴着一顶红帽子，和南希那顶差不多。"罗杰说，"他们都在挥手，我们该怎么办呢？"

　　"也朝他们挥手，"苏珊说，"没什么害处。"

　　妖精号掠过海面往前行驶，渔船与船尾擦肩而过。妖精号全体船员挥着手，所有渔船上的人也都在挥手，渔民们的欢呼声越过水面传到这艘远道而来的英国小船上。

　　"他们听起来很友好。"提提说。

　　"也许我们可以去问问……"苏珊开口了。

　　"他们很快就会发现我们是单独出海的，"约翰说，"而且，无论如何，我现在不能过去，我得留意那艘汽船。"

　　那艘巨大的黑色汽船，船舷锈迹斑斑，嗒嗒地从南边飞驰过来，他们刚把渔船甩在身后，汽船就近在眼前了，烟囱里冒出滚滚黑烟，引擎的轰鸣和震动就在他们耳畔回响。

　　"它要撞到我们了。"罗杰说，"嗨！要我去拿雾角吗？"

　　约翰咬紧牙关。

　　"他们已经看见我们了，"他说，"栏杆上方有个瞭望员，就在这一侧的船锚上方。他指着我们。蒸汽船要给帆船让路，这不是河道，我们只要继续前进就行了。"但要让妖精号保持在自己的航线上，而不去注意那艘像怪物一样的船并不容易，汽船的船头像悬崖一样高耸着，慢慢向他们压来，浪花在两边翻滚而过。

然后，这艘巨轮的确稍稍倾斜了一点给小帆船让路，但不多不少刚刚好，一点都不愿意多让。黑色悬崖似的船头在妖精号身后几米远的地方擦过，激起的波浪把它冲到了一边。在妖精号桅顶上方，汽船的船身犹如一堵黑墙挡住了风，妖精号的帆松弛下来，帆桁不停地撞来撞去。在他们头顶上方，舰桥甲板上的指挥官们俯视着小船驾驶舱里晃来晃去的船员。

"当心，辛巴德！"提提从座位上溜下来叫道，小猫为了保全自己，落在了地板上，在大家的脚下东躲西藏。

接着，正当海风又绕过汽船的船尾、再次吹向他们的时候，尾浪又扑将而来。尾浪翻腾着横扫过海浪，排山倒海似的地朝他们冲过来。哗……哗……两道大浪接连扑到船上。提提抓住辛巴德，约翰爬起来努力操作舵柄，帆桁荡回左舷，妖精号又开始航行了。

"讨厌！讨厌！"提提冲着那艘汽船攥着拳头喊道。

"他们和那些叫我们鱼贩子的人一样坏！"罗杰喘着气说。

"你们俩都湿透了吗？"苏珊问。

"汉堡。"约翰说，"我读不出这艘汽船的名字，它来自——德国汉堡。哎呀，我要是知道我们现在到了哪里就好了。"

"我们得找个人问问。"苏珊望着前面那艘汽船说，它还停在妖精号和灯塔之间的老地方。此刻灯塔下方出现了黄色的沙丘。时间一分一秒地过去，他们离陆地越来越近。

"船舱地板上有水。"罗杰说。

"把水抽走。"约翰说。

　　罗杰忙着抽水，但抽了五六下之后，他发现再也抽不动了。"水抽不出来了。"他使劲拉着把手说道。

　　苏珊试了一下，也没有用。

　　"堵住了。"约翰说，"没关系……我马上来检查一下。"

　　他向四周看了看，目力所及没有船只，从船尾望去只见那艘渔船已经开出很远，那艘德国汽船也一路向北驶去渐行渐远，在他们前方远远还能看见另一艘汽船；此外，远处还有几缕黑烟，表明在南边的地平线后面一定还有别的汽船。约翰私下里感到非常不安。妖精号行驶时的状态变了。风力当然减弱了，但海浪大起大落，来得快也去得快。

　　"你觉得我们还要多久才能进港？"苏珊问。

　　约翰自己也很想知道答案。还有什么横亘在他们和陆地之间？没有航海图是很可怕的，哪怕你对如何使用航海图知之甚少。海上可能会有浅滩，像哈里奇港口外就有浅滩。一整夜在宽阔无边的大海上航行，约翰大部分时间都很快乐，但现在那种在雾中航行的感觉再次向他袭来，那是一种可怕的恐惧感，伴随着行船至危机四伏的地方而来，因为在这里你不知道在看不见的地方潜伏着什么东西会撞沉大大小小的船只。

　　"我们肯定快到浅水区了。"约翰终于开口道，"海水的颜色也在变化，不像之前那么蓝了，沙子很多。密切注意浮标之类的东西，要是我们把船撞坏了就太可怕了。"

　　"我们现在得进港了。"苏珊说，"妈妈今天下午会在风磨坊等我们，我们只要找个地方给她发封电报就行了。"

　　约翰没有回答。

　　地平线上的沙丘轮廓越来越明显，这令他感到害怕。没看到任何港口的迹象，教堂的尖顶看上去好像远在内陆。

　　"那艘汽船几乎没有动。"提提说。

　　"也许它抛锚了。"罗杰说。

　　约翰拿定主意。"它所在的地方水一定很深。"他说，"要是没有浅水区就好了，这是最重要的。我要直奔它而去，等我们到了那儿，也许就能看到港口在什么地方了。"

　　"不管怎样，"苏珊说，"问问我们离其他地方有多远没有坏处。"

　　"离哪里？"罗杰说。

　　"就是嘛。"提提说。

　　"我们可以问这艘船来自哪里，"苏珊说，"那不会泄露任何信息。"

　　"只要他们没发现我们有问题就行。"约翰说，"这和问渔船不同，他们不会试图登上我们的船。"

　　"我们有四个人。"提提说。

　　"如果他们要来，我们可以敲打他们的指关节。"罗杰说，"他们必须放下一艘小船才能过来。"

　　"我打算去问一问。"约翰说着驾驶妖精号笔直向前，而船员们则神情严肃地注视着前方远处朦胧起伏的金色沙丘，注视着那艘一动不动的汽船。它是敌还是友？

第十九章

领航信号

“汽船还在很远的地方呢。”约翰终于开口道，“苏珊，你来掌舵，我下去看看能不能把那台水泵清理干净。”

“我们不能掌舵吗？”罗杰问，“吉姆让我们做过呢。”

“风平浪静的时候可以。”约翰说。

“嗯，现在风没那么大了呢，用望远镜观察也没什么用，除了水什么都看不到。”

“我们会非常小心的。”提提说，“轮到我的时候，苏珊可以抱着辛巴德。”

“总之，别改变航线就行。”约翰说着走下通往水手舱的台阶，很高兴自己暂时不用考虑下一步该怎么办。

船舱的地板上还有一点点水，只有一个小水坑那么多，在台阶下面来回晃荡。他脱下身上的油布雨衣，把袖子高高挽起，然后把手伸进引擎下面油腻腻的铁锈水中。突然，作为妖精号的代理船长，约翰遭受到了最为可怕的打击。他感觉肚子里一阵翻江倒海，有东西要从嗓子里冲出来了。他站起来，看着自己湿漉漉、脏兮兮的胳膊。这绝对不行。罗杰是唯一一个不受影响的人吗？提提和苏珊晕船倒没什么，但他无论如何都要成为水手，如果他不能伏在甲板下面，不能忍受舱底污水和油的气味，那么……他屏住呼吸，再次把胳膊伸下去，不顾一切地在污水中摸索，终于找到了水泵的进水管。他的手沾满了油脂，拿起一团湿漉漉

的废棉花，它被吸入进水口，把口堵死了，好像特意密封起来那般严实。

他直起身子，一只手拿着那个棉花团，另一只手稳住自己。天哪，他很庆幸他们遭遇暴风雨的那天晚上水泵没有堵塞。

"苏珊，他的脸色比你的还要难看。"罗杰高兴地说，"我说，约翰，我觉得妖精号一点也不难驾驭。提提之后就又轮到我掌舵了。"

"把它扔到海里去，"约翰说着伸出他掏上来的那团油腻腻的黑色东西，"然后再试一下抽水泵。"

罗杰捏住那东西，从船舷扔了下去，然后用力压了一下水泵。"现在一切正常。"他说。

"喂，约翰，"苏珊说，"你不会也晕船吧？"

"才没有！"约翰说着擦干净胳膊，拎着他的油布雨衣，在甲板上穿好后又钻进驾驶舱。他抬起头来大口大口地呼吸着海风，"在下面一直弯腰低头，闻到的几乎都是引擎的味道。"

"十二、十三、十四、十五、十六。"罗杰喘着气，数着抽水的次数。

"我也试一试。"约翰说，"十七、十八、十九、二十……"他已经感觉好些了。他继续数数，数到一百时才停下来，轮到苏珊继续抽水时，他则站在两个一等水手旁边，以防他们掌舵出岔子。

当数到一百七十三下的时候，水泵发出一种咯吱咯吱的吸气声，手柄突然上下摆动，怎么都停不下来。

"好了！"约翰说。

"船没有漏水吧？"苏珊问。

"不可能。"约翰说，"听着，苏珊，我到前甲板去看看，你来掌舵好吗？前甲板上的缆绳乱七八糟，三角旗七扭八歪的，桅顶横桁上的信号

旗绳也松了。我们靠近汽船之前，得好好检查一下，免得他们发现有什么不对劲。"

"系上救生索，"苏珊说，"别掉下去了。"

"不会的。"约翰答道。他把救生索系在腰间，沿着舱顶吃力地爬上甲板。他系紧旗绳，挂着三角旗的小旗杆傲然挺立在桅杆顶上，但他够不着那些迎风飘舞的信号绳，太远了。

"调头让船顶风前行，苏珊！"他喊道，"继续！转舵向风！"

"我正在抢风呢！"苏珊喊道。

是的，妖精号正在调转方向。三角帆在空中摆动着发出噼噼啪啪的声音。咻的一声，在风中狂舞的升降索碰到了约翰的脸。要是再来一下就好了，那样他就能用左手抓住它。这艘小小的帆船起伏不定，颠来簸去。他瞥见驾驶舱里几张惊恐的面孔。忽然之间，他已经一把抓住了飞舞的升降索，紧接着出乎意料一屁股重重地坐在舱顶上。

"抓住了！"他喊道，"再改变航向，满帆前进。"他们听得见吗？

他们都听得清清楚楚。艏三角帆又一次拍打起来，不一会儿就安静下来。约翰把升降索紧紧绑在桅杆横支索上。

接下来，他仍然坐在舱顶上，四处张望，看看还有什么别的事情要做。卷成一圈的前帆升降索有一处松开了，一头拖在水里。右舷那边的情况也一样。那些渔夫会怎么想呢？主帆看起来有些松松垮垮的；被雨水淋湿的主升降索一定拉长了一大截，早晨的太阳已经把它晒干了。它现在松得不能再松了，所以帆桁有些下垂，难怪抢风调头的时候一副松松垮垮的样子。他把前帆升降索整理好，塞进桅杆后面。然后，他试着拉动绞辘把主帆放下来。然而满帆的时候一点也拉不动，他们得再次调

转方向让风反向吹过来，否则他根本无法将主帆升起来。他又看了看那艘汽船，还有很长的路要走。

"苏珊！"他叫道，"你必须让船再次顶风前行……等一会儿……转舵……"

这次苏珊完全了解该怎么做了。她将妖精号调转方向迎风前行。主帆立刻没了拉力，约翰大把大把地往下拉升降索，手里的绳索已经多了十六七厘米。"可以了！"他喊道，于是苏珊驾船朝汽船驶去。约翰又大把大把地拉下支索帆升降索，然后回到驾驶舱。

"不知道他们会怎么想我们，"他说，"不过，也许他们压根没注意。"

"就算用望远镜，他们也看不太清。"提提说。

"希望看不到，"约翰说，"可他们会看见我们的船老是偏航。"

"现在船帆看起来很正常。"苏珊说，"它们看上去就像我们以前驾船沿河顺流而下时的样子。"

"不管怎么说，我已经尽力了。"约翰说，"不过，我们还是要靠近汽船，而且一切都要准备妥当。"

"妖精号本身就很棒啊！"提提说。

"我们把驾驶舱也整理一下吧。"约翰说。

"我想我要洗一洗餐具……"苏珊说，"不太多，只有几只杯子和一只盘子。"

"最好不要用淡水洗。"提提说。

"当然不会。"约翰说，"要是他们跟我们说这里没有港口那就惨了。"

"肯定有。"苏珊虽然这么说，其实她在那片金色沙丘的海岸线上看不见任何港口的影子。她满足地尽力用海水把东西洗干净，这海水是约

翰从船边升起的浪头上用平底锅舀起来的，现在正好用上。

现在，可以看到更多的汽船朝南方开去，驶向金色海岸线的尽头。在他们的前方只看得见那艘几乎静止不动的汽船。

"也许港口就在其他汽船所在的地方，"提提说，"我们可能走错了路，这艘船可能只是在捕鱼。"

"我们拿望远镜看看吧。"约翰突然说。

"进水了，不太好用。"罗杰说。

约翰放开舵柄，用一块湿手帕使劲擦了擦望远镜，然后目不转睛地看着他们前面的汽船。

"我们安全啦！"他喊道，"去看一看，苏珊，它的桅顶上是不是有面很大的旗帜？"

苏珊通过模糊的镜片看了看，她刚放下望远镜，罗杰就一把拿了过去。"不用望远镜我看得更清楚，有两面旗帜，一面在上一面在下。噢，不对，只有一面，很大的一面。"

"那是一艘领航船！"约翰喊道，"想想法尔茅斯的那些领航员，我们现在没事了……"

"不管怎样，他们知道我们在哪儿。"提提说。

"不止是那样。"约翰说，"有了领航员，我们可以去任何想去的地方，这和求助不一样。吉姆自己也是这么说的，给领航员发信号是完全可以的，就连邮轮也会这样做。那卷信号旗在哪儿？"

"在我的铺位后面。"提提说着把辛巴德塞到苏珊手里，从舱梯钻了下去。

不一会儿，她拿着几卷帆布上来了，然后把它们在驾驶舱地板上摊开。

"S 代表领航，"她说，"在这里。"她举起一小卷蓝白色的帆布。

约翰急忙走到桅杆前，坐在舱顶解开信号旗的旗绳。他之前为了整齐起见把它们收起来系紧的时候，万万没有想到这么快就又要用了。他俯身尽量以专业的姿态把那面方形领航旗挂上去，转眼间，它就在桅顶横桁上飘扬起来了。

向领航员发信号

"我们现在豁出去了。"他说着望向那艘已经离得很近的汽船，接着又望望那面迎风飘扬的白边蓝里方形旗。

"你会让领航员上船吗？"罗杰问。

"会！"约翰说。

然后又出现了各种疑问。

"你认为那会是什么地方？"提提问道。

"有很多种可能。"约翰说。

"不可能是英国。"罗杰说。

"不会是英国，除非罗盘完全错了。"约翰说。

"反正那里会有个港口的，"苏珊说，"否则就不会有领航船了。"

"你打算用什么语言和他交流？"罗杰说。

约翰的嘴角撇了下来。

"我懂一点法语，"他说，"但只有一点点，我在学校里法语成绩总是倒数。"

"港口怎么说？"提提说，"请告诉我们，这里是不是有一个 ①……"

"泊呵特 ②。"罗杰激动地说。

"不应该说'请告诉我们'，"约翰说，"我们是要请他带我们去那里。"

"请……"提提说，"请带我们去'泊呵特'……"

"不过他可能不懂法语。"约翰说，"我们应该告诉他我们要去哪个港口，但我们还不知道港口的名字，这就难办了。要是泄露了我们什么都不

---

① 原文为法语。
② 法语 porte，指港口。

知道的实情，他可能就会变成恶霸要来接管我们的船，那样吉姆就得付救援费，但你们知道的，他连煤油都买不起，他的钱只够买汽油。"

"难道领航员也会抓住我们索要救援金吗？"罗杰说。

"什么人都有可能，"约翰说，"如果他们得知实情的话。我们全都太嫩了。"

提提说："别让他上船。非得要领航员才行吗？他可能还没有看到信号旗，我们把它取下来吧。"

"我们必须让领航员上船。"苏珊说，"没办法，妈妈不知道我们现在的情况。而且天气可能还会变坏，每一分钟都很重要。我们非得找到一个能发电报的地方。"

所有人的思绪都飘到了风磨坊、静悄悄的锚地、登陆点的驳船、海鲜酒馆、鲍威尔小姐的农庄，妈妈可能正一边给船画速写，一边等着妖精号向上游返航；布里奇特可能正穿着高统雨靴在造船工人的小棚子旁的小溪里戏水。他们想到吉姆可能会到风磨坊告诉妈妈他把他们全都弄丢了，妖精号和船上的人全都不见了。

"就算爸爸昨晚在那艘叫我们'鱼贩子'的船上，我也不会感到奇怪。"罗杰说。

"不管怎样，现在为时已晚。"约翰说，"他们已经看到了，放了一艘小艇下来。"

有人把那艘小艇从汽船的侧舷放下来，在船尾落水，正朝他们划过来。

"船上有两个人。"罗杰说，"噢，麻烦让我用一下望远镜。"

那艘小船时而消失不见，时而又出现在海面上，浪花从船下翻腾而

出，两支桨划着前进。

"哎！"罗杰说，"领航员真的是法国人。看那艘汽船的船尾，船旗是红、白、蓝三色的。"

提提通过望远镜看过去，疑惑地问："法国的红、白、蓝三色不是竖着的吗？它这个是横着的。"

"是艘荷兰船。"约翰说，"那些渔船也是荷兰的，我之前就觉得是这样。"

"天哪！"罗杰说，"荷兰！"

"风车！"提提说，"阻挡海水的防波堤……还有木屐……"

"只要有电报局就行。"苏珊说。

"听好了，"约翰说，"我们没必要让他知道发生了什么事。只有一个办法。你们最好都下到船舱去。"

"下去，"罗杰说，"噢，好的！"

约翰说："我们四个人都在驾驶舱里没好处，是个人都会起疑心的。我要留下来，因为必须有人掌舵，但你们最好都到船舱下面去，把舱盖和所有的舱门都关上，你们可以从舷窗看到外面。"

"假装不在场？"提提问。

"不，不，要发出点声音，动静越大越好，这样他就会认为船长和船员都在船舱里，还会觉得我只是个一等水手，就像罗杰……"

"我能吹六孔小笛吗？"真正的罗杰问。

"好主意，"约翰说，"很多英国人都经常吹，没有人能通过听六孔小笛的声音来判断吹笛人多大年龄。也可以跺跺脚，尽量像大人一样吵闹。"

"走吧。"苏珊说，"约翰说得对……只要进了港口，他们就不敢把我

276

们怎么样了……但愿领航员发现不了有什么不对劲，不会下到船舱里来。"

"来吧，辛巴德。"提提说。

"你得像只老猫一样叫。"罗杰说。

不一会儿，就只剩约翰一个人待在驾驶舱里了，他看着小船在海浪中越划越近。苏珊关上头顶的舱盖，又把舱门都关了起来。

突然一扇门又打开了，约翰看到她一脸严肃。

"约翰，如果你必须作一番解释，那也没办法。把事情办成比什么都重要，即使我们以后得年复一年地存钱才能付清救援金。"

"只要他看不出破绽就行了。"约翰说，"可我真希望自己懂一点荷兰语，哪怕能说声'早安'也好。"

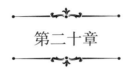

第二十章

舱下喧哗

约翰竭力让自己感到他并不是这艘船的负责人，只是船上的服务员，除了掌舵之外，没有什么可担心的。无论发生什么事，领航员上船时，他都不能显得心烦意乱。他试着吹口哨，但很快就想起来水手一般都不吹口哨，除非在等风来，而现在，可谓风量充足。他试着唱歌，却记不清勉强想起来的几首曲子的歌词。"我们该如何应付醉酒的水手？"开头唱得不错，但是第二句应该和第一句一样，唱出来的却大不相同。"我们该如何应付醉酒的领航员？"约翰停下来不唱了，开始唱《西班牙女郎》，但他发现自己把锡利群岛唱成了荷兰……"从韦桑岛到荷兰，距离三十五里海疆。"当然，事实并非如此。但从哈里奇算起的话似乎要远得多……"从哈里奇到荷兰，距离三十五里海疆。"但是，他们现在到底在荷兰的什么地方？要是他知道就好了……要是领航员问他想去哪里，他该怎么说才好呢？他要去一个港口，进一个港口，可具体是什么港口呢？再过一小会儿，他就得准备好答案了……

他正驾着船迎向那艘刚离开领航汽船的宽边小艇，船上的一个人正在划桨。过了一会儿他将船桨收了起来，然后走到船尾，另一个人继续划。船尾的那个人在向妖精号发信号，让船顶风停下来。应该不是别的意思，但怎么操作？吉姆从来没有教过他怎样顶风停船。与其把事情弄得一团糟，暴露出他真正知道的东西有多少，还不如不要去尝试。但他必须设法让妖精号停下来，它从水面上滑过的速度太快了。他唯一能想到的就

是像吉姆把船带到系泊浮标附近时那样，让船迎风航行。他咬紧牙关调转船头，用眼角的余光看了看那艘在近处颠簸的小船，假装没看见信号，结果，三角帆不停地拍打，主帆不住地抖动。划艇上的两个人冲着他大喊，划桨的那人拼命地划。约翰松开舵柄，抓起一块护舷垫，把它吊在船边。

"砰！"

吉姆对此会怎么说？又是砰的一声。一捆油布雨衣啪的一声落在驾驶舱里。接着，两只毛茸茸、布满蓝色斑点的大手抓住了栏杆。有人用外语喊了一声。划艇漂在船尾。一个身材魁梧、身穿蓝衣的男子爬进了驾驶舱，脸色涨得通红。

这一刻终于到来了。约翰准备说的是哪个港口？如果它刚好在一两百千米以外的海滨，那就太可怕了，领航员立马就会知道事情不对劲。约翰想到一个又一个荷兰港口，阿姆斯特丹港、鹿特丹港、荷兰角港……

"你好，先生，"领航员说着伸手去抓舵柄，"要我带你去弗利辛恩吗？"

约翰的双耳突然一热，如释重负。他的问题得到了解答，而且领航员还是用英语说的，因为他已经看见船尾的桅杆上飘着红色的船旗。

"是的，谢谢！"约翰说着往前走了一步，给领航员在驾驶舱里留出更多的空间。领航员握住舵柄，瞥了一眼罗盘，把小船调转了个方向，船帆安静下来，妖精号此刻不再按原来那条朝着远处的沙丘走的航线前行，而是向南走，约翰只看见一片薄雾，却看不到任何陆地。

约翰捡起那捆油布雨衣，放在驾驶舱的背风座位上。

"谢谢，先生！"领航员说，"你们从哪里来？"

"哈里奇。"

"你们船长挑这样的坏天气,开这么小的一艘船漂洋过海。"

约翰什么也没说。他仔细听着船舱里传来的"大人"的声音,好让领航员以为船上确实有个船长。

"昨晚我们这儿风大得要命。你们那时在哪儿?"

"在哈里奇港外。"约翰说。这一点,他至少是肯定的。

"没受损吧?许多渔船的船帆都吹没了。"

"我们还好,收了帆……"约翰说着做了个降下船帆的动作。船舱里那几个笨蛋怎么还不发出点声音让别人听到?

"船很小,"领航员说,"不过,很棒。"他拍了拍橡木舵柄。

"是的,非常棒。"约翰说。

接着,船舱里总算传来了六孔小笛的声音,虽然不大,但很清楚,通过罗盘旁边敞开的舷窗传了出来,还有一阵蹬蹬跺脚的声音。当然,他们先前找那只小笛费了好大一番工夫,因为在暴风雨最猛烈的时候,所有东西都打翻了,七零八落地散落到地板上,之后清理船舱时,他们把小笛连同其他东西捆在了一起。他们不愿意唱歌,也不想说话,怕自己的声音不够地道。但现在,罗杰在吹他心目中最擅长的曲子——《我们到早上才能回家》,尽管他吹得断断续续,指法也不太确定。这首曲子的高音部分不是很伤脑筋,而且很多地方既好记又好吹,只要在音阶上上下变动就行了。其他人忙着用脚踩踏船舱的地板。

"在开心玩闹呢!"领航员说。

"确实蛮欢乐的。"约翰说。就在这时,罗杰觉得最好还是改变一下

曲调，开始了另一首拿手的曲子——《故乡，甜蜜的故乡！》。不过，这首吹得不是很成功，因为在波涛起伏的海面上，海浪来去匆匆，有着长音符的《故乡，甜蜜的故乡！》不太容易吹到位，船突然倾斜的时候，"音乐家"被迫从笛孔上拿开手指，伸手去抓结实的东西来稳住身体，结果就有一小段停顿，罗杰为了跟上节拍有几个音符吹得非常快。然后，当他觉得自己已经赶上节奏时，又会吹上一段缓慢的调子来恢复之前因为必须加速而丢失的悲伤感。

领航员笑了。"有人在搞恶作剧，是吧？"他说，"音乐不太好。"

约翰不知道如何回答。他还在挖空心思地想说点什么，这时领航员抬起大手指着前方。

"杜鲁浮标。"他说。

那是一只大浮标，上面的红黑色条纹正随着浮标上下起伏。浮标上竖着一根小轴竿，小轴竿上方有一只大三角形，最上面还有一只正方形。

约翰点了点头，好像他早就料到了。

然后他看到了其他的浮标，黑色的罐头浮标和红色的尖顶浮标。他们前面的雾霭似乎正在消散。陆地——一段长而低矮的陆地——正从右舷方向显现出来。之前被他们甩得远远的沙丘，正从左舷向他们靠拢过来。还有房子。他知道这些沙丘一定是从一条大河的河口开始，一直延伸到海峡。弗利辛恩在哪儿？约翰试着回忆荷兰河流的名字，但除了马斯河，他想不出其他的。

现在汽船更多了，它们正沿着南边的陆地航行，更远的地方也有几艘。约翰靠在舱梯上方关着的舱盖上，在阳光下眨着眼睛，想着领航员

找船长时他该怎么办，他随时可能想见船长。

六孔小笛的笛声停了片刻。罗杰通过一扇结了盐霜的舷窗往外看。过了一会儿，他又在为自己最新的一首作品而努力了，大部分调子基本上很娴熟了，尽管其他部分还得多试几遍才能找到感觉。响起一曲《沿着斯旺尼河畔顺流而下》。他能以惊人的节奏演奏这首歌的转音部分，任何人都听得出来他正用它吹出一首凯旋之歌，庆祝胜利。荷兰就在眼前！房子！风车！"沿着斯旺尼河畔顺流而下……而……下……"有个音节卡住了。"嘀嘟，嘀嘟嘀嘀嘀嘟，"小笛吹得飞快，"很远，很远……"这调子太长，结果中间至少破了一个音。约翰知道这首曲调所表达的情感，但领航员听得一脸困惑。

他们靠近了一只顶部有灯的笼形大浮标，跟哈里奇的海滩尾浮标一样。现在离左舷那边的海岸很近……旅馆……码头的旗帜在阳光下飘扬……一个骑自行车的人似乎正沿着墙头骑行而过……一座灰色的矮塔露出水面……一座城堡……枪炮……

"你要去哪里，先生？"领航员问，"米德尔堡运河？"

"弗利辛恩有领事吗？英国领事？"约翰结结巴巴地问。

"有啊，是个热心人。"领航员说，"现在去叫你们的船长来吧。"

约翰摇了摇头。他不知道该怎么办。他们可能得付钱给领航员，付完后还有钱发电报吗？他摸了摸裤袋里的半克朗。苏珊有多少钱？从荷兰发电报到风磨坊要多少钱？还有，要是领航员发现船上没有船长，只有他们四个小孩子，该怎么办？他们还没有进港。约翰又摇了摇头，他不是在答话，而是因为一下子千头万绪。

领航员笑了笑说道:"船长下了命令说不要打扰他是吗?他很凶是吗?我小时候在帆船上就遇到过这样的人。"他抓住主帆索的末端摇了摇,接着半张开嘴长长地吐了一口气。"很疼。"他又笑了起来,"那好吧,你什么都别说,我去叫船长。等要用引擎的时候再说。眼前还是让他们开心地玩吧,别去烦他。"

"我们的汽油用完了,"约翰说,"没有汽油了。"

"这样啊。"领航员说,"风不错。我们驶进外港。老办法,行吗?"

现在似乎可以这么认为:船长就在甲板下面,正在船舱里玩闹,而领航员为了不让约翰惹麻烦,会晚一点把船长叫到甲板上来,能多晚就多晚。从某种程度上说,这似乎比立即真相大白还要糟糕。约翰沿着侧舷甲板往前走,想离领航员越远越好,这样就不必总是回答问题了。

领航员要带他们去哪里?他们经过了一座海港的入口,约翰看到渔船的桅杆挤在一起。不,他们不是要进那儿。六孔小笛的笛声已经停了。约翰低头看了一眼脚下,只见一只鼻子压在舷窗的玻璃上。是提提。他低头看了看桅杆另一边的舷窗,又看到另一只压在玻璃上的鼻子。难怪笛声突然停止了!好吧,现在不需要笛声了。

小妖精号正沿着一座石墩的灰色陡壁一路飞驰。一个穿着肥大的蓝色裤子的荷兰男孩在防波堤顶上大叫着向他们挥手。领航员庄严地举起他的大手,然后又放下。接着,他们经过防波堤尽头的一座灯塔。领航员正在收主帆索,是要调换帆舷。约翰想去帮忙,但事情结束得太快了。领航员把前帆拉过来,约翰在舱顶扭动身体给他让道。一片广阔的平静水面豁然出现在他们面前。妖精号行进得很平稳。在防波堤左后方不远

处，有一座船闸，附近还停着两三艘蒸汽渡船。高高的防波堤挡住了风，因此这里有一种异样的宁静，但只安静了片刻。一台起重机把一只板条箱吊进一艘客轮的货舱时，锚链突然哐当哐当地响起来，打破了这短暂的宁静。这是一艘巨大的双烟囱邮轮，它停在一座浮桥旁边，在装运最后一箱货。领航员掏出怀表看了看，然后指了指邮轮。

"那艘船要开往哈里奇……就是你们来的那个地方。"他自豪地对约翰喊道，"它是一艘荷兰邮轮。"

约翰仰望着那艘大邮轮陡峭的黑色船舷，看了看刷有红、白、蓝荷兰三色旗的烟囱，他看见在高高的舰桥上，一名指挥官停下脚步看着下面。桥下是救生艇甲板的栏杆，在那排栏杆下面还有一排栏杆，乘客靠在上面，乘务员匆匆忙忙地走过。是的，领航员说得对。邮轮即将起航。码头上有一群人挥舞着手帕，向他们的朋友欢呼。那台起重机开走了。钟响了。岸上有人在吹小号。哨声响起。先前绷得紧紧的巨大绞船索松垮垮地从邮轮船头垂落下来。船正在解缆。一个疯狂的念头突然浮现在约翰的脑海里。要是能让他们其中的一个人上船就好了，提提或者罗杰，这样就能先赶回家解释事情的原委。但他转念一想，他们所有人的钱加起来也只有几先令，根本就办不成这件事。而且反正已经太迟了，还得付领航员的钱和电报费。

他们经过那艘大邮轮，悄悄地驶进港口，这时约翰注意到船上的一名指挥官和一名乘客走到上层甲板上，靠在栏杆上交谈着。那位乘客穿着浅灰色的衣服，看上去一点也不像从事航海工作的人，但他的脸晒成了深棕色。他拂去那顶软呢帽，用手指向上拨弄头发，不知怎地，约翰

觉得这个动作有些熟悉。在妖精号上方很远的地方，那位乘客正低头打量这艘小帆船，他目不转睛地看着。突然，他似乎僵住了。熟悉的嗓音随着一阵大风掠过海面传了过来：

"嘿！约翰！"

"爸爸！"约翰惊呼道，"嘿！嘿！"

无论是在妖精号前甲板上的约翰，还是在邮轮上的爸爸，都没再听见对方的话。一股蒸汽从旁边的一根烟囱里喷了出来，那艘大汽船的汽笛发出一声可怕的尖叫，这声音令人心悸，似乎永无止境。

约翰几乎不知道自己在做什么，他赶紧跑回驾驶舱。邮轮开始移动起来，已经看不见爸爸了。那个在下甲板上的乘务员、行李和乘客之间穿行的人是他吗？他又不见了。

"嗓门挺大的啊！"领航员快活地说，"他是水手吗？你认识他吗？"

"是的。"约翰说。什么都做不了了。唉，要是妖精号早十分钟赶到就好了。

"快船一艘，"领航员说，"他们很快就能到英国。天气也很好。怎么了？"然后他自己咯咯地笑了起来，招手叫约翰过来，弯下腰对约翰说话，还用一只大手半掩着嘴。

"我明白了，"他得意地低声说道，"你的船长很高兴。这么小的船，那么大的暴风雨，平安无事……祝贺！"然后他做出打开酒瓶往喉咙里倒酒的样子……"但让小服务员和领航员单独驾船进港，这就不对了。我们会让他瞧瞧，对吧？先生，等他发现我们把船泊好了，他会怎么说？到时候，我会和他说句话。但是现在，先生，我们什么都别说。我们把

"嘿！嘿！"

船开进港。锚？不需要锚。我们把船拴在浮标上。你去前甲板把缆绳准备好。我给你打这个手势的时候，你就把帆从桅杆上拉下来……"他用那只空着的手重重地做了个向下的动作。

"遵命，长官。"约翰绝望地说，竭力回想吉姆教他收起三角帆的方法，同时回头望了一眼那艘从弗利辛恩开往哈里奇的邮轮，它那高高耸立的船尾已经驶离了码头。涨潮将妖精号托起，此刻它已经远远地超过邮轮的泊船位了。

"不管怎样，小伙子，到前甲板去瞭望……我不会大喊大叫的……不，不，我什么都不说。你也什么都别说。还有你的船长，他会……"领航员闭上双眼，"啊，不！"他说，"他醒着……却不上甲板。他在吹奏国歌，是不是这样，先生？《天佑吾王！》！"

果真，六孔小笛又开始响了，这一次，吹奏者信心十足，不需要再靠在什么东西上面了，连用胳膊肘撑住都不需要了，这首曲子也不需要反复尝试就能吹好了。

"到前甲板去，小伙子。我们给他一个惊喜。"

约翰对那人有时叫他"小伙子"，有时又叫他"先生"颇为困惑，尽管他能猜到领航员说"先生"或多或少是在开玩笑。他一边走向前，一边悲伤地想着正在去英国的路上的爸爸。只有妈妈和布里奇特会在哈里奇跟爸爸会合，因为他们所有的计划都出了岔子。再过几分钟，他们就得让领航员知道真相了。

他之前试着停船时用的那根短绳还在前甲板上，盘在绞盘上。他把它解开，把一端系紧，然后把系在锚上的另一端绳子解下来。妖精号正

朝着港口滑去。他们现在正经过一些停泊着的驳船，约翰看不到系泊浮标。然而，在前面不远的地方，他看见了一只黑色的大浮标，上面有一只铁圈。他回头看了看领航员，领航员点点头，然后那只大手敏捷地朝下一挥。约翰奋力解开支索帆的升降索，他先前生怕它脱落，所以把它绑得紧紧的，而现在，当他急着要把它解开的时候，就不得不费一番周折解开这个简单易解的硬绳结了。最终还是解开来了，支索帆垂了下来。是的，领航员在示意收帆，他已经解开了帆脚索，三角帆像一面旗帜一样懒散地拍打着。约翰冒着会被摆动的止滑块砸到的危险弯下腰，抓住卷帆索。吉姆之前是怎么做的？只需要简单地拉一下吗？约翰用尽全力往下拉，帆卷了起来，止滑块不再摆动了。快，快，妖精号已经在朝那只浮标过去了。约翰又朝船尾瞥了一眼，领航员站在驾驶舱里，食指和大拇指圈成一个环，把主帆索的一端穿了进去。约翰明白了。浮标越来越近了，他从甲板上够不到它，就顺着首柱上端往下滑，滑到船首斜桅下方，双脚搭在锚索上，一只手抓住船头斜桅支索，另一只手握住缆绳的一端，等待最佳时机。越来越近。妖精号正降低航速。船会抵达浮标吗？再靠近三十厘米就可以了。再近两三厘米。好，够了。约翰伸出手，把缆绳头穿过浮标上的铁环，再抓住绳头，把穿过铁环的松弛绳索拉紧，片刻之后，他吃力地爬回到甲板上，然后绑紧绳索。

"好了。"领航员开口了，然后向约翰眨了眨眼睛，"现在出来吧，船长！"他扯开嗓门喊道，同时用一只大手用力地拍打船舱的滑动舱盖。

第十七节《天佑吾王！》的曲调突然停了下来。

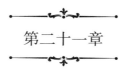

第二十一章

惊喜连连

从苏珊关上舱门、拉上滑动舱盖的那一刻起，甲板下面的人就听不到驾驶舱里发生的一切了。通过舷窗，他们隐约看见小划艇在波涛中起伏，小船靠近妖精号时，他们觉得有些颠簸。他们听到了领航员把一捆东西砰的一声用力地扔到驾驶舱的地板上，但并没有听到领航员兴高采烈地说"要我带你去弗利辛恩吗"，他们不知道约翰是怎么设法跟他交谈的。他们想看看领航员怎么安排他的小船，但妖精号已经调转船头开走了，小船落在船尾，他们什么都看不见了。他们只知道领航员在船上，否则约翰会打开舱盖，告诉他们可以出来了。

"一定没什么事。"苏珊屏息了几分钟后说，"我们又上路了。"

"去哪儿？"罗杰说。

"约翰一定知道。"苏珊说，"不管怎么说，他搞定了领航员。"

"我们要是知道就好了。"罗杰说。

"我们要弄点自然的噪声出来吧？"提提说。

"对不起。"罗杰说着挪动身体窝进下铺的一个角落里，吹起六孔小笛。

"他们会听到吗？"苏珊怀疑地说，"我们都听不见他们的声音。"

"声音挺大的，"提提说，"我觉得他们应该能听见。辛巴德都不喵喵叫了，它一点也不喜欢你吹的曲子。"

"猫不懂音乐。"罗杰停下来喘口气说道。

通过舷窗，他们隐约看见小划艇在波涛中起伏

"辛巴德可能懂。"提提说,"你已经两次弄错调子了,不过不要紧,重要的是有吵闹声,他们会听到。罗盘边的舷窗打开了。"

"可是我们听不见他们说话。"苏珊说。

"他们是不想让我们听见,"提提说,"但我们最好还是让他们轻松就能听到。我们用力跺脚吧。没事的,辛巴德,不要害怕。哎,苏珊,你来跺脚好吗?我怕我跺脚的话辛巴德会受不了。"

"我们最好一起跺。"苏珊说,"让它在地板上待一会儿吧。"

三双脚努力地跺了很长时间,偶尔还敲打一下空饼干罐,而罗杰在不停地吹小笛,有一次还得到了听众们的充分赞赏。

从舷窗望出去,陆地越来越近了,不再只是海边一条波浪状的黄线,而是真正的陆地、房屋、塔尖、海滩和风车。妖精号的航行也越来越轻松了。罗杰和提提跪在铺位上向外看,但这样就很难跺踏地板,更不用说吹小笛了。

"是荷兰!"罗杰一看到风车就说。

"继续吹!"苏珊说着也望向窗外正在靠近的陆地。但是,她突然想到一件可怕的事情。她赶紧爬上自己的铺位,把手伸进枕头下的背包里掏出钱包。

"我们得付钱给领航员,"她说,"他不会无偿给人领航的。即使他不抓住我们勒索救援金,我们也得付钱给他,但可能钱不够;即使够,剩下的钱可能也不够发电报了。"

"要给领航员多少钱?"罗杰问。

"我不知道。"苏珊说,"不过从荷兰发电报到英国可能要花几英镑。

提提，你有多少钱?"

"我有两先令七便士。"罗杰说道，他刚吹到一小节的中间就打住了。

"噢，太好了!"提提说。

"不过在家里。"罗杰说。他的姐姐们一听，不耐烦地转身走开了。

提提和苏珊掏空了自己的钱包，苏珊差不多有五先令，提提有一先令六便士、四枚一便士的硬币、一枚半便士的铜币，还有一张半克朗的邮政汇票，这是她的教母寄给她买新画册的。"要是出发之前我兑换过来就好了。"她说。

"约翰可能还有一些。"苏珊说。

"我不这么认为，"罗杰说，"总之肯定不太多，他上次买新刀的时候都得提前预支下个月的零用钱呢。"

"继续吹，"苏珊说，"我们得让领航员等一等。要先发电报，让妈妈给我们寄些钱付给领航员。必须请求他等一等。"

"一旦进了港口，他也不可能再带我们出海了。"提提说。

"但我们到底要怎么解释呢?"苏珊说着又数了一遍钱。

"有人在游泳!"提提叫道。

"看码头上的旗帜!"罗杰说。

"别停下来!"苏珊说，"要是我们会吹的话就不指望你了，可我们不会。"

"噢，好吧。"罗杰说道，他以极快的速度吹完《沿着斯旺尼河畔顺流而下》，合唱部分吹到一半，其他人就实在听不下去了，都跑到船舱的另一侧去看一只巨大的浮标。

"我们进港了。"提提说。

"我们不再在海上了。"苏珊说,"要是我们知道该对领航员说什么就好了。"

左舷方向出现了灰色的石墙和城垛,城墙上方有带大炮的堡垒,还有尖顶的房屋。妇女们戴着大宽檐白色太阳帽,男人们身穿宽松蓝色裤子,还有骑自行车的孩子——荷兰的孩子。然后,就在他们鼻子旁边,约翰走了过去,他正在去前甲板的路上。

"我们现在一定是要靠岸了。"苏珊说。

"我们是不是该出去帮忙?"罗杰说。

"等他叫我们再出去。"提提说,"喂,苏珊,等我们上甲板时最好把钱准备好给领航员看。"

"他会认为那都是给他的。"苏珊说,"我们必须发电报。"

"我们在港口!"罗杰叫道,"天哪!好大一艘船!"

妖精号已经绕过了防波堤的尽头,正从那艘大邮轮陡峭的黑色船舷旁边驶过。

"有两根烟囱!"罗杰说。

巨大的汽笛声在他们头顶上空响起,即使在紧闭的船舱里,他们的耳鼓也在颤动。

"一定是要开船了。"提提说。

"我们能及时让开吗?"罗杰问。

然后,他们突然听到约翰特别激动地叫了起来。

他是在喊他们吗?不,他不会的。汽笛又响了起来,约翰的脚啪嗒

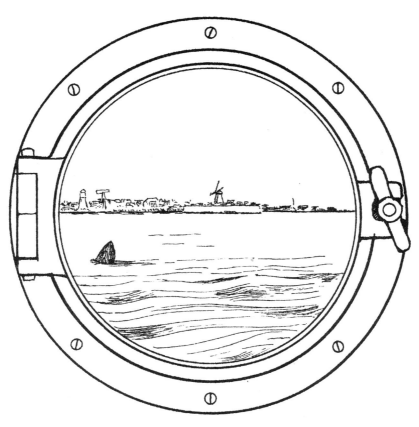

舷窗外的景致

啪嗒地走过舱顶，他一定是在和领航员说话。然后，他们又看见他的脚经过舷窗往外走。发生了什么？他们从桅杆两边的舷窗望出去，只见红色的支索帆垂了下来，约翰把它捆起来放在一边。三角帆也卷了起来，约翰越过船头跑下去，不见了踪影，这使苏珊大为惊恐，接着又看见他拽着一根缆绳急忙往回爬，他把缆绳绑紧了。妖精号不再动了，他们看到那艘双烟囱的大邮轮已经离开码头，正冒着蒸汽慢慢地驶向大海，相比之下，拖船和渡船显得矮矮小小的，就连这座大港口也显得局促狭小了。

接着，从舱梯上方的滑动舱盖处传来一阵拍打声，还有一声大吼：

"船长，出来吧！"

舱盖打开了，舱门大开，他们看到荷兰领航员正朝里看着他们，身后是约翰那满是焦虑的脸。

"您好！"苏珊说道，她在慌乱不安中竟然根本没想到要试着说法语。

"您好！"提提说。

"我们现在可以出来了吗？"罗杰看着约翰问道。

接着他们走了出来：首先是苏珊，然后是提提和辛巴德，最后是罗杰。他犹豫了一会儿，把六孔小笛藏在他铺位上的架子里。

"苏珊！"约翰说，"爸爸在那艘船上，他看见了我们，还大声叫了，不过太迟了。"

"爸爸！噢，天哪，怎么可能！"

他们悲伤地盯着那艘大汽船，眼睁睁地看着它缓缓地绕过防波堤，驶向北海和他们的家。这是迄今为止发生的最糟糕的事情，近在咫尺，

却反倒不如远在一两百千米之外。邮轮最后一次鸣响汽笛，这就像在嘲弄他们。邮轮开走了，爸爸也跟着走了。他们看见船桅划过，船越走越快，超过了最远处的防波堤。

领航员低头朝他们身后的小船舱里望过去。

"这么多孩子。"他说，"但是船长在哪儿？"

约翰看着苏珊，什么也没说，他不知道该说什么，还是苏珊拿定了主意。"我们最好把一切都告诉他。"她说，然后转向领航员开口道："没有船长，不过至少约翰算是实际上的船长，您看我们不是有意到这里来的，现在我们要发一封电报，您能告诉我们怎么发电报、要花多少钱吗？因为我不确定我们的钱够不够，不过等我们发完电报一定就有钱了，妈妈会从家里给我们寄一些来的。"

约翰感激地看着苏珊，她说得很对，换作是他还说不了这么好，但他得问问他们应该付给领航员多少钱。

领航员惊掉了下巴，他目不转睛地盯着苏珊，然后俯下身子探进舱梯，把两间舱房都看了个遍。

"没有船长，"他说，"竟然没有船长！只有四个孩子……还有那只小猫……"他看着那只在提提怀里向他眨着眼的小猫。

提提说："我们在路上救了辛巴德。"

"只有四个孩子……你们还穿过了北海……四个孩子……昨晚还狂风大作……是我的话，不会开这么小的船，一个人穿越北海的……我还以为船长在船舱里开心玩闹呢……但是所谓的船长竟然一直都是你，先生！"他突然抓住约翰的胳膊，一把抱住他，好像是要再好好地看看他，

吓了约翰一跳，"你耍了我这个老领航员，我还以为船长在下面……可能还喝着酒……你这个小男孩……全荷兰还没有一个男孩驾驶小船横渡北海。"

他们都盯着领航员的脸，他看起来对于约翰骗了他这件事还挺高兴，压根没提救援金的事情，不过，苏珊手里握着她和提提的钱，她知道那是多么的少，如果领航员也知道了会怎么说呢？他们谁都没有注意到摩托艇的突突声，一艘摩托艇正从港口下游朝他们开过来。他们一门心思都在想领航员会说什么。由于爸爸已经在去哈里奇的路上了，现在最重要的是立刻给妈妈发一封电报。

"嘿！"

他们全都吓了一大跳，仿佛什么东西撞上了妖精号。

"嘿！"

那艘小摩托艇正转着圈，想靠到船边来。里面坐着的人正抓着他那顶灰色的毡帽，是……

"爸爸！"他们四个人一起喊道。

不一会儿，他就上船了。摩托艇上的荷兰人递给约翰一根系船索，摩托艇开到船尾时，约翰把系船索紧紧地绑在妖精号上。

"嗨！"爸爸问，"这是怎么回事？这是谁的船？我压根没想到会有人捎你们漂洋过海来见我。"

"我们本不想出海的。"苏珊说。

"是在大雾中迷了路。"约翰说。

"我们实在是没办法。"苏珊看着爸爸说，他那褐色的脸庞饱经风霜，

300

眼角也有皱纹，有些是笑出来的，有些是时常在海上风吹日晒出来的，她知道不管发生过什么，现在一切都好了，这太让人宽慰了。她感到自己的嘴唇不由自主地颤抖了起来，眼睛里有种火辣辣的感觉，最糟糕的是，脸颊湿了，她哽咽着抽泣了一声，冲进船舱。

"别跑啊！"爸爸说，但苏珊已经不见了，她正把脸埋在枕头里。

"别怪她，"约翰说，"有一段时间她晕船晕得很厉害。"

"他们从北海那边过来，"领航员说，"全靠他们自己。我本来绝不会相信这种事，但我自己亲眼所见，他们向我挂起了领航旗，我就来了，当时这个小船长一个人在掌舵。"

爸爸飞快地打量了一下周围，看了看索具，然后又看向约翰、提提和罗杰，他没有表现出任何惊讶的样子，只说了一句："以后你们得将事情的经过全都告诉我。幸好我及时看见你，在防波堤外跳下船折返，哪怕只晚一分钟我都不可能做到。你们现在打算怎么办？"

"您身上带的钱多吗？"罗杰问，"我们没什么钱，苏珊想发电报给妈妈，而且我们还没有付钱给领航员。"

爸爸转向领航员说："当然有。那么，领航员，您把这艘小'邮轮'领进港的费用是多少？"

苏珊为自己落荒而逃感到羞愧，她擦了擦眼泪，踏着舱梯爬上来，把手里的一把零钱给了爸爸。

但是领航员用一只大手重重地拍了拍膝盖。

"不用！"他喊道，"不用！您的孩子们很了不起，先生……我要恭喜您的妻子……不……不……我跟您说，我一个荷兰盾都不要……不……

我什么都不要……"

"不管怎样，那就请您喝一杯吧！"爸爸说道，然后停顿了一下看看苏珊，"船上有酒吗？"

"有药用朗姆酒。"提提说，"辛巴德只用了一点点。"

"我去拿。"苏珊说着又进到船舱里，拿着两只杯子和那只标有"仅供药用"的扁瓶子上来了。爸爸看看瓶子，念了两遍标签，然后拔下软木塞，在瓶口闻了闻，倒了出来。

领航员和爸爸对视了一下，碰了碰杯子，喝了下去。然后领航员转向约翰。

"船长先生，祝你健康！我很荣幸能引导你的船进入弗利辛恩，我会记一辈子。真心祝你健康，船长先生。"

约翰被太阳晒黑的脸涨得通红，他语无伦次，看到爸爸的笑眼说道："非常感谢您！"

随后爸爸和领航员讨论起潮汐，然后又转向约翰说："你们用的是什么航海图？"

"只有英国的，"约翰说，"从哈里奇到南安普顿的。"

爸爸眨了眨眼，只说了一句，是对领航员说的："我想我可以在港口买一张北海海图。"然后他转向其他人问道："你们上一次吃东西是什么时候？"

"我们喝了热可可，吃了牛舌，"罗杰说，"很久之前。"

"那我们必须马上给妈妈发一封电报。"爸爸说，"我想我们最好上岸去。"

领航员用荷兰语对摩托艇上的人讲了几句话，接着转过身来，先看了看爸爸，然后极其庄重、饱含敬意地对约翰说道："船长，你最好把船从船闸开到内港去，然后就可以靠岸泊船了。如果你现在从浮标上解开缆绳，这个人会拖你们过去。最好把主帆放下来，怎么样？"

"要我帮你吗，船长？"爸爸说，不一会儿主帆就放了下来，爸爸和约翰正把升降索绕在主帆上面，妖精号由领航员掌舵，被摩托艇拖向内港。

"简直不敢相信真的是爸爸呢！"提提说。

"当然是他！"罗杰说。

"我知道，"提提说，"但我还是不敢相信。"

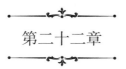

第二十二章

异域海港

　　领航员掌舵，不时地对着小摩托艇上的人喊上一句话，那个人正把妖精号拖到船闸那儿去。苏珊、提提和罗杰静静地看着爸爸帮约翰收拾主帆，他们已经很久没有见过他了，但他一点都没变，看上去还是老样子，确实也还是老样子：随遇而安，处变不惊。他们穿过北海，在荷兰的一个港口与他相会，好像经过精心安排似的。当他从一艘荷兰邮轮的上层甲板俯瞰一艘驶入海港的小帆船、看到自己的儿子站在帆船的前甲板上时，从他的表情来看，谁都猜不到他是否感到过一丝惊讶。他表现得若无其事，提提看着他，不禁静静地莞尔一笑，跟妈妈有时在谈到爸爸的陈年旧事时忍不住微笑一样。爸爸当然与众不同。虽然弗林特船长在这方面也是可以仰仗的人，但即使是弗林特船长，如果在最意想不到的地方遇到了他们所有人，一定会一个个叫他们的名字：约翰船长、苏珊大副、一等水手提提，会立马关心一下鹦鹉和吉伯尔，还会问实习水手罗杰是不是饿了，然后他会急于知道发生的所有事情、又是怎么发生的，等等。但是，当着领航员的面，爸爸什么都没问。他上了船之后并没有急着询问他们的情况，仿佛只离开了几分钟，而不是在中国海海域航行了很久很久。看着爸爸拖着一捆船帆，一言不发地等在船尾，提提简直不敢相信他曾经离开过，而约翰也同样一言不发，默默地给已经卷起来的那部分帆系上绳索。他们俩都沉默不语，但提提从他们隔着船帆看对方的样子就知道，久别重逢，他们别提有多么高兴。

虽然还没回到风磨坊，但苏珊比她想象的还要高兴，不过她一心只想着要给妈妈发电报，其他的什么都想不起来了。要是爸爸问过上百个问题、立刻就知道了事情的来龙去脉，并且像她一样急不可耐地想要去电报局，她会更高兴的。

巨大的船闸敞开着，妖精号从外港转了进去，慢慢地滑到陡峭的灰墙下，上面长满涨潮留下的青苔。许多戴着扁平制服帽的荷兰人笑着从上面俯视着他们。爸爸在前甲板上把约翰用来系在浮标上的绳子卷了起来，然后扔了上去，一位船闸管理员接住了它。

"护舷垫呢，船长？"爸爸问，"我拿了一块挡在船头了，但还需要在船身放一块。"

约翰笑着看了爸爸一眼，喊道："苏珊大副，还需要一块护舷垫。"

领航员在船尾的绳索储物柜里翻找了一会儿，找到一根最好的缆绳，把缆绳抛向另一个船闸管理员。妖精号轻轻地开过来靠在船闸的墙上。护舷垫挡住了船身，保住了船漆。小拖船就在妖精号的前面，船尾的闸门已经关上了。

"看！水母！"罗杰叫道，"还有螃蟹。"

提提、苏珊，就连满脑子都在想问题的约翰也低头看向妖精号和船闸墙之间。他们看到一群小水母，薄而透明的触须划着圆圈，伸出来又缩回去，一抽一抽地缓慢移动，而大小不一的螃蟹从水下往上横着爬，腿轻快地动弹个不停，快要爬到水面时又掉进水里，消失不见了。

船闸里的水开始上涨、打转，妖精号也随之上升，摇摇摆摆的，约翰、爸爸和领航员忙着把船从墙边推开，以免刮擦到。

妖精号轻轻地开过来靠在船闸的墙上，小拖船就在妖精号的前面

　　与此同时，领航员正在用荷兰语和船闸管理员说话，由于妖精号上升，管理员正在收缆绳，他们呼唤着船闸顶上的其他人，不一会儿，就有一群人低头望着这艘穿过北海来到这里的小船，好奇地看着船上这队奇怪的船员。然后，一个穿蓝色制服的人从其他人中间挤了过去，敬了个礼，说要见船长，还要船的文件。爸爸看着约翰。

　　"我知道他把文件放在哪里了。"约翰说着急忙跑到船尾，跑下船舱，拿着一只写着"船舶文书"的长信封回来，交给港务局长。

　　局长拿出文件看了看，然后疑惑地看了看约翰，又看了看爸爸。

　　"你们谁是布莱丁先生？"他说。

　　"他会把你当海盗的。"爸爸小声说道。但约翰不必再说什么，甚至不必开口解释吉姆·布莱丁为何不在船上，领航员就滔滔不绝地跟港务局长交谈起来。港务局长一直在听他说，不时地四处看看船上的一切，看看约翰，又看看爸爸。会有什么可怕的麻烦吗？港务局长在问问题，爸爸在装烟斗，好像别的什么都不重要似的。突然，港务局长伸手把文件和信封还给了约翰。

　　"吨位？"他问道。

　　"4.86。"约翰说，此时他已经记住了刻在船舱主梁上的数字。

　　"名字？"

　　"妖精号。"

　　"从哪儿来？"

　　"哈里奇。"

　　"可以了，船长，"港务局长说完又敬了个礼，"欢迎来到弗利辛

恩!"接着,他递来一张浅黄色的纸片说:"领航员说你们今天或者明天就走……"

约翰看了一眼爸爸。

"您知道天气情况吗?"爸爸满面笑容地抬头看着港务局长。

"风正转向东北……海面平静。"

"我们最好抓住这个机会,船长你说呢?"爸爸问。

"我们今天就走吧。"约翰说。

"马上,"苏珊说着又补充道,"我们必须先发电报。"

"不用交过闸费,"港务局长说,"你们想离开的时候,船闸会打开的,无论白天还是夜晚,领航船带你们去找一个好泊位……"

"我会引导船长的。"领航员说。

水位停止上涨,船闸另一端的门打开了。摩托艇突然嗡嗡作响,急着要出发。

"放行!"

绞船索滚下来,约翰卷起来了一根,罗杰在驾驶舱里尽力卷起另一根。摩托艇慢慢地向前驶去,牵引绳开始绷紧。他们又出发了,驶出船闸,驶进内港。孩子们坐在内港两岸的石阶上钓鱼。还有一艘悬挂着荷兰国旗的长长的灰色战舰。在拖船的牵引下,一艘长长的黑色驳船正慢慢地向船闸驶来,船尾有间高高的甲板室,里面摆着一盆盆猩红色的天竺葵,俨然一座小花园。摩托艇把他们带向内港,沿着港口的一边有一条街道,道路两旁有树木和青草,一排顶部白色的木桩耸立在水面上,沿着这些木桩有一道舷梯,旁边泊着一长排各式各样的船,有的是帆船,

有的是圆圆的荷兰商船，船儿干净整洁，油漆锃亮，船尾的甲板室窗户闪闪发光。在这一长排船只的尽头是一艘黑色的汽船，跟他们早上发信号过去的领航船一模一样，只是船身上的编号不同。领航船前面还有空位，对一艘荷兰商船来说不够大，但对妖精号来说已经绰绰有余了。不一会儿，摩托艇转了半圈，把妖精号转了过来，停靠到系船柱旁，系船柱前面挂着黑色的大车胎用作护舷垫，仿佛它们一直等待着妖精号的到来。爸爸和约翰把船紧紧地绑在系船柱上。爸爸给了开摩托艇一路护送他们过来的那个人一些钱，摩托艇又飞快地驶回船闸。

领航员和他们一一握手，苏珊、提提、罗杰、约翰、爸爸，最后又和约翰握了握手。

"船长，不需要买航海图，"他说，"我给你带一张北海的海图来。没必要再花钱。"

"噢，这太不好意思了。"约翰说。

"我家里有的是。"领航员说，"我的外甥也是船长，我们送你一张让它带你回家。再见，船长，回头见。"他拿起那捆油布雨衣，跳到沿着系船柱一字排开的跳板上，敬了个礼。爸爸跟他一起跳了过去，问了他一个问题。

"退一半的潮，你们就没事了。"他们听见领航员说。说完他就走了，越过一块较小的跳板，离开系船柱走向绿草地和街道，一两分钟后就看不见了。

罗杰跳下船，重重地踩在舷梯上，发现自己的双脚并没有想象中站得那么稳，他睁大了眼睛，匆匆忙忙又回到船上。

妖精号停泊在内港

"我去过荷兰了！"他不确定地说。

"爸爸，发电报怎么办？"苏珊问。

"我们必须想好要说什么。"爸爸说，"你能带头下船吗？"

"吉姆·布莱丁？没听说过他。"

他们发现很难向爸爸解释清楚妈妈对情况了解多少，以及为什么他们在爸爸准备乘邮轮去哈里奇的时候正好来到弗利辛恩。

爸爸和约翰、苏珊坐在左舷的铺位上，苏珊紧紧地抓住他的一只胳膊，约翰却不时地站起来，每当有很多话要说、急着要和盘托出的时候，他总是如坐针毡。罗杰、提提和辛巴德坐在右舷的铺位上，至少提提和辛巴德是这样，但罗杰不停地从舷窗往外看，想看看港口里的船只，看看划着独木舟的荷兰小男孩。他很少坐得住，尽管他在听别人说话，有时也插句话。

他们解释了吉姆·布莱丁的事。

"然后发生了什么？他上岸了，你们在大雾中不知不觉地漂走了。嗯，雾散之后……他会发现他的船不见了，船员也不见了……他可能去风磨坊看看有没有人见过你们……"

"妈妈……"苏珊颤抖着说。

"她会心急如焚的。"罗杰说。

"吉姆也是。"约翰说。

"他会的，可怜的家伙。"爸爸说，"唯一的希望就是他太焦急了，还没能告诉你们的妈妈。他会先去港务局长那儿打听他那艘船的消息……"

接着，爸爸似乎突然想到了什么，"真是奇怪啊，他为什么没在大雾中试着追上你们呢？"他说，"他是水手吗？"

"是个非常棒的水手，"约翰说，"他单枪匹马驾着妖精号从多佛开回哈里奇。"

"嗯，可能出了什么事，把他留在了岸上。"他们面面相觑。

"我不知道出了什么事。"约翰说，"他只是到码头去买汽油。"

"他去了很久才起雾。"提提说。

"明白了。"爸爸说着拿出他的笔记本为要发的电报做笔记。

"得让你们的妈妈知道一切都好。"他说着划掉几个字，又重新写了几个，"还有吉姆，万一他去了风磨坊呢？但我们不必跟她说北海的事让她担心，也许吉姆没去风磨坊。而且，我们不希望我们在回去的路上，吉姆却乘夜船赶过来。根据港务局长告诉我的天气情况，我们今天下午就该出发了……你们受得了再次熬夜行船吗？"

"当然可以。"约翰说。

"昨晚睡得好吗？"

"我们睡了一会儿，"苏珊说，"但约翰没怎么睡。"

"你不也是没睡多久？"约翰说，"但我们没事。"

"提提和我睡了很久。"罗杰说。

"还有一件事，"爸爸说，"你们的电报不能从荷兰发过去，否则妈妈会急得不得了的。"

"但是我们必须发一封。"苏珊说。

"我们是要发，"爸爸说，"不过要从离家更近的地方发。这样写怎么

314

样?"他念出自己用工整的大写字母写的字，约翰和苏珊也跟着他念道："英格兰肖特利科特利船长请将以下未签名电报发送至风磨坊艾尔玛农庄转沃克……这是正确的地址吗？她住在鲍威尔小姐家，是不是？妖精号船员无恙，勿念，明日返，勿复，泰德·沃克。科特利是我的老朋友，他会办妥。你们的妈妈可能会对你们大发雷霆，但我对此无能为力。与其让她担心，不如让她生气。还有什么建议吗？呃，提提？"

"把辛巴德也写进去，这样她就会真的觉得没出差错。"

"好主意。"爸爸笑了笑，修改了电报。

"现在，她将收到的电报会是这样写的：'风磨坊艾尔玛农庄转沃克，妖精号及船员加小猫无恙，勿念，明日返'……这样就给了我们更多的时间，我们不想让她一大早就期待我们归来。"

"您自己不给她发封电报吗？"提提说。

"很幸运，我还没发。"爸爸说，"我昨天从柏林发了一封，本打算在船上再发无线电报。"他又写了一封电报："'英格兰伊普斯维奇风磨坊鲍威尔小姐转沃克，一切顺利。泰德'……她会得知我已经抵达弗利辛恩，如果她问起，就会知道我错过了今天的船。当然，这些都是编的，但这是我能想到的脱离困境的最好办法了。"

"我们马上去发电报吧。"苏珊说。

"都是编的。"这是一件非常不寻常的事情。虽然爸爸压根没有这样说过，但他们都知道，出于某种原因，爸爸对他们很满意，并没有对他们生气。他看约翰的眼神意味深长。

"走吧。"爸爸说着抬头看了一眼妖精号的钟，"过些时候，你们可以

再跟我讲讲没讲完的故事。"

"辛巴德怎么办？"提提说，"我最好和它待在一起。"

"你不想去看一看荷兰吗？"爸爸问。

她很想，但她不能把辛巴德单独留下，结果漫步到岸上走丢了，或者从船上掉下去在港口溺水，它不久前才差点在海里淹死。

"我不介意留下来。"她说。爸爸拉开了前舱提提床铺下的一只抽屉。"给你。"他说，"我们把里面的东西清空放在铺位上，在我们回来之前，用毛巾给它铺一张床……而且我们不会把抽屉关得很紧。假如它马上又要出海的话，躺在里面睡一会儿也无妨。"

"它已经睡着了。"提提说。

"会醒的。"爸爸说，"吉姆·布莱丁的船上有牛奶罐吗？把它带着。如果这只小猫够机灵的话，它会喜欢纯正的牛奶，而不是浓缩牛奶。"

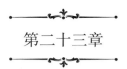

第二十三章

荷兰午后

　　他们四个人跨过系船柱那头的跳板上岸时，差点掉进水里。黑色柏油木板像一条带子似的晃荡着：没等他们抬起脚木板就荡了上来，正当他们要踏上去的时候木板又荡了下去。约翰跟跟跄跄地走着，目不转睛地盯着海岸，然后小心翼翼地沿着跳板走，仿佛在一根特别捉摸不定的绳索上走钢丝似的。苏珊跟在他后面，身体摇晃个不停。提提突然停下，一动不动，然后继续慢慢地挪动脚步，一次挪动一只脚，每次挪动十几厘米。"我要是有四只脚就好了。"罗杰说着想起吉伯尔的方法（它此刻正跟动物园里别的猴子神侃航海故事呢），他双手抓住跳板的边缘，手脚并用，安然无恙地爬上了岸。

　　"加油，"爸爸说，"你们很快就会再次适应在陆地行走的。"

　　"快点，"苏珊说，"我们得赶紧把这些电报发出去，一分钟都不能耽搁。"

　　在马路的另一边，就在妖精号的停泊地对面，有一家小商店，门口挂着许多木屐。罗杰现在站直了身子，不再模仿猴子走路了。爸爸已经大步流星地走在路上了。

　　"您知道去邮局的路吗？"提提问。

　　"除非他们早餐以后就把它搬走了。"沃克中校说，"火车进站后，我散了一会儿步，活动活动腿脚，一连坐了十二天火车，几乎没动过……"

　　"十二天？"提提问。

"晚上也是?"罗杰接过话茬。

"事实上，我白天大部分时间都在睡觉，晚上也是，"爸爸说，"所以我倒很乐意换换花样，在海上值个夜班……现在，约翰，告诉我你为什么来弗利辛恩?"

"我本来真没打算去任何地方。"约翰说。

"你确定过航线吗?"

"大概是东南方向。"约翰说，"我们试着朝一个方向走，但无计可施，偏航了很多次。"

"你为什么选择那么走?"

"这样走看起来是大雾天驶离浅滩的正道。"约翰说，"您看，我们有一张哈里奇的航海图。靠近那艘科克号灯塔船时，航海图上除了那条路以外，几乎到处都是浅滩。"

"你有点碰运气，"爸爸说，"但这个主意不错。"

"我想不出别的办法。"约翰说，"瞧，妖精号不是我们的船，在大雾中什么也看不见，而且我不想搁浅。"

"说得很对，不过你妈妈也许不会这么想。来吧，转过这个街角。可是，你们为什么在出海港远离浅滩之后还保持相同的航线呢?"

"我们原本打算在大雾散去的时候调头回去，我想如果保持相同的航线，倒着走就能回到出发的地方。"

"风不遂人愿吗?"

"不仅如此，"苏珊说，"还有我的错。我晕船了，调头的时候晕得尤其厉害……"

"顶头浪，"爸爸说，"蛮可怕的，那时候应该要天黑了……"

"风刮得更厉害了，"约翰说，"我当时觉得我们应该收帆。"

"很好……应付得过来吗？"

"我有一根救生索。"约翰说。

"他差点掉下船。"苏珊说起这件事时脸色都发白了。

"不过，他没掉下去。"爸爸说，"继续。"

"我们整晚都是这样，苏珊掌了很长时间的舵。第二天早上，在黑夜退去之前，我们看到天空中有一道亮光，就在正前方。天亮的时候我们看到了灯塔。"

"约翰爬上了桅杆。"

"然后呢？"

"我们看到了领航船，就给领航员发信号。我们差不多能肯定那么做是对的。"

"确实。这边走……"

"我们一直往前直走，不是很幸运吗？"提提问，"若非如此，我们永远都不会遇到辛巴德……"

"真是好事连连啊。"爸爸说。他们一路走着，突然，爸爸把手放在约翰的肩膀上捏了一下说："孩子，总有一天你会成为水手。"

在那令人敬畏的瞬间，约翰觉得自己的眼睛出了毛病，有些湿润，有些火辣辣的……还有些咸咸的。尽管很高兴，但他发现自己很用力地咬着下嘴唇，眼睛看向别处。

他们现在正穿过街道，人行道上有许多小树，到处都是咖啡馆，露

天摆放着桌椅。女孩子们骑着自行车从旁边经过，她们戴着巨大的白色纱帽，帽子上的纱随风飘扬，裙子像黑色的气球一样。男士们戴着扁帽，穿着短上衣，肥大的裤子从脚踝处垂下来，他们每个人嘴里都叼着一支雪茄，悠闲地踱着步。一个和罗杰差不多大的小男孩靠在一根灯柱上，从嘴里拿出一支大雪茄，因为他想张大嘴巴，以便在妖精号的船员经过的时候看得清楚些。

"他在抽烟。"罗杰说。

"还躺在摇篮里的时候他们就开始抽了。"爸爸说。

一辆堆满蔬菜的手推车咔嗒咔嗒疾驰而来，推车的是位老人，他匆匆赶路时嘴里还抽着雪茄。就在他快要跟他们擦肩而过时，他们才看见一条大狗，套着缰绳在两只轮子之间小跑着，拼命拉着小车前进。

"看那条狗！"罗杰叫道。

"真是个勤劳的国家，"爸爸说，"连狗也在谋生。"

"别磨蹭了。"提提转过身去看狗时苏珊说道。

"后面还有很多时间看呢。"爸爸说，"我们马上就能把电报发出去。"

他们又拐了一个弯，爸爸领着他们走进一幢大楼。里面有一座大厅，大厅的四周有许多窗口，每个窗口上方都挂着标签，有些是发电报的，有些是买邮票的，有些是处理汇款单的。每个窗口前面都有一队人在等候。

"轮流看看每个窗口是做什么的。"罗杰说。

"我们要找的在这儿。"爸爸说着排在了一列队伍的最后面。

"荷兰钱币怎么办？"提提说。

"我想我身上的钱绰绰有余。我留了一些打算在船上用，现在我要乘妖精号的话，就用不着了。"

"快点，快点，快点！"苏珊的嘴唇在动，但没有发出声音。她小声嘀咕着想对那个排在她爸爸前面的老太太说的话。

老太太终于满意地离开了，爸爸把他的两封电报从格栅底下塞了进去。窗口里的工作人员波澜不惊，用铅笔数了数单词，然后要爸爸把电报抄在对应的电报单上。

"噢！"苏珊看到电报被退回去，失望地叹了一声。

爸爸什么也没说，他走到一张桌子跟前，拿了两张电报单，把电报抄了一遍，又把它们拿到窗口。幸运的是，现在窗口前没有人排队。里面的工作人员又重新数了一遍字数。爸爸把钱递了进去，好像很大一笔钱，然后转身离开了。

"现在，"他说，"我们已经做了能做的一切来扭转局面，在返程前还有两个小时。担心也无济于事。振作起来，苏珊！开心一点。要不要去采购点物资？"

"采购？"提提问，"去哪里？"

但罗杰朝爸爸咧嘴一笑，说道："船上还有储藏空间。"

"我想你们应该有，而且我们航行途中可能不太会自己做饭。"

他们步出大楼，走下邮局的台阶。天气似乎有所变化，阳光更明媚了。弗利辛恩的每个人似乎都在微笑，就连商店的颜色也更引人注目了。妖精号的船员们站在那里，东张西望，好像刚从学校出来，准备开启意想不到的假期。那些电报会通过电流瞬间就发出去，让妈妈知道他们没

出什么大问题。

他们一行人沿着人行道漫步，来到一个开阔的广场，广场的一边有个港口，港口的一侧桅杆林立。他们从一堵矮墙往下看，只见一队荷兰渔船，就像他们在清晨看到的那些渔船一样，鳞次栉比，红色的渔网吊在甲板上以便在阳光下晒干。荷兰渔民三三两两地靠在船上方的舷墙上，一边说话，一边抽雪茄。荷兰妇女戴着宽大的薄纱遮阳帽，额头两边都戴着金饰，她们在市场购买货品，为了一条鱼讨价还价，篮子里装满从广场木制货摊上买来的东西。

广场最远处是一家咖啡馆，门口的凉棚伸展出来，正好遮住人行道上的阳光，凉棚下有几张铺着白布的桌子。他们在这里停了下来，不一会儿一个荷兰服务员（看上去很像英国人）把两张小桌子拼成一张大桌子，他们坐了下来，爸爸指指菜单上的东西，然后服务员匆匆进了咖啡馆。

"汤和牛排应该错不了。"爸爸说，"尝试点名字花哨的菜品的话，你永远不知道上来的会是什么。"

罗杰早就饿了，其他人在那张咖啡桌旁一落座，才发现他们跟罗杰一样饿。他们立刻开始啃那些形似英国面包卷但口味迥异的脆皮黑面包。他们馋得直流口水，毕竟，喝热可可、吃罐装牛舌已经是很久以前的事了，而且看到太阳从海面升起也过去很久了。他们好像等待了很久，其实只过了几分钟，服务员才端着一只大托盘走了出来，给他们每个人都端上一深盘热气腾腾的浓汤。

"开吃吧！"爸爸话音刚落，五个人的舌头就同时被烫到了。这汤几

乎是滚烫的。

他们又咬了几口面包，等着热汤凉下来。过了一会儿，完全出其不意的是，约翰感觉自己的眼睛闭上了，他睁开来向四周看了看，然后眼睛又不由自主地闭上了。不知怎的，他觉得头比平时重得多。他用一只手……双手撑住。什么都无法让他的头抬起来，他的头慢慢地垂了下去，越垂越低……越垂越低。爸爸及时伸手把约翰的盘子移走了，否则他的头发就要沾到汤了。就这样，约翰头枕着桌子睡着了。

"船长掌舵时间太长了。"爸爸轻声说道。

"吉姆来家里吃晚餐时也是这样睡着了。"罗杰说。

"他从多佛一路航行过来。"提提说。

"你们航行得比那远多了。"爸爸说着又笑了笑，因为他和一个荷兰人的目光相遇了，这个荷兰人坐在另一张桌子旁边，看见约翰的头直往下点。

苏珊自己也很困，她正要叫醒约翰，但转念一想如果爸爸不介意约翰在公共场所睡觉，那也无关紧要。服务员端来了四杯柠檬水和一大杯啤酒，从他的反应可以看出，一年到头都有人把头枕在这里的桌子上睡着。

"你稍微吹一下，现在不太烫了。"罗杰立刻说道。

约翰突然惊醒了，他睁开眼睛，坐直了身子。他刚开口说了声"对不起"，却发现得强忍住一个呼之欲出的哈欠。

"没事的，老伙计，"爸爸说，"你喝点汤感觉会好点。"

热汤里漂浮着胡萝卜、土豆和洋葱，喝过一口之后，像变魔术似的驱散了瞌睡，人顿时神清气爽起来。每个人都准备好讨论这次航行，以

前看起来可怕的事情现在却让人很开心，因为和爸爸一起坐在人行道边的凉棚下，阳光照耀着熙熙攘攘的广场，一缕缕的微风吹拂过来想要吹起桌布的一角。爸爸并没有问很多问题，就一点一点地把整个故事拼凑起来了。"他们叫你们'鱼贩子'，是吗？那艘灯塔船一定是在辛得北……你们一定是从离桑顿岭浮标相当近的航道经过……幸运的是，你们没有在那些探照灯出现后转向南方……那比你们想象的要远得多，那是奥斯坦德①的大探照灯……你们和探照灯之间还有一大堆浅滩……辛巴德？我想你妈妈不会介意的……"然后他看了看表，"我担心的是你们那个吉姆·布莱丁……如果他过去告诉你们的妈妈他把你们给弄丢了……好了，快点，罗杰，我们越早出海返航越好……"

浓汤之后上来的是牛排，接着是煎饼，罗杰舀起草莓冰淇淋里剩下的最后几滴粉红色液体，他觉得自己完全可以撑到吃茶点的时候。

爸爸付了账。提提拿起她放在椅子下面的牛奶罐，接着他们动身踏上返回内港和妖精号的路。

提提说："我们得留意牛奶店。"

"我们自己的晚餐呢？"爸爸问。

"面包都吃光了，"苏珊说，"但是有很多罐装的馅饼、牛排腰子布丁、水果之类的东西，都是吉姆的。他还有很多茶和糖，我们还有半罐可可粉。"

"我们必须确保有足够的淡水。"爸爸说，"还得把油箱加满，在这次

---

① 奥斯坦德（Ostend），比利时西北部城市，是北海沿岸重要的客运、贸易和渔港城市。

航行中，风平浪静的时候我们也不能坐等风起。是什么样的引擎？"

"轻型引擎，"罗杰说，"而且用的时候它会先突突突地响，至少之前总是这样……"

"很好……苏珊，快到这边来，我们去买些面包吧。"

他们从一个小面包房出来，手里拿着一条面包，面包长得令包括罗杰在内的每个人都大笑起来。

"现在要买牛奶了。"爸爸说，"我肯定在附近能找到牛奶店。"

他们找到了比牛奶店更好的奶源，一辆送奶车从街角开来，车轱辘中间有一条大狗，一个穿着木屐的人在车旁边走着。爸爸拿出一些钱，提提和罗杰跑着穿过马路。他们已经忘记了自己不懂荷兰语，但那个人似乎听懂了他们的意思。他停下车，狗凶狠地回头看了看他们，然后那个人打开牛奶桶上的龙头，拿出一只杯子，开始给他们抽牛奶。罗杰指出那儿有个洞，龙头从那个洞伸了出来。罗杰说："一只牛奶桶空了，他就换上另一只。"那人用杯子量牛奶，一杯一杯地倒入他们的牛奶罐中，付账时提提把手上所有的荷兰盾都递了过去，那人用手指在里面挑出他该收的钱。

他们回到运河街，这条街沿着内港一路延伸出去，妖精号还停泊在他们离开时的地方，被拴在码头的系船柱上，就在一艘领航船前面，它的外形跟他们在海上遇到的那艘一样。不过，好像出了什么事。街道和海水之间的草地上有一群孩子，而且……不……是的……确实有人在船上。

"嘿！"罗杰说，"是海盗。"

"别慌。"爸爸说。接着，他们看见那是他们的朋友——领航员，他正坐在舱顶上，膝盖上放着一张卷起来的航海图，抽着雪茄和一排荷兰孩子说着话，其中有男孩也有女孩，他们正低头看着他。他可能是在给他们讲妖精号的航行，因为当妖精号的船员穿过马路来到跳板上时，所有的荷兰孩子都转过身来看着他们，紧接着他们听到孩子们好几次满怀敬意地提到"北海"这几个字。

"嘿，船长，"领航员对约翰说，"这些孩子都不相信你把船开过了北海。是吗？但我跟他们说了。这是给你爸爸的航海图。现在海风适宜，你们会顺利返航的。"

接着，领航员把航海图在舱顶铺开，指出上面标记出来的灯塔船，

告诉爸爸他已经把灯塔船的信号说明更正了。"去年有些变化。这是一张老航海图，不过现在都已经标对了。"

爸爸说起汽油和淡水，领航员转向水边的一群孩子说了些什么，不一会儿，两个孩子就沿着街道飞快跑开了，另外两个跑到街道对面，进了门口挂着木屐的小店。

一个人走到商店门口，用荷兰语对领航员喊了些什么，领航员大声回答。

"没问题。"他对爸爸说，"你们要多少淡水，这个人就给你们多少。"他又大声喊了起来，那个人走回店里，没过多久，一个男孩摇摇晃晃地走过马路，手里提着一罐水，洒了一些溅在他脚边的尘土上。他拎着水罐顺着跳板走，把水递上船，苏珊和约翰把它倒进驾驶舱地板下的水箱。他们把水罐递回去的时候，荷兰孩子们争先恐后地伸手去抢，两个小女孩又抬来一罐水。接着，轮到了另一个男孩，以此类推，直到水从水箱的塞子里漫出来，妖精号上再也没有地方盛水了。

汽油差点出状况。爸爸对领航员说的是"汽油"，领航员对岸上的孩子们喊的是"煤油"，然后两个男孩回来时带来一个年轻的荷兰人，他提着两只绿色大罐子。爸爸拧开其中一只罐盖，打开空油箱，正准备通过漏斗把汽油倒进去，这时他注意到汽油不像水那样清澈，而是亮蓝色的，他立刻停了下来，闻了闻。

"这是煤油呢。"他说，"煤油罐在哪儿，约翰？我们需要一些煤油用在导航灯上面。"

领航员放声大笑。"啊！"他说，"你们要的是汽油……不是煤油……"

那个带来油罐的年轻荷兰人也笑了起来，而后就离开了，没过多久又提来两只油罐。

这一次，爸爸在倒之前闻了闻，说道："这下对了。"

"有些引擎用汽油，"领航员说，"有些用煤油，而你们所谓的汽油，在我们荷兰叫作煤油……区别就在这儿。"

"嗯，我很高兴你们把它染成蓝色了。"爸爸说，"如果油箱里的东西装错了，我们可就乱套了。"

一切终于准备就绪，汽油钱也付了，爸爸看了看马路对面，店主正站在门口微笑。"还有水费呢？"他问。

"水是他送给你们的。"领航员说。"是不是呀？"他对着马路对面喊道。那人笑得更开怀了，双手摆出一副说什么都不会收他们钱的样子。

"等一下，"爸爸说，"难道没有人喜欢木屐吗？既然来了荷兰，最好带点东西回去吧，我们看看他那儿有没有可以买给布里奇特的礼物。"

他们四个人都踏着木板上了岸。"这块跳板很好走，"罗杰说，"而且水里也没有鲨鱼。"爸爸也上了岸，一边走一边数着自己还剩下多少荷兰盾——刚好够买五双木屐（其中一双比罗杰的小两码，苏珊觉得正好合适布里奇特穿）、一把牙刷、一盒雪茄和一只荷兰娃娃，那娃娃穿得和站在商店门口咯咯笑的荷兰小女孩一模一样，她正看着罗杰试穿木屐。

他们满载而归，回到妖精号上之后，罗杰已经把像木屐这样孩子气的东西抛在了脑后。他得向爸爸解释一下吉姆·布莱丁是怎样发动引擎的。

"里面已经有很多润滑油了，"他说，"汽油用完后他就在里面装满了

润滑油。但他还说，发动引擎之前必须查看一下艉轴管，然后再加一些润滑油。"

"哦，那就看看吧。"爸爸说。罗杰抬起驾驶舱地板上的一扇门，探下身子，把润滑器拧了一两圈。"你比我干得好。"爸爸说，"我这身衣服不适合穿进轮机舱。那么，一切准备就绪。"他迅速钻进船舱，"汽油加满了……好了，发动了。嗯，船上有这样的引擎还是挺不错的。"舱梯下的那台轻型引擎在第一次摇晃时就启动了，突突地响起来，仿佛一直都在等待这一刻的到来。

爸爸又上来了。

"解开缆绳前进，约翰……船尾的绳索……谢谢。"

一个荷兰小男孩把船尾的缆绳递到了船上。

"再见，领航员，非常感谢您。"

"我和你们一起到船闸那边去。"领航员说，"后会有期。要不我来掌舵吧，好吗？"

伴随着引擎轻轻的突突声，妖精号平稳地滑离系船柱。领航员驾船出发前往港口，然后转向船闸，他说："你们必须发出信号，鸣笛。"

罗杰冲进船舱，差点被提提绊倒，她趁船还在内港平静的海面上，给辛巴德好好喂了一点牛奶。罗杰带着雾角跑了回来，拔出活塞杆，然后又把它顶了进去。只听见一声巨响，他们几乎立刻看到闸门打开了。

"扳开离合，"爸爸说，"继续拉，罗杰，你是船上负责引擎的机械师。"

妖精号慢慢滑了进去，约翰和苏珊准备好护舷垫，爸爸把缆绳递给船闸管理员，小船再次停在那陡峭的灰墙下。

"你们没在荷兰停留很久呀，船长先生。"一名管理员低头说道。

"我们是想，但是不能。"约翰回答道，因为他看到那个管理员是在跟他而不是跟爸爸说话。

就在这时，传来木屐咔嗒咔嗒地敲打在石头路面上的声音，所有在内港帮忙的荷兰小孩都在陆地上奔跑，来到了他们附近，气喘吁吁地笑着看妖精号出海。

在等一侧的闸门关上、另一侧的闸门打开时，爸爸和领航员进了船舱，爸爸用两段细绳把北海航海图固定在桌子上。然后，他翻遍货架，发现了吉姆·布莱丁的平行尺和量角器，接着又把吉姆的《航海年鉴》从原处拿下来，抬头查看潮汐。妖精号返航途中绝不能再靠运气了。

"嗨!"罗杰叫道，"闸门开了，我们可以出去了。"

又过了一会儿，领航员与全体船员再次握手，旋即爬上船闸侧面的梯子。

"再见，船长。"他说，"我希望，当你再来这里的时候，还是请我来领航。"

"再见，再见……真的非常感谢您。"

他们几乎不敢相信，当领航员第一次登船时，他们是那么的紧张，那时约翰独自在驾驶舱里等他来，其他人则躲在船舱里，为保命制造自然的噪声。

"再见……再见，英国人！"荷兰小男孩一边大声喊着，一边沿着码头的边缘奔跑。

爸爸喊道："前进！"罗杰往前推了一下变速杆；"全速！"然后他打开了油门。引擎的突突声越来越快、越来越大，犹如一支响亮动听的曲子，推动妖精号通过闸门，来到大海上。

提提举起辛巴德，毕竟它都没怎么看过荷兰，比他们任何人看得都少。荷兰孩子挥舞着帽子，喊着："再见，英国人！"直到妖精号几乎听不见他们道别的叫喊声。

"我们以后会再来的。"爸爸说道，好像看透了他们的心思。他们全都在想虽然来到异国他乡，却没有停留很长时间。

"现在尽快回去最重要。"苏珊说。

"下次我们要带妈妈和布里奇特一起来。"提提说。

他们正绕过码头外端。

"船长，如果你来掌舵，"爸爸说，"那我就来张帆，虽然在离开陆地之前风不会很大，我们会一直使用引擎。"

"突突突！"小引擎嗡嗡作响，沐浴着午后的阳光，加上退潮的一臂之力，妖精号很快就将弗利辛恩甩在了船尾。主帆、三角帆和支索帆都升起来了，爸爸拉紧升降索，此番情景比约翰不得不独自一人竭尽所能升帆要好太多了。正如港务局长所说，风向已经改变，海风轻轻地从古老的荷兰小镇的屋顶上刮过，风车随风慢悠悠地转动，海滨长廊上的旗帜迎风飘扬。妖精号在陆地下方的水道上轻快地航行，帆升起来时船身微微倾斜了一点。

雾海迷航

"船开得很顺啊。"罗杰说。

"它载着我们回家。"提提说。

"最好让那只浮标留在左舷，船长。"爸爸说着扭头看了看船帆，然后钻下船舱去查看航海图。

333

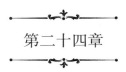

第二十四章

幸福之旅

妖精号现在是一艘快乐的船，因为它踏上了返乡之旅。船上的每个人都归心似箭，希望它开得越快越好，而不是担心它将驶向一片又一片未知的海域，驶向它无权航行的地方。一想到妈妈、布里奇特和吉姆等在风磨坊却不知道船在哪儿，他们心里就很不是滋味。不过，发出电报之后，大家感觉好多了，妖精号帆船仿佛也在竭力前进，一路疾驰，急匆匆地往回赶，希望尽早回到它自己的法定主人身边。他们争分夺秒，一刻都没浪费。引擎嘎嘎作响，尽管平常大家（也许罗杰除外）都认为这种声音很可怕，现在却是欢快的匆忙之歌，因为妖精号沿着海岸背风面一路畅行，所经之处卷起层层浪花，径直穿过海峡，驶入北海。

陆地被远远地抛在他们身后，风吹得更猛烈了，耸立在一座教堂顶部的西卡佩尔灯塔的塔台高高耸立，又宛如一支从海里升起的铅笔，变得越来越小，随着夜幕降临消失得无影无踪，最后在远离船尾的天空中闪现出一团朦胧的微光，提醒他们已经离开了荷兰。

他们使用引擎驱动帆船前进了很长一段时间，实际上是因为那鼓舞人心的嘈杂声。

"罗杰，"爸爸终于开口道，这时他点亮了导航灯，把它们放在左舷和右舷的桅杆横支索上，红绿两盏两边各一，"罗杰，你是轮机手，赶紧去把油塞转一下关掉，不用引擎我们照样跑得很快。"

罗杰赶紧关掉汽油旋塞，等待着。爸爸关掉油门，把挡位调到空挡，

引擎的噪声也随之改变。"轧轧……轧轧……轧轧……"引擎的轰鸣声渐渐消失了，取而代之的是海水从妖精号侧舷连绵不绝流淌而过的哗哗声。

"一切顺利。"爸爸说，"现在，大家都上床睡觉吧，罗杰和提提先去。"

"还有两只杯子要擦。"苏珊睡眼惺忪地说。

回忆起那天早上阳光灿烂，吉姆将妖精号停泊在菲利克斯托码头之外，自那时起苏珊从来没有像现在这么快乐过。她曾担心在返航途中又会晕船，但她上岸的时间不太长，还能适应坐船，所以根本没有晕船。刚开始她觉得有点不舒服，不过，等他们离开陆地时她感觉好些了，而且她知道这一次自己总算彻底好了。她居然能坐在舱梯口的最上端，在噗噗颤动着的引擎的上方，烧开水壶里的水来沏茶，还稳稳地把一口大平底锅放在炉子上，看着罐装牛排腰子布丁在锅里烧热。她甚至还吃下了自己的那份布丁。

提提有辛巴德要照顾，没有时间去想晕船和头痛的事。现在，爸爸说该睡觉了，提提就把小猫抱到自己的床铺上，不一会儿他们俩就相伴入睡了。

罗杰很忙，他两次钻到驾驶舱的地板下，把艉轴管上的加油器额外再转了一圈拧紧。有一次，他往曲轴箱里倒了一点润滑油。此外，约翰驾船的时候，他还帮爸爸往导航灯里倒煤油，干这份活儿时味道难闻，他的姐姐们唯恐避之不及。

"我一点也不困。"他说。可是命令就是命令，他蜷缩在自己的铺位上，舒舒服服地挤在苏珊给他塞好的斜桁帆里，还在毯子下扭动脚趾自

娱自乐起来，不知不觉就睡着了。

苏珊是下一个上床的，她几乎也是倒头就睡着了。前一天晚上她睡得比约翰久，但还是很累，晕船并不是她摆脱掉的唯一痛苦。爸爸就在这里，在妖精号上，她不再有那种可怕的感觉，觉得他们出海都是她的错。他们正以最快的速度往家赶，苏珊畅然入梦，好像他们从未离开过哈里奇港似的。

约翰在驾驶舱里徘徊。

"你也去睡觉吧，伙计。"爸爸接着说，"不过，你先掌会儿舵，我去摸清楚潮汐变化的情况。西偏北……""是西偏北。"约翰说着继续掌舵，爸爸到船舱下面跟其他船员道晚安。事实上，他根本没必要那样做，因为他发现三个小家伙已经睡着了。他走到船舱灯下的桌子旁边，桌面上还固定着那张航海图，他在航海图上画了几条线。约翰瞥了一眼舱梯口，看到爸爸正用平行尺在一张小纸片上做笔记。深知自己无甚担忧，一两分钟后就会下到船舱睡觉，掌舵也就轻松自如了。

"我可以一整夜都掌舵。"约翰说。爸爸爬上来，看了看罗盘，然后继续向前沿着舱顶往船头走去，查看导航灯是否正常地亮着。

"我敢说你行的，"沃克中校说，"但我认为你的活儿已经干完了，赢得了休班的资格。一连两个星期，我大部分时间都在睡觉，我来值夜班吧。"

"晚安，爸爸。"约翰说着最后看了一眼四周。

"晚安，船长。"爸爸对他说。

两分钟后，约翰躺在他的铺位上，立刻打起盹来，但过了一会儿又

醒了过来，要去摸舵柄，担心自己让妖精号偏离了方向。他正要叫出声来，突然想起已经有个可靠的水手在掌舵。他躺在那里，从亮着灯的船舱里抬头望着舱梯口外的那片夜空，在它的右边，可以看见照亮罗盘的小蜡烛的微光。但外面除了一片漆黑什么也没有。突然，一根点燃的火柴发出红光，爸爸用手挡住火柴，点燃了一支荷兰雪茄，他看到了爸爸的脸。火柴熄灭了，但黑暗中雪茄烟头烧得通红。爸爸时不时地抽一口雪茄，那火红的烟屁股闪闪发光，足以让约翰看见红光后面爸爸的脸。它慢慢地暗淡下来，接着滑到一旁，消失了。然后火光又亮了起来，爸爸的脸再次显现出来。

约翰躺在那里，疲倦而满足。天啊，如果那艘邮轮从弗利辛恩开往哈里奇的时候，爸爸没能跳上岸，那该有多糟糕啊！那他现在应该已经在风磨坊了，妈妈也应该知道了他们独自开到北海的另一边了。现在，船上有爸爸在，唯一要紧的事就是快点回家。约翰侧耳倾听水从船壳板外旋转着汩汩流过，他把手放在船壳板上，仿佛是在感受那奔流的水。妖精号正全速前进。无需解释，爸爸已经知道他们全都尽力了，他好像对他们很满意。"孩子，总有一天你会成为一名水手。"约翰又自言自语地念了一遍，仿佛这句话有种魔力。接着，他躺在铺位上，又听到了近在咫尺的旋涡和水流的咆哮声。爸爸在驾驶舱里独自低吟，陪伴他的是一片漆黑、罗盘灯散发出的幽光、雪茄忽闪忽闪的红光，还有那习习的海风和繁星点点的夜空。他唱得很轻，与其说是在唱，不如说是在哼，哼的是他们所有人在托儿所学过的那些古老的水手小调：

去里约……去里约……

噢，再见了，我漂亮的年轻姑娘，

因为我们要去里约格兰德……

然后，他声音大了一点，似乎忘记了那些熟睡的船员……

有一艘黑球 ① 三桅帆船啊，顺河而下，

吹呀，使劲地吹呀。

有一艘黑色圆形船，顺流而下，

划呀，伙计们，划呀。

唱完这首歌，爸爸浑然不觉船上还有其他人，他唱得兴致勃勃，一
只手掌舵，另一只手拿着忽闪着红光的雪茄在黑暗中画着圈……

在黑球航线上，我当的是实习水手，

跟我一起欢唱，跟我一起欢唱。

在黑球航线上，我当的是实习水手，

啊，万岁，黑球航线。

划啊，我的伙计们，划吧，

———————

① 黑球（Black Ball），全称为 Black Ball Line，即黑球航线，是首条横渡北大西洋的客运
航线，定期往返于纽约和利物浦之间，于 1818 年 1 月由以英国商人米亚·汤普森为首
的一个商人团体开通。航线开通之初，拥有四艘邮船，均悬挂红底大黑圆球旗，"黑球
航线"由此得名。

> 为了加利福尼亚，
>
> 那儿有很多金子
>
> 我听说
>
> 在萨克拉门托河岸。

突然，前舱里有动静。

"嘘！辛巴德。"约翰听见提提在低声说话，"没事，是爸爸而已。"

"约翰，"苏珊低声说，"他不可能认为这件事是我们的错吧，否则他就不会那样唱歌了。"

"他离开家很久了。"提提低声说，"他唱歌是因为快到家了。"

罗杰一直没醒，其他人很快又睡着了。

罗杰在夜里晚些时候醒来，一个冰冷的硬东西轻轻地敲了一下他的头。是平行尺从桌子上滑下来落在他的头上，可他的头发太多了，没有对他造成任何伤害。但他猛然惊醒，发现爸爸正打开手电筒盯着那张航海图。船舱的灯光变暗了，光线不足以让爸爸看清荷兰领航员之前用红墨水在小小的灯塔船图标旁边潦草做下的各种标记。

"抱歉，伙计。"爸爸说。

"谁在掌舵？"罗杰说。

"此刻无人驾驶。"

"我们快到家了吗？"

"大约还有一半的路。不过，风正在变小。你再去睡一会儿吧……"

"您想发动引擎的时候就叫我。"罗杰睡眼惺忪地说。

"好。"爸爸说着伸手越过罗杰，拿起尺子把它放到架子上，然后就走了。

一缕阳光照在船舱周围，通过敞开的舱梯口洒落进来，在时钟和气压计上跳动，然后钻进前舱，随着妖精号上下起伏闪烁跳跃。

"休班人员，露个面！"

天啊！已经是白天了……光天白日，阳光灿烂。休班人员从铺位上下来，揉着眼睛，辛巴德则大声叫着要吃早饭。他们匆匆穿上衣服，走上甲板，眼前出现了一片波光粼粼的蔚蓝色大海，正前方是一艘灯塔船。在南面，远远地升起一缕轻烟，表明那里有一艘汽船。

"我们在哪里？"约翰问。

"快到沉没号灯塔船了。"爸爸说，"现在你可以掌舵了，继续驶向灯塔船。我想伸展一下手臂。苏珊，早餐呢？水壶还在炉子上吗？喂，猫咪……饿了吗？"

"饿坏了吧……是不是，辛巴德？"提提说。

"我们可以静静地吃早餐，然后发动引擎。"爸爸说，"风力减弱已经有些时候了，如果罗杰能给艉轴管加点润滑油……"

"我们还要多久才能看见陆地？"苏珊问。

"快了……不过，引擎给力的话，我们就能更快看到陆地了。"爸爸离开驾驶舱，坐在舱顶，伸开双臂，打了个呵欠，"没错，约翰……抬高一点，抵消潮水阻力。"

提提下去喂饥肠辘辘的辛巴德。罗杰把驾驶舱里的地板掀起来，钻

到下面去，从艉轴管上取下螺帽，像看到吉姆做的那样给它灌满润滑油，然后再拧紧。苏珊点燃炉子，把水壶放在上面，然后坐在舱梯最上面的台阶上，留心水壶不要滑落。约翰，迎着轻柔的东北风，发现此刻掌舵截然不同于在外海航道，在那里驾船航行时他可是跟汹涌的激流和凌厉的狂风进行了一场殊死搏斗的。

靠近沉没号灯塔船的船尾时，他们正在驾驶舱内吃早餐。这是一顿像样的早餐，有可可、荷兰面包、英国黄油、罐装肉和风磨坊的鸡蛋。如果只有他们几个的话，苏珊就会一切从简，把这几只鸡蛋煮熟，不过，她想起上次爸爸在家的时候的情形，就拿起在大雾中充当铃铛的大煎锅，把最后一点黄油放进锅里融化，在里面打了六只鸡蛋，用叉子炒了炒，只有一次洒出一点蛋液，炉子上随即响起一阵嘶嘶声和噼啪声。爸爸坐在舱顶，看不见她在做什么；早餐准备妥当之后，苏珊先把几杯可可端到驾驶舱，然后端来五大碟炒鸡蛋，他见状大笑起来。

"我一直指望明天吃炒鸡蛋呢，"他说，"没想到今天就能吃到。味道也很好。谢谢你，苏珊。"

他们经过灯塔船时，船上的人走到船尾往下看，目送这艘小船驶过，他们跟上面的人们互道早安。

"现在天气很好。"其中一个喊道，"航行还顺利吗？"

"没什么可抱怨的。"爸爸喊道。

"前天晚上相当糟糕。"那人喊道。

"确实非常糟糕。"约翰小声地说。

"你出海的时候看到他们了吗？"爸爸问，"你们当时一定离他们很近。"

"我们只是听到有人在说话。"约翰说,"直到半夜,我们才看到一艘灯塔船。"

"我们在大雾里什么也看不见。"苏珊说。

"只看得见浮标,"罗杰说,"差一点就撞上了。"

"我们听到了灯塔船的鸣笛声。"提提说。

他们继续往前走,爸爸又看了一眼航海图、钟和《航海年鉴》,稍稍改变了一下航向。

"潮水大约涨了一半,"他说,"我们要乘潮水载我们入港。"

他们吃完早饭时,沉没号灯塔船已经远远地落在船尾。

"来吧,苏珊,"爸爸说,"我们到驾驶舱上面来洗餐具,不过先得让引擎转动起来。"

是啊。爸爸也很着急。过了一会儿,引擎开始发出急促的"突突,突突,突突"的声音,船后的尾流突然拉长了,细细的波浪泡沫从妖精号的船头扩散开来。

"现在我们就要到了。"爸爸说,"第一个看到科克号灯塔船的人得一先令。"

罗杰本来正要开口说话,听闻此言立马伸出一只手,另一只手指向前方。

"哎呀!"爸爸通过望远镜看了一眼后说,"没错。好眼力!好,再给第一个看到陆地的人一先令。"

在所有人全都清楚地看到科克号灯塔船之后不久,就听到大家异口同

雾海迷航

声地大喊起来："陆地，呵！"爸爸唯一能做的就是给每个人都发一先令，前提是他身上得有足够的钱。由于没有更多的零钱了，他们同意爸爸赊账，等他到风磨坊时换到零钱再结清。在鲍德西，高高的无线电天线杆慢慢显现，接着是哈里奇后面的烟囱，然后是菲利克斯托北边的悬崖。

"最好挂上黄色检疫旗，"爸爸说，"我们从国外回来必须通过海关检疫。"

"我去拿。"提提说。

"知道是哪面吗？"

"当然！"提提说，"是黄色的那面，之前南希得了腮腺炎的时候，我们不得不把它挂起来。"

她钻入船舱去找那卷信号旗，回来的时候手里拿着一面黄色的小方旗。约翰拿着旗帜往前走，不一会儿，它就在桅顶横桁上飘动了。

"右舷船头来了一艘船。"罗杰喊道。

"是一艘帆船。"提提叫道。

"还有拖船拖着它。"罗杰说。

从科克号灯塔船那边过来的是一艘老式大帆船——一艘四桅帆船，它正被拖出浅滩，接着起航驶往波罗的海。

"船上只装了压舱物。"爸爸说，"看它高出水面多少就能知道。它一直在伊普斯维奇卸载谷物。从澳大利亚出发绕道好望角，现在它要返航了。"

"我们也到家了。"提提说，"噢，爸爸，您觉得我们有可能在妈妈知道我们出过海之前赶回家吗？"

遇到一艘帆船

"不太可能。"爸爸说，"你们离开了两天两夜……你们那位年轻的朋友一定会告诉她自己把你们弄丢了。"他们神情凝重，忧心忡忡地注视着那艘四桅帆船，水手们站在帆桁上，准备降下白色的帆。他们通过望远镜读出德语船名……波美拉尼亚号。他们听爸爸给他们讲波罗的海的玛丽港，这艘四桅帆船就属于该地。他们在那艘灯塔船的红色船壳上看到"科克号"这几个白色的大字，想当初这艘灯塔船的吼声吓得他们赶紧朝海上驶去。他们看到了差点撞到的浮标，注视着越来越清晰的菲利克斯托的房屋，长长的码头、伸向大海的护陆堤、哈里奇教堂……接着，他们一只接一只地经过标记外港浅滩的浮标。在经过科克号灯塔船之前，爸爸已经把帆桁转过来了，他们沿着陆地驶向一只似乎离海很远的圆锥形大浮标。"必须从那只浮标的外侧开过去，"爸爸说，"那是海滩尾浮标……"

他们面面相觑，想起了上次见到它时那种可怕的感觉。

"它在大雾中向我们冲来。"罗杰说。

"我们就是这样知道我们出海了的。"约翰说。

他们匆匆朝那里驶去，什么话也没有说。除了辛巴德，他们都在想吉姆·布莱丁，他失去了他的船，还想到妈妈……要是吉姆·布莱丁已经告诉她实情，他们谁也不敢想象她现在的心情。

"振作起来。"爸爸最后说道，"她应该昨天就收到我们的电报了。"

辛巴德大声叫着要更多的牛奶。

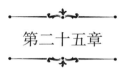

第二十五章

糟了！船丢了两天！

　　吉姆·布莱丁慢慢苏醒过来。突然，窗帘被拉开了，房间里顿时亮堂起来。他想起来了……有人用胳膊搂着他的肩膀，有人把枕头推到他背后……他的膝盖上方横放着一张床桌，上面摆着一只盖着白布的托盘……一把勺子塞进他的手里……一碗面包加牛奶……碗差不多空了……有人喂过他吗？他舀起最后一勺……碗底还有一点牛奶。他拿着勺子去舀，但始终舀不起来，累得不行只好作罢。勺子从他的指间滑落。他盯着一只玻璃杯看了好一会儿才朦朦胧胧看清楚，杯子里面有一种鲜橙色的液体。是打匀的生鸡蛋？还是橙汁？他伸手去拿，而后送到嘴边，试着闻了闻。天哪，头痛欲裂！不管那橙色的东西是什么，他都想要喝一口。他用一只手颤抖着把它倒进嘴里，喝了下去，洒了一点，顺着下巴往下流……他到底穿着什么？白色睡衣？吉姆非常厌恶地看着自己的袖子，他从来没有穿过这种衣服。他在自己毫无察觉的情况下变成了另一个人？

　　门开了，一个护士匆匆走了进来。

　　"您看起来好多了。"她说，"好了，我把那只托盘端走，您安安静静地躺着，等医生来查房。"

　　吉姆盯着她。医生？什么医生？这个整洁的白色房间是哪里？

　　"我在哪儿？"

　　"在医院。"护士说，"您很幸运，医生说您的头骨真硬。在他给您做

好检查之前，别再开口说话了。"

说完她就走了。

吉姆摸了摸自己的头，上面缠着厚厚的绷带。他怎么了？突然，他想起自己上岸是为了给妖精号买汽油，但是，是什么时候……什么时候？码头上没有汽油，他乘公共汽车去了最近的加油站，一心只想着赶紧穿过马路，把汽油罐装满后再搭车赶回去。他记得匆忙下车时，一位老太太上了车，堵住了过道。后来……那是昨天还是今天早上？他隐约记得有人在黑暗中说话，那一定是昨天，他整晚都在这个地方吗？

还有那些在妖精号上的孩子……噢，他的头好疼啊。只有他们几个在船上……一整夜……他答应过沃克太太好好照顾他们的。

他掀开被子。那个护士又进了房间。

"别动，别动，别动，"她说着把被子盖回原处，把两边掖好，"您必须再静静地躺一会儿。"

"可是我不能，"他结结巴巴地说，"我不能，我必须马上走，去港口……我把他们单独留下了……"

"医生马上就来。"护士和善地说道，"他昨晚给您打了一针，他不来你就别动。如果发现您发烧了，他会不高兴的……"

"但是……"

护士对他笑了笑，随手关上了门。又留下他独自一人。

他又把被子掀开。时间不等人，他现在必须马上走，他们没有权利阻止他。他从床上慢慢起来，尽可能地快一点。房间怎么老是绕着他转，不能保持不动吗？

"稳住！"他喃喃自语，艰难地来到窗边向外望去。明亮的阳光倾泻而下，照耀着街上的红砖房子。他认识那条街。他努力回想医院的名字。"可我怎么会来这里呢？"他咕哝道，"我的衣服呢？"

他摇摇晃晃地走回床边，抓住了床下方的栏杆。栏杆上挂着一张卡片，上面印着一张红色的表格。他读道："病人姓名……"有人用墨水写着："无名水手？丹麦人？……"接着他看到了"脉搏"这个词，后面是一排数字……"体温"，接着还有一排数字。"标注"，在这下面有人写了"注射 A.2"和"安眠剂，晚上九点"，然后他看到有人用铅笔在"病人姓名"后面的空白处画了一条线，一直画到卡片的底部，那里写着清晰的圆体字，他读道："说英语。"

"嗯，这点倒不错。"吉姆·布莱丁说。

房间里除了一张白色的病床、一只洗脸盆、一只放着玻璃杯和水瓶的白色床头柜和一把白色椅子之外，没有任何其他物件。他们偷了他的衣服吗？然后，在白色的墙上，他看到了一扇白色的门，上面有锁和钥匙。他打开门，发现一只嵌入式橱柜，里面有挂钩，就在那儿——噢，谢天谢地——他的海靴、针织衫和法兰绒裤子全都在钩子上挂着呢。

他蹒跚着走到房间门口，门没上锁，他知道护士也许还有医生随时都可能进来。他想穿裤子，结果却发现自己必须坐在椅子上才能穿。通常，穿裤子只是快速左右切换的问题，先一条腿，然后另一条腿，再拉起来，扣紧。而今天，不知道为什么他不能用一条腿保持平衡，一条腿伸进裤管；如果他扶着床尾，就无法提起裤子了。他坐在椅子上穿好裤子，可是太慢了，而现在刻不容缓。

　　那件可怕的白色睡衣很容易脱掉，但要把他那缠着绷带的大脑袋从套头衫的领口钻出来得慢慢来，还得遭罪，似乎有一把蒸汽锤在他的脑袋里敲个不停。然后穿海靴。当他把鞋跟蹬上去的时候，就好像有人一拳打在他的下巴尖上一样。

　　他摇摇晃晃地穿过房间走到门口，一只手搭在门框上，另一只手搭在门把手上，把门打开了一条缝。他们无权把他留在这里，他从未要求来这里。妖精号和那些孩子在港口停泊了整整一夜。他听着。有人来了，脚步声从他的房门前经过。他等了一会儿，等护士向右拐进一个角落的某处时，他跟跟跄跄地走了出去。护士向右拐，他就向左拐。他一只手搭在墙上，虚弱地沿着走廊匆匆走去。长廊的尽头有一个楼梯平台，下面有台阶通向大厅。人们在下面说话，洪水般的阳光从敞开的大门倾泻而入。他听到一个护士说："您在这儿好好等着，我去叫护士长来。"他隐约看见有人走进了一个出入口，接着是一道白影飞快地飘了过来，那个护士朝楼下走去。有一会儿，他以为她要上来了，不过她没有，那位护士长一定在一楼的什么地方。现在他的机会来了，必须在护士和护士长回来之前走下楼梯出去。要是他的膝盖不那么晃悠悠的就好了。

　　他下楼了，半路上几乎失去平衡，只好一手扶栏杆，一手扶墙壁，防止跌倒。他在右边的走廊上看见一个人，这个人可能是病人，也可能是访客，坐在椅子的边缘盯着他看，仿佛他是一个怪物，他的样子确实令人觉得奇怪，穿着运动衫、法兰绒裤子和海靴，头上还缠着巨大的白色绷带。

　　身后的水泥地上响起脚步声，护士长和护士来了。他一刻也不能耽

搁。他穿过大厅，从敞开的门走了出去。阳光就像在他脸上扇了一耳光。
他眨眨眼睛，踉跄了一下，发现自己来到街上。他沿着街道匆忙赶路，
感觉腿脚开始恢复正常了。他拐了个弯，从医院就看不见他的踪影了。

这条街下行通向去往菲利克斯托码头的大路。他来到街角时，一辆
公共汽车正停下来让一位乘客下车。他吃力地上了车。

"请扶好站稳。"售票员说。公共汽车再次上路，开往菲利克斯托
码头。

吉姆摸了摸口袋，还好，他的钱还在，他掏出一便士买票。

"很高兴看到您没事。"售票员笑着对他说，"比尔也会高兴的，他一
定会。他们告诉他，您要过很长时间才能下地走动……"

"比尔？"吉姆一头雾水，不知道售票员在说什么。

"您撞了比尔驾驶的那辆公共汽车。"售票员说，"警察找他调查过这
件事，您得告诉他们是您撞上他的。幸好您没有撞坏那辆公共汽车，这
不是比尔的错，但他一直在为这件事烦恼。您一下子就昏过去了，他以
为自己把您给撞死了。但他没有机会避让，比尔没有，您这样跑着向他
撞去……"

过了一会儿，吉姆满脑子都在想妖精号，牵挂着海港里独自待在船
上的四个孩子，而此时售票员则向其他乘客娓娓道出事情的原委。"他急
匆匆地下了我的公共汽车，手里还拿着汽油罐，径直跑着横穿马路，他
就是这么做的，砰的一声撞上了比尔从相反方向开过来的公共汽车。他
差点就被撞死了，只差一点点啊。比尔车上的挡泥板都撞出了凹痕。老
比尔见状，脸色顿时惨白得像纸似的，吓得把早餐全都吐了出来，好像

被撞的人是他一样。这个年轻人直挺挺地躺在地上，直到他们从修车场搬来一块门板把他抬到医院去。要是等救护车的话，好像随时都会翘辫子。常言道，结局好，一切都好。好家伙，他挺了过来，手脚健全……到了……菲力克斯托码头……是的……那是去渡轮的路……不，女士，离我们出发还有十分钟……谢谢您！"他扶着吉姆下了车，"祝您好运！您在这里很安全。这是终点站。这次您不会再撞到老比尔的公共汽车了。"

吉姆以力所能及的最快速度穿过了码头旅馆正前方的宽阔广场。妖精号换了位置吗？他带着汽油罐上岸时，笃定曾通过那些栏杆看见它了。他匆匆绕过码头办公室，走到小码头上，几乎没看一眼在码头下方浮船坞那边正在上客的前往哈里奇的渡轮。他绕过一辆轨道卡车和一堆煤，然后向港口对面望去，看了又看。

妖精号不见了。

吉姆·布莱丁用一只手扶住码头边上的系船柱，稳住了自己。妖精号一定在某个地方。他朝哈里奇镇望去，想在停泊在警戒浮标之外的渔船当中找到它。他望向奥威尔河的河口，肖特利岬附近除了停泊着的驳船什么也没有。他又看了看斯托尔河的河口。只见一艘领港公会的汽船停靠在自己的泊位上，一艘靠岸的挖泥船，还有一艘白色大汽船，他的小船却不见踪影。

妖精号不见了，仿佛它从未来过。

吉姆摇摇晃晃地回到了码头。渡船刚刚开船，准备驶向对面的哈里奇镇。

"等等!"他喊着,然后迈着忐忑不安的脚步走下台阶,登上了船。哈里奇的港务局长会知道妖精号在哪儿的。但是,一个可怕的念头已经在他疼痛的脑袋里打转了。会被撞翻吗?驳船在夜里可能会把它撞沉。约翰会点亮锚灯吗?锚灯有油吗?他不由自主地跌坐在一个座位上,小渡船徐徐驶过港口时,他一路上不住地四下张望。渡船的大副走过来检票。他还没有买票,但那个人认识他,让他去另一头补买了一张。

"打架了?"大副问。

"妖精号在哪里?"吉姆问。

"还没见过它。"大副说。

"可是我昨天早上把它停在浅滩上了。"

"我昨天没上班,"那人说,"今天在港口没见过妖精号……嘿,鲍勃,看到过妖精号吗?昨天早上停在浅滩上的一艘独桅纵帆快船。"

"压根没见过。"船长说。

吉姆的头好像要从头顶上裂开了,他们怎么可能没见过它呢?争论也没有用,所以,他没有再说话。港务局长会知道的。当小渡船颠簸着穿过港口时,他远远地望向奥威尔河和斯托尔河,寻找着桅杆微微倾斜的白色船身,搜寻那张大名鼎鼎的深红色三角帆。不过,当然了,那个男孩约翰绝不会厚着脸皮擅自扬帆起航。约翰当然心知肚明除了等船主回来别无他法。他说让他们等十分钟,那是昨天早上的事了……他们等了很长时间……但是话说回来……啊,要是他的脑袋能不痛,让他好好思考就好了。

小渡船驶进了哈里奇的小船坞,吉姆费力地站起身来,他登上岸,

爬上木梯，走到码头顶上，然后来到港务局办公室。

港务局长正在办公，吉姆进来时，他抬起头，大声笑了起来。

"你包扎得可真厚实啊，有人用解缆钻敲了你的头？"

不过，吉姆无心拿自己撞破的脑袋开玩笑。

"妖精号在哪里？"他问道。

"妖精号？"

"我的船，百慕大独桅纵帆快船，七吨位，在泰晤士注册，登记船长4.86米，船号16856。"

"星期二从多佛来的那艘帆船吗？"局长说。

"不，不是。"吉姆说，"我昨天早上开船从风磨坊来到肖特利，上岸时把船停泊在浅滩上……"

"有人留在船上吗？"

"四个孩子。"吉姆愁眉苦脸地咕哝道。

"我现在想起来了。"局长说，"但那不是昨天，昨天浅滩上没有独桅纵帆快船，是前一天，你在肖特利码头停船过夜，第二天早上我看见你们下船游泳了。然后，你们很早就把船开进了港口，风平浪静的时候，你们把船下锚停泊在菲利克斯托码头那边了。就在起雾之前。但不是昨天，那是前天的事了……"

"前天……"吉姆重复了一遍，"起雾？可是当时没有起雾啊。"

"没有起雾？"局长笑着说，"前天刮大风之前，涨潮的时候，我们遇上了一场暴风雨，晚上风刮得可真猛。哎呀，你到哪儿去了，竟不知道这件事？"

雾。还有狂风大作的夜晚。原来他在医院待了两天而不是一天。

"我被车撞了，"吉姆说，"住进了医院。可是妖精号呢？它怎么样了？雾散之后它去哪里了？"

"雾还没散去，妖精号就开走了。"港务局长说，"那天晚上我在港口巡视了两次，但附近根本没有帆船。雾开始变浓时，他们就已经摸索着驶向上游河道了，或者去了菲利克斯托码头，以避免遇险。你没有去那儿看过，对吧？"

是的，他没有。他一直盯着港口，他记得有几艘小船停泊在码头最上方。这是常有的事，但他从没想过要去那边看看。

他不知道自己是怎么从港务局出来的，只记得附近某个地方的电话铃声很响。他及时回到码头，买了船票，登上了渡船。

"找到船了吗？"大副问。

"没有。"吉姆答道。他紧接着就问："那雾……是什么时候的事？"

"前天。"大副说。吉姆唉叹起来：他真的在那个白色房间里待了两天两夜吗？出了什么事？没有小艇他们是不可能上岸的。他们是不是叫了另一艘船把他们拖回风磨坊了？还是把他们带到码头？哎呀，他可是答应过昨天就应该带他们回去的，要是他们不在码头，也不在风磨坊呢？遇到大雾天什么事都有可能发生。

当渡船驶过菲利克斯托码头时，吉姆望着码头另一端停泊着的几艘船。妖精号不在那里，但他看到了自己的黑色小艇淘气鬼号，它被拴在一条链子上，一定是有人替他把淘气鬼号挪了地方。他上了岸，跌跌撞撞地走上台阶，碰到了码头管理员。

"你知道我的船在哪儿吗？那艘七吨位的小快船妖精号？昨天停泊在浅滩上……不，不……是前天……"

"起雾之前……我见过，"那人说，"白色帆船，船首斜桅在舷弧后边。是的，我在雾变大前看见过，第二天早上船就开走了，估计你的船员会把船开到河的上游去。"

"可船上只有几个孩子呀。"吉姆呻吟着说。

他该怎么办呢？打电话给沃克太太？不好，如果妖精号在风磨坊呢？如果不在，那可就糟了，糟透了。不，他不能打电话，他得亲自去告诉沃克太太……现在……立刻。但风磨坊是在河对岸的肖特利那侧。他的小艇就在这里……无论如何他都需要小艇……妖精号一定在风磨坊。他急忙跑到码头尽头去取淘气鬼号。是的，这是唯一能做的事。他不可能一路划船过去，太费时间了。他要划船过河到肖特利，把淘气鬼号留在那里，然后乘公共汽车到河对岸去，向沃克太太解释发生了什么事他才把孩子们独自留在船上。

他解开了淘气鬼号的系船索，把桨放在桨架上，划出了码头，每划一次，他的头就像在被人砰砰地敲打似的。

即使是去肖特利，也将是一场漫长的拉锯战。好在已经涨潮了，潮水可以推着他前进，阳光照耀在水面上反射进他的眼睛里，晃得他眼睛都睁不开。他回头看了看，扭头面向肖特利，身体仰靠在船尾，摆好朝陆地进发的姿势，俯身划桨。他要对沃克太太说什么？

"喂！"

招呼声从他身后传来，他停止划桨，环顾四周。一艘快艇向他冲来，

水在船头翻滚。是海关艇。他认识那艘船，也认识船上的海关官员。

"喂！在找你的船吗？港务局长刚才告诉我们了，有报告说有一艘小独桅纵帆快船从科克号灯塔船方向开过来……"

"从科克号灯塔船？"

"是啊……它在那儿，正从护陆堤旁边经过……"

那人指着大海，在那儿，越过海岸岗哨，吉姆朝海滩尾浮标望去，只看见一张三角形的红帆，一艘白色的船……他立刻认出了它。

"谢谢您！"他喊道，然后调转船头，迎着潮水向妖精号划去。

海关官员挥了挥手，汽艇猛然启动，卷起一阵泡沫，快速向前驶去。

从科克号灯塔船方向开过来的？从公海开过来的？但究竟是谁借走了它呢？谁敢带它出海？船员们怎么样了？这不太妙……他的脑袋根本不能思考。尽管如此，眼看着妖精号就在港外浮标之间起伏，它那绝望的主人随即拼命划起桨来，不顾一切地迎了上去。

第二十六章

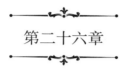

"无所申报"

　　“海滩尾浮标到了。”

　　他们快速经过浮标时看到了上面的名字。此时此刻再次读到它，感觉多么的不同啊！彼时这个名字意味着全盘皆错，此时则意味着情况正在回归正轨。只要爸爸在，就不可能出大岔子，他正在船上收主帆索。

　　“准备好了吗？”他问道，“好的，我来拉后支索。约翰，现在调转船头。”

　　约翰拉起舵柄，帆桁摇摆着转动过来，妖精号船头向前朝港口驶去。一阵忙碌之后，前帆帆脚索就收好了。

　　“右舷船头有一艘摩托艇！”罗杰喊道，“还开得很快！”

　　“你们从哪里来？”

　　爸爸话到嘴边正要作答，结果及时打住转而看着约翰。“你来说吧，船长。”他轻声说道，“我只是个乘客⋯⋯”

　　“弗利辛恩！”约翰大声回答。

　　“是哪儿？”那人喊道。

　　“弗利辛恩，”约翰喊道，“荷兰⋯⋯”

　　“我们等会儿上船检查⋯⋯你们会停靠在肖特利吗？”

　　约翰看着爸爸。“告诉他们你要停在肖特利岬的内港，因为我们要沿着河流开到上游的风磨坊去。”

　　“我们要停在肖特利岬的内港。”约翰喊道。

"好的，我们马上过来给你们办理清关手续……"摩托艇猛地调头，结果熄火了，不过，它的引擎再次轰隆隆地响起时，他们听到那个人又喊了一声。摩托艇上的引擎声与妖精号的小引擎在船底转动时的咔嗒声混在一起，他们只听清了几个字，但就这几个字足以让他们担心了——"有人在找你们！"

他们吓得面面相觑，是谁在找他们？吉姆还是妈妈？他们仿佛看见妈妈辗转各个地方，逢人便问有没有见过一艘载着四个孩子的小型独桅纵帆快船。最糟糕的事情一定发生了。

哈里奇入口

罗杰又大声叫起来："前面有船……"紧接着，他又叫道："喂！这里真的是哈里奇吗？船上有一个当地人……戴着头巾。"

他们现在已经进入岬角了，驶过一架架停泊着的水上飞机，又驶过菲利克斯托港口一侧的巨型龙门吊。他们一直盯着那艘海关的摩托艇，所以一开始并没有注意到水面上有个小黑点。现在妖精号已经离它很近了，那是一艘小艇，上面坐着一个人，正逆着潮水艰难地划着船，桨飞快地掠过水面。对，罗杰说得没错，他头上好像确实裹着巨大的白色头巾。

"淘气鬼号!"约翰叫道,"是吉姆·布莱丁。"

"是吉姆!"提提同时叫道。

"他干吗戴着头巾?"罗杰问。

"喂!喂!"他们齐声喊道。

那随着划动的桨前后摆动的白色头巾突然不动了。吉姆扭头看了看,然后,一支桨往下用力一划,将小艇的船头调转过来。

"他就是那个把你们弄丢的家伙?"爸爸问,"我看他好像遇到了麻烦。有人敲破了他的脑壳。"

"他可能刚游过泳。"苏珊说。

"在把头发弄干。"提提说。

"我想我们最好过去接他。罗杰,关掉引擎,我们顶风停船 ① 好吗,船长?"

约翰点点头。这回他可以好好看看怎么操作了,而且还能再练习一次。罗杰已经下船舱去了。引擎停了下来。独自扬帆航行的妖精号慢慢靠近吉姆的小艇。爸爸拉上右舷的系帆索,船帆横了过来。然后,他把主帆索又收起来一些。"让船头迎着风。"他说道。约翰随即放下舵柄,妖精号调转船身迎向风,但幅度不是太大,因为支索帆逆风之后就会把船往后拉,正好可以抵消主帆向前的推力。妖精号突然几乎完全停止前进,静静地停泊在水面上,随着潮水缓缓漂移。原来顶风停船是这样操

---

① 顶风停船,航海术语,即停船而不抛锚。

包着头巾的当地人

作的。下回若要去接领航员，约翰就知道该怎么做了。

吉姆在妖精号的旁边划着淘气鬼号。他看上去病恹恹的，同时既高兴又迷惑。妖精号上那个身形瘦削、皮肤黝黑的人是谁？那人用手接过他递过去的系船索，在手腕上绾了两圈，然后在系船柱上打了个双套结。他看了看其他人，他们四个都在。他上下打量着妖精号，然后又看了看爸爸。他们几乎可以看出来他想说："你们夺走我的船是什么意思？"于是，大伙儿异口同声地开始向他解释。

"我们没打算出海……这位是我们的爸爸……我们弄丢了你的锚……还有所有的锚链……我们在雾中漂走了……回不去……你知道，你说过那儿有浅滩，要避开它们……可是你的头怎么了？快，爸爸，他病了……"

吉姆爬上船时，沃克中校正好及时地抓住了他的胳膊。再晚一会儿他就会滑入水中，或者撞翻淘气鬼号了。还好他被安全地拉进了驾驶舱，在那里坐了片刻，头昏昏沉沉的，眼前发黑。

"好吧，老伙计，别说话。有的是时间讨论。苏珊，解开支索帆的帆脚索。约翰，让船头偏离风向，再次起航吧。"

妖精号继续向北朝海港驶去，船后面拖着那艘黑色的小艇，就像他们离开风磨坊时一样。但是，吉姆·布莱丁坐在驾驶舱里，一言不发，一副病恹恹的样子，与他们所认识的那位动作敏捷、做事高效的船长判若两人。

"他可能受到了某种打击，"爸爸说，"让他一个人静静，别问问题。"然后他自己却问了一个大家都挂在嘴边的问题："我太太知道吗？"

吉姆看着爸爸，仿佛没听懂他的意思，然后他的嘴唇动了动。"我还没能告诉她。"他慢吞吞地说，"他们把我送进了医院。我今天早上才跑出来……"

"谢天谢地！"爸爸说。

他们心里那块沉重的石头总算落地了，妈妈也许很担心，但至少她不知道最坏的情况。然后他们想到了吉姆，进医院？他出了什么事？一定糟糕透顶。

"我想他应该躺一会儿。"苏珊说。

"好主意。"爸爸说，"放轻松。"

吉姆扶着舱梯一步步走下台阶，然后躺在约翰的铺位上。苏珊在他的头下垫了两只垫子。

"我一会儿就没事了。"他说。

"能把锚和锚索打捞上来吗？"约翰问，"我知道在哪儿，我们刚刚经过那里。就在那里，码头对面。"

"我们最好先向你们妈妈报个平安。"爸爸说，"锚可以等等再说，哪怕是吉姆的。"

于是，妖精号继续航行，驶向宽阔的海港，先经过警戒浮标，接着又经过标志着肖特利岬尽头的另一只大浮标，然后向奥威尔河的肖特利岸边驶去，那里停着六艘驳船。

"我们在那些船前面下锚。"爸爸说，"绞船索在哪里？那一小段升降索没用。"

"我们找不到别的缆绳了。"苏珊说。

爸爸把头伸进舱梯口，问道："你的小锚有锚缆吗？"

"在船尾的柜子里。"吉姆说。

爸爸不一会儿就找到了门闩，打开了一只他们从来没有注意到的柜子，就在短短的后甲板下面。

"难怪我们找不到它。"苏珊说。这时爸爸拉出一卷又大又粗的椰树纤维缆索，结实得足以拉动一艘比妖精号还大的船。

爸爸带着那卷缆绳走到船头。他先把小锚的锚柄拉出来，把绳子紧紧地绑在上面，约翰尽可能一边掌舵一边观看。过了一会儿，支索帆咔嗒咔嗒地往下降，三角帆卷了起来，爸爸扭头朝后看。"一切准备就绪！"他说，似乎在等待命令。

吉姆回到船上后，约翰觉得自己继续当船长不太合适。但是吉姆和两个小护士在船舱里，其中一个是苏珊，她认为吉姆可能想喝点水，所以就下去烧水了；另一个是提提，她给他看了小猫，结果吉姆一头雾水。那天上午有好几次，吉姆以为自己疯了，而妖精号上的这只小猫，在他看来似乎能解开所有的疑问。约翰朝船舱看了一会儿，他看到包着白色头巾的脑袋靠在妖精号的红垫子上，苏珊端着一杯水站在旁边，提提小心地放低辛巴德，它的爪子抓住了吉姆的运动衫，吉姆盯着小猫，迟疑地伸出手去抚摸它的毛。不，很明显，抛锚的命令应该由约翰发出，而且只能由他一个人来发出。他看了看离得最近的那艘驳船，判断船和岸之间的距离，然后调转妖精号的船头迎风前行。

"抛锚！"他叫道。

哗啦一声，船锚掉入水中。

他们刚刚放下主帆，就看见海关汽艇向他们疾驰而来。

"等一下，我去拿护舷垫。"约翰喊道。

"我们撞不到你们。"汽艇上的一个人说着指向艇身悬挂着的巨大的缆绳护舷垫，相比之下，妖精号的护舷垫看起来跟玩具一样。

汽艇缓缓向他们驶来，引擎发出轰鸣声，接着一名海关官员登上了船。

"我们刚刚抛下一具小锚，绞船索很轻。"沃克中校平静地说，"我想他们把锚缆弄丢了……"

"锚缆丢了……"天哪，爸爸说得云淡风轻，一点也不像当时千钧一发之际，锚索呼呼穿过导索孔，磨得都快冒烟了，而约翰用脚踩住它，拼命地想去阻止它滑落，结果还重重地摔了一跤。

"没关系，"海关官员说，"我们的船不会拴到你们船上的。来吧，乔治。"

一位年轻的官员拎着一只皮箱上了船。

"出来吧，苏珊，"爸爸说，"我们要用船舱里的那张桌子……别，别，病人别动。"看到吉姆·布莱丁正要站起来的样子他又补充道。

苏珊走出船舱，进到驾驶舱。提提也打算出去，但后来改变了主意，和辛巴德一起进了前舱。罗杰在前甲板上，急忙从前舱口下来，他可不会错过任何事情。他在钻进前甲板的水手舱的时候，提提及时抓住了他摆动的一条腿，把它稳在一个踏脚处。

"有请！"爸爸说道，然后两位海关官员进到船舱。爸爸跟在后面。

"你也下来吧，约翰。"他说。

"从他们告诉我的情况来看，你的脑袋裂了一道大口子。"那位年长的海关官员对吉姆说，"我们听说在菲利克斯托有公共汽车撞了人，但不知道是谁。谁把你的船开到荷兰去的？"

吉姆看上去一脸茫然。

"好吧，老伙计！"爸爸说，"我们来说吧。"

"我们不是故意的。"约翰说。

"海盗，"海关官员说，"你们这是海盗行为……唉，谁又想得到呢……在哈里奇港出现海盗……如果主人愿意起诉……"

两位海关官员坐在桌子后面的左舷铺位上，爸爸坐在他们的旁边。约翰在舱梯的梯脚下，苏珊从驾驶舱往下看，罗杰和提提站在前舱门口，听着，望着。

"是的，"第二位海关官员说，"讨厌的海盗行为。如果船主想起诉……"

"我说，"提提打断了他，"我们真的是海盗呀……我们从来没想过，但好像的确是……我们会被吊在行刑台绞死吗？被链子五花大绑……在风中荡来荡去。噢，我说，吉姆，务必要起诉我们。南希一定会很高兴……"

海关官员们大笑起来。"咱们开始谈正事吧。"年长的那个说，"有东西要申报吗？不管是不是海盗……"

"没什么要申报的。"爸爸说，"噢，有……五双木屐……一只荷兰洋娃娃……一盒荷兰雪茄……我抽过一些……你们要吗？还有一只小

猫……国籍不明……把纪念品拿出来，提提。"

他把那盒雪茄放在船舱的桌子上，提提和罗杰把所有的鞋子和买给布里奇特的洋娃娃都拿来放在桌上雪茄盒的旁边。提提举起辛巴德。

"它是个不幸的水手，"她说，"遭遇了海难，在海上被我们救了。"

"最好穿上鞋，这样我们就不用收你们关税了。"另一位海关官员一边说，一边点燃了一支雪茄，又拿起一根火柴帮他的上司点燃雪茄。

"那只荷兰洋娃娃呢？"年长的官员问。

"是给布里奇特的，"约翰说，"我们的妹妹，她待在家里。"

海关官员把小娃娃斜靠放着，查看她的眼睛会不会闭上，但没有闭上。他打开皮箱，里面装满了印刷好的表格。

"我们要查看船舶文书。"他说。

"在苏珊床铺下面的抽屉里。"

罗杰已经拉开了抽屉，把那只大信封递进船舱。海关官员把文件抽出来，铺开来看。然后他看了看对面的吉姆·布莱丁。

"你是船主？"他问。

"是的。"吉姆说。

"谁是船长？这很重要，你们回来后船主才上船的。"他看了看爸爸，但是爸爸摇了摇头。

"不是我……我只是乘船的。如果您愿意，就当我是甲板水手……这是船长。"

两位海关官员都看着约翰。

沃克中校从口袋里掏出护照递了过去。

371

"我们听说您要来，长官。"年长的官员一看到护照上的名字就说。

"是的，"沃克中校说，"和我儿子一起从弗利辛恩航行过来。他是船长。"

"是爸爸把妖精号开回来的。"约翰说。

"只是奉命行事。"爸爸说。

"可是是谁把船开到荷兰去的？"

"是我们。"约翰说，"不过，我们根本没打算要出海，我们保证过……"

"你们四个孩子驾船穿越北海去了荷兰？前天晚上你们在哪儿？"

"在海上。"约翰说。

"我的天哪！"年轻的官员说。

"握个手。"年长的官员说，约翰感到他的手被狠狠地握了一把。

爸爸并没有笑，但他的四个孩子都知道，不知何故他相当高兴。

年长的海关官员从他的皮箱里拿出一些打印好的表格，把两张表格放在一起，中间夹了一张复写纸，开始填写。

"你到这儿来吧。"爸爸说着在他和那位年长的海关官员之间给约翰腾了个地方。海关官员正在用复写铅笔填写表格。

检疫证书

兹证明已验明妖精号船主（"名字？""约翰·沃克。"）约翰·沃克先生之身份，该船近期由弗利辛恩抵达本港，依据上述船主之口述，航行期间该船未发生任何要求扣留船只之传染病，经检疫准予

通关。（"船上有人得传染病吗？""没有。"约翰说。"苏珊晕船得厉害，"罗杰说，"可能是被提提传染的。""晕船不算。"海关官员说，"前天晚上无人遇险……"他填好最后的空格。）本人于哈里奇出具此证明……日期……（"乔治，今天几号？"）签名……（他写下自己的名字。）

海关税和货物税缉私员

"船长，给你。"他说着把表格递给约翰，然后把副本收好，"你们现在可以入关了，想去哪儿就去哪儿。我不知道你们把船开到海的另一边，船主会对你们说什么，不过那是他自己的事了……再见，中校！要我告诉他们您到肖特利了吗？"

"我到风磨坊后会打电话的。"爸爸说，"可是，听我说，年轻人（他转向右舷铺位上戴白色头巾的船主），你不是说你是从医院逃出来的吗？他们发现你不见了，一定会惊慌失措、乱作一团的。最好捎句话让他们知道你在哪儿，不然就要引起骚乱了。这也怪不了他们。"

"您能告诉他们我在自己的船上吗？我晚些时候再去解释，"吉姆说，"但我现在不想回去……"

"我们马上给他们打个电话，"海关官员说，"告诉他们你身体很好。"

海关官员和他们握手之后就从舱梯口上去了。除了吉姆，大家也都上去了。海关汽艇滑到妖精号的旁边，那两个人跳上船，挥了挥雪茄，不一会儿就驶回哈里奇，船尾掀起阵阵泡沫。

"搞定了！"爸爸说，"现在要去给你们妈妈报平安了。"

吉姆缠着绷带的头探出舱梯口。

"我不知道该怎么跟沃克太太解释，"他沮丧地说，"我答应过要好好照顾他们的。"

"交给我们吧。"爸爸说，"没人淹死。"

第二十七章

收帆卷索

　　海关官员离开了。这艘船顺利清关。约翰降下黄色检疫旗，递给提提，提提把它收好，塞进信号旗对应的口袋中。

　　"看！"爸爸说，"潮水在转向，逆流而上时会有困难，而且风力不够强劲，不能助我们一臂之力，用不着帆了。快到港口了，不如趁这段时间收拾收拾吧。"他摸了摸主帆的帆布，"干透了，我们给它罩上罩子。不，吉姆，我们应付得了。你安静地躺一会儿，让我们来。"

　　大家开始干活，苏珊和提提下到船舱，把船员们的东西塞进背包，准备上岸用。爸爸把艏三角帆展开，然后重新卷好，接着爬上船头斜桅，用绳索绑好。约翰将支索帆收好，放进水手舱里。然后他们齐心协力顺着帆桁用绳索把主帆绑起来，把它卷得整整齐齐，表面没留下半点褶皱，接着套上绿色的长帆罩，使它保持干燥，等下次需要时再用。

　　"驳船开始摇晃了。"苏珊拎上来一只塞满东西的背包说，"对不起，罗杰。"罗杰趴在驾驶舱地板上伸手去拧艉轴管上的润滑帽，苏珊差点踩到他。

　　驳船不再全都朝向河下游，现在它们面向不同的方向，开始慢慢地调转船头，妖精号也跟着它们转向，直到锚地上每艘船的船头都指向河的上游。潮水已经转向。几乎没有一丝风来搅动驳船在平静的水面上的倒影。

　　"喂，船长！"爸爸说，"怎么样了？"

“准备好了。”约翰说。

罗杰用扳手把润滑帽拧紧后，爬了起来。

“你满脸油渍。”苏珊说。

罗杰用一团废棉球擦了擦。

“越擦越脏。”苏珊说。

“晚餐吃什么？”罗杰说。

尽管忧心忡忡，苏珊还是笑了起来。

“对，罗杰，”爸爸说，“让厨师就位吧。轮机手总是会搞得一身油渍，我还没见过干干净净的轮机手呢。”

他爬下船舱，发动引擎。

“引擎开着，你还能用炉子吗？”他在舱梯脚下喊道，引擎的咔咔声在他耳边嗡嗡作响。

“我昨晚用过。”苏珊回道。

“你昨晚确实用过。”爸爸说，“请妈妈和布里奇特到船上吃饭怎么样？如果船主不介意的话。”

“你认为她们会来吗？”吉姆闷闷不乐地说，“在我竟然干出了这种蠢事之后。”

“振作起来！”爸爸说，“她们当然会来，你唯一做错的事就是上岸了，船长不应该离船……大副口袋里没有船长证书时可不行……你本应该派约翰划小艇去买汽油的……不过，”他看看吉姆缠着绷带的脑袋继续说，“我很高兴你没有那样做。妖精号行驶正常，不是吗？这种轻便式的引擎很不错。我把锚从河底一拉上来，就马上动身回家。”

爸爸钻出前舱口爬上甲板，收起绞船索，约翰急忙上前帮他把缆绳卷起来。

"起锚了！"过了一会儿爸爸说，"你最好去掌舵，要轮机手让船半速前进。"

罗杰把变速杆向前推，引擎发出的噪声立即变了。只听见斜桅支索下方叮当一声，他们看见锚被拉上了船。妖精号出发了。

不一会儿，爸爸来到船尾。"把前甲板上的泥冲掉怎么样？"他说，"准备好迎接客人。苏珊，这会儿不用担心做饭的事。沿河直上，约翰，使那只黑色浮标位于左舷。我要下去和吉姆聊一聊。"

"可是……"约翰掌着舵说道。

"继续开，船长。"爸爸说，"既然你能开着这艘船扬帆远行至荷兰，那也可以靠引擎驾着它逆流而上。"

"突突……突突……突突……"那台小引擎开始转动了。妖精号在退潮时缓缓向上游前进。约翰站在舵柄前，几乎不敢相信，三天前他第一次驾驶妖精号经过这一带河岸，当时心急如焚地等待命令。而现在，他已经去过荷兰又返回了，爸爸和吉姆在下面的船舱里，吉姆躺在铺位上，爸爸坐在他对面，抽着荷兰雪茄，他们两人似乎一点也不关心甲板上怎么样了，放心地把船交给约翰，仿佛他已经驾着这艘船航行了一辈子。

苏珊回想起看到约翰紧紧抓着起伏不定的甲板的情景，多么可怕啊，她简直不敢相信自己脚下的甲板与彼时站立的位置是同一片，她正把一根绳索绑在水桶上，然后把水桶从船舷扔下去打水，拎起水桶把水泼到

小锚上，冲走上面的奥威尔河底的污泥。提提拿着拖把，从一边的侧舷甲板转到另一边，不时地转动拖把，欣赏着飞溅的水珠在阳光下形成的彩虹。罗杰拨弄着油门杆，找到了引擎运转最得力的位置。天啊，他回到学校后，和他那位喜爱机械的朋友有的聊了。

不一会儿，苏珊从前舱口下到船舱。几分钟后，她确定了晚餐计划，然后又爬上船舱扶梯，点燃炉子。

"不管怎样，我们要喝茶。"她说，"还有格罗格酒，谁想喝就喝。还有一大罐腌肉，我们一直都没发现，吉姆说这正是他想吃的东西，我还想煮点豌豆。"

"我们还有一条长长的荷兰面包，"罗杰说，"还有十一只橘子。绰绰有余。"

提提拖完地板之后，收好拖把，坐在舱顶上，注视着平静的河水潺潺流过，欣赏着妖精号驶过时泛起的阵阵涟漪划破了河岸的倒影。一只鸬鹚像德国鹰一样展开翅膀，栖息在浮标绳结上。

"约翰！"提提叫道，"有一艘汽船从上游下来了。"

"我看到了。"约翰说。

那是一艘小型货船，他们刚绕过那只浮标就遇上了。有那么一会儿约翰想叫爸爸。货船鸣了两声汽笛，他记得"两声汽笛……转向左舷"。于是他稍稍转向左舷，表示他听懂了那艘船的意思。他向船舱里望去，只见爸爸猫着腰，通过舷窗向外瞥了一眼，然后又坐下来一边说话一边抽雪茄。

又有两艘帆船在风平浪静的水面上行驶，船帆噼噼啪啪地在风中舞

动。其中一艘他不认识，另一艘是蓝色的科罗尼拉号，船上有见过他们出发的当地人。

他听到一声招呼。

"嘿！妖精号！玩得开心吗？"

"开心，谢谢！"约翰喊道，他和提提、罗杰一起向他们挥手。

"他们不知道我们上哪儿去了，"罗杰说，"要我告诉他们吗？"

"不用了。"约翰说。科罗尼拉号继续沿河而下，根本想不到妖精号是从国外回来的。

他们又看见海豚了，它们在潮水里嬉戏玩闹，不时地跃出水面。

"我们在海上都没见过。"罗杰说。

提提说："它们可能在水下躲避风暴。"

在河流北侧的小溪上游，他们看到有人在游泳，身体还闪闪发光。他们不停地前进，从水面上看，他们的速度很快，但由于退潮，他们只是慢慢地经过陆地。高水位才退去没多久，泥滩仍然淹没在水里，波光粼粼的河水从树林中间穿过。那艘从普拉特河开来的大轮船仍然停泊在浮标之间，把货卸到驳船上。妖精号从它身边经过，他们听到了吊杆的嘎嘎声和装卸工人干活的号子声。

爸爸从下面上来，将苏珊叫到面前，跟她说着悄悄话。

"你们的船主，"他说，"似乎已经下定决心，即使用十四艘拖船也不能把他送回医院了。等我们进港以后，得和那儿的医生打声招呼，不过我看他似乎伤得不太重。他的头骨一定很结实，竟然能把公共汽车撞凹进去。不管怎样，他已经决定留在船上，如果你们有人过来给他做饭，

我看没有什么不可以。"

"我们当然会来照顾他。"苏珊说。

"苏珊在鲍威尔小姐家拿了急救箱，"提提说，"我们要把妖精号变成医疗船。"

"他不会介意的。"爸爸说，"不过，他一想到要回菲利克斯托港，一想到他失踪的那两天，就会烦躁不安。还是让他躺在船舱里静养比较好。"

"水开了，"苏珊说，"我现在就把豌豆放进去，停船后就可以吃晚饭了。"

爸爸眺望前方。他们已经驶过停泊在登陆点下方的那些船只，可以看到造船工人的棚屋、水边的老海鲜酒馆，以及一艘艘停泊在码头的帆船。

"你知道妖精号的浮标在哪儿吗？"爸爸问。

这时，吉姆·布莱丁那缠着白色绷带的大脑袋从舱梯口慢慢地冒了出来。

"我来把船开进去，"他说，"我知道该怎么做。"

"妈妈和布里奇特在岸上！"罗杰喊道，"我能不能吹一下雾角，让她们往这边看？"

"她们看见我们了！"提提说。

爸爸突然猫腰蹲到舱顶下面。

"听着，"他说，"我们不能一下子让她受到太多惊吓。没有我你们能行吗？"

"先生，我可以把船开进去停好，"吉姆说，"如果约翰能把浮标弄上船的话。"

"遵命，长官。"约翰说。

"你的脑袋上还缠着绷带，最好别太逞强。"爸爸说，"现在不急，你还是让约翰把船停好吧。"

"我把船开到浮标那儿，然后就下到船舱去。"吉姆说，"但愿我知道该怎么跟沃克太太解释。"

"振作起来，老兄，"爸爸说，"她不是恶龙，再说你还是个不怕撞公共汽车的家伙……"

吉姆疑虑重重地咧嘴一笑。

"万一有麻烦，我会挺身而出的。"爸爸说完就钻进了船舱。

"你去前甲板，约翰，"吉姆·布莱丁说，"用钩竿钩住浮标，套住浮标索拖拽，等拉到船上的锚链足够长就立马系紧。"

"遵命，长官。"约翰回答道，他很庆幸自己不再是船长了，此时，妖精号正从停泊的小船中穿梭而过。

他走上前甲板，把钩竿从绳索上解下，然后站在那里等着。

他们从那群帆船中间开过，先从一艘双桅纵帆船和一艘小帆船之间穿过，又驶过一艘高大的百慕大独桅纵帆快船，然后又经过一艘大型摩托游艇，全玻璃甲板舱高高地耸立在水面上。引擎"突突，突突"的转动声逐渐减弱。吉姆已经关掉油门。锚地上好像停满了船，一个泊位一艘船。约翰环顾四周，寻找那只上面用绿色油漆写着"妖精号"字样的黑色浮标。咦！一定是那只。再过两艘船就到了，他回头望了一眼。是

的，吉姆也看到了。引擎的声音又变了，它似乎转得快多了。吉姆叮嘱罗杰准备调节变速杆。

"妈妈弄到一艘小艇！"提提叫道，"她们刚刚上去了。"

约翰朝河岸瞥了一眼，但只看了一眼。吉姆没有扭头张望。罗杰把手放在变速杆上，等待命令。苏珊和提提眼里只有妈妈和布里奇特，看着她们用桨推岸把借来的小船撑开，正朝这边划过来。提提把辛巴德举起来去看她们。

妖精号经过了第一艘帆船，接着经过第二艘，这艘船停泊在妖精号和它的浮标之间。船滑行得越来越慢。

"往前推！"吉姆平静地说。

罗杰向前推动变速杆。

"可以了。"

罗杰又把变速杆拉回来。

约翰坚守在前桅支索旁，仔细观察着浮标。它越来越近了，靠近船头下方。妖精号几乎一动不动。要碰到浮标了吗？就在船停下来的时候，约翰探下身子用钩竿一把钩住浮标，把它提上船，然后放下钩竿，开始一把一把地拉浮标系索。无论头痛与否，吉姆·布莱丁都完美地选定了自己的下锚地。

浮标系索从船首的导索孔穿过。穿进去了！突然，咔嗒一声响起。锚链，沾满泥泞、湿漉漉的锚链，一米、两米，跟着浮标系索慢慢地上了船。约翰把锚链绕着绞盘转了两圈，拴紧了。

"都系紧了！"他喊道，回头看了一眼，正好看到缠着白色绷带的大

脑袋消失了。引擎咔咔地响了几声就停了下来。妖精号又回家了。只有约翰、苏珊、提提和罗杰站在甲板上。

约翰望向岸边，妈妈和布里奇特划着小艇已经走了一半的距离。他看了看船尾的苏珊、提提和罗杰，他们正等在驾驶舱里。突然前舱口盖被推开了。

"不要一下子全都告诉她。"爸爸在下面说。

妈妈拼命地划船，一副火急火燎的样子。布里奇特坐在小艇的船尾向他们挥手，但只有罗杰回应了她，其他人都在想该怎么跟她们解释。幸好妈妈不知道他们是独自在海上航行的，也不知道吉姆被车撞倒住进了医院。但现在必须告诉她真相了。自从他们第一天晚上和她通电话以来，除了昨天的电报外，她再也没有收到过他们的任何消息。他们全都保证过不出海，要在昨天及时赶回来喝下午茶。

沃克太太在离妖精号几米远的地方停住小艇，转过身来，看到他们四个人正从驾驶舱往下看，个个面色凝重。她非常平静地开口说话了，但他们立刻听出来她非常失望难过。

"约翰，苏珊，你们不是答应过我昨天就回来的吗？若不是我信得过你们，就不会让你们去。我知道遇到大雾你们不能到河上游来，但那天晚上暴风骤雨，你们一定知道我们很担心。你们本来可以早上打电话来的。可昨天下午你们没有理由不回家啊。哪怕只发封电报也行啊，你们不觉得太不应该了吗？你们可以一开始就打个电话，如果布莱丁先生不

愿把他的船开回来，你们可以从肖特利乘公共汽车回来……"

"但是我们不能那样做，"约翰说，"我们真的做不到……"

"我们根本不在肖特利，"罗杰说，"昨天不在那儿。"

"你们知道吗？在你们走的第二天，我收到了爸爸从柏林发来的一封电报。昨天早上他就应该到这里的。然后昨天又有一封从弗利辛恩发来的电报，他现在一定在路上了，甚至可能已经到了……噢，你的头怎么了？"

吉姆那颗缠着绷带的怪异脑袋从舱梯口慢慢地探了出来。

"这不是他们的错，沃克太太，"他说，"都是我的错。"

"那些木屐是哪儿来的？"布里奇特抬头看着那些鞋问道，罗杰之前把那五双鞋整整齐齐地摆好了，放在舱顶的扶手旁边。

"确实，"沃克太太继续说，"如果你出了事故，伤了头，你不开船回来是完全合情合理的。但他们本应该从肖特利回来的……你也可以打个电话，而不只是发电报来说他们会多停留一天……"

妈妈又转向约翰。"爸爸可能乘夜船过来了。他可能在等，想着为什么没有人去接他……"

"他什么都知道，"提提说，"他不介意，他说您不会不接受辛巴德……噢！辛巴德在哪里？它不见了……"

那只小猫一直在驾驶舱座位上堆着的背包上爬来爬去。它已经爬过舱口护栏，在舱顶后面悠闲地漫步。

"噢，看！"布里奇特叫道，"他们真的养了一只小猫。"

妈妈把视线从她那些让人不省心的孩子身上移开，他们遭遇大雾和

暴风雨让她担惊受怕得彻夜难眠，后来，他们不但没有及时回家，反而若无其事地违背了诺言，只给她发了一封电报，开心不已地说他们要再过一天才能回来。和布里奇特一样，她也看见毛茸茸的辛巴德摇摇晃晃地从船舱后面绕过来，来到前甲板上。然后她又看到了别的东西。一定有人从船舱舷窗看见辛巴德经过。突然，一只手，一只瘦削的褐色大手，从前舱口伸出来，四处摸索着去抓小猫。

妈妈都惊掉下巴了，就像提提大吃一惊时那样。

"泰德！"她叫道。

接着一只脑袋探了出来。

"你好，玛丽。"爸爸说，"不要对他们太苛刻，至少没人溺水，这怪不了任何人。"

"我要上船了。"妈妈说，"本来我并不打算上去。约翰，接住系船索。你们这些可恶的孩子！你们是在哈里奇遇见他的吗？"

"不是！"罗杰脱口而出，而其他人仍然目不转睛地看着妈妈的脸，"不是……我们在荷兰遇到他的。"

"荒唐！"妈妈一边说一边把布里奇特抱到爸爸面前。爸爸已经从前舱口爬上来，走到船尾去接她了，他把布里奇特放在舱顶的木屉旁边，又把荷兰洋娃娃放到她手里。接着，他把妈妈拉上船，吻了吻她。

"我认为我不应该亲你们当中的任何一个人。"她说道，不过语气里开始带着笑意了。

"你现在就可以亲他们。"爸爸说，"我敢担保，他们值得你的吻。"

"噢，好吧，"妈妈说，"既然你回来了，我想我应该原谅他们。"她

照爸爸说的做了，吻了吻他们，然后又和吉姆·布莱丁握了手，说希望他没有伤得太重。"是撞到帆桁了吗？"她问道，"它会把你的头撞得留下难看的肿包。"

"不是，"吉姆·布莱丁说，"不是那样。"

"要是他们遵守诺言就好了。"妈妈又转向爸爸，继续说道，"我们原本计划所有人一起到哈里奇去接你，而不只是这四个坏家伙。"

"您没听见吗？"罗杰又说，"我们不是在哈里奇见到爸爸的，是在荷兰。"

"噢，好吧。"妈妈说，显然她一个字也不相信，以为这只是罗杰开的另一玩笑，"多可爱的娃娃呀，布里奇特。"

"你看，玛丽，"爸爸说，"我们在船舱里准备了一桌丰盛的菜肴，船主、船长、船员和乘客都希望有幸邀请你和布里奇特在船上共进午餐。是不是这样，吉姆？"

吉姆缓慢地点了点绑着绷带的脑袋。他没信心开口说话。

约翰、苏珊和提提正好看到爸爸向吉姆和他们眨了眨眼睛以示鼓励。

"我们乐意之至，"妈妈说，"但我们得先上岸告诉鲍威尔小姐。"

罗杰想解释荷兰之行的念头眼看就要落空了。

"难道您不明白我们是在荷兰遇见爸爸的吗？"他问。

"噢，是啊。"妈妈笑着说，"我猜这些木屐都是你们在一家荷兰商店买的，还试穿了吧。"

"确实是这样。"爸爸说，妈妈看着他的脸，明白过来他是认真的。

"吉姆！"妈妈惊呼道，"你答应过我不带他们出港，可你还在那样糟

糕的天气里载着他们横渡北海？"

"我……我……"吉姆结结巴巴地边说边挠头。这对他来说太难了。

"吉姆当时不在场。"爸爸说，"这倒提醒了我，我得替他打个电话……好了，玛丽，在你弄清楚到底发生了什么事之前先别说话。我要划船把你送上岸，然后告诉你事情的来龙去脉。"

他往下跳到小艇上，妈妈虽然茫然不解，还是跟着他上了小艇。

"一刻钟后回来。"他高兴地说，"到那时，你们应该准备好食物了。"

片刻之后，他用船桨顶住妖精号推开了小艇。

布里奇特爬下舱顶，一只手抱着荷兰娃娃，另一只手抓住栏杆，朝前甲板走去。其余的人都在驾驶舱内，看着那艘小艇，爸爸划着桨，妈妈坐在船尾，向岸边划去。他们不时地看见爸爸停止划桨，身子前倾和妈妈说话。他们不止一次地看见她回过头去看妖精号。

"你们认为她会原谅我吗？"吉姆问。

"爸爸会解释清楚事情的来龙去脉的。"约翰说。

"一切都会好起来的。"提提说。

"爸爸会告诉她我们本来没打算出海。"苏珊说。

"他说他们回来的时候会饿的。"罗杰提醒她。

"这只小猫叫什么名字？"布里奇特在前甲板上问。